公子有點忙

4

完

風文創 448

佑眉 著

目錄

第三十四章　機緣

乍然看見兩、三輛普通的馬車來至府門外，太子府總管李成海還有些奇怪，看到自家主子從第一輛車上跳了下來，李成海嚇了一跳，忙不迭命人打開府門。

沒料到周杲並沒有再上車，而是親自引領著後面的車輛往府裡而去。

李成海驚得出了一頭冷汗，車裡人什麼身分，能勞動太子殿下甘為馬前卒？想著眼睛忽然睜得溜圓，難不成是皇上?!

「今天的事，除了太子妃，不許任何人知曉。」周杲低聲吩咐道。

「太子放心。」太過激動，李成海聲音都有些發抖。

不怪李成海如此，實在是皇上已經兩、三年沒有到過這太子府了。而這也是二皇子周樾日益猖狂的根本原因，畢竟一個失了聖寵的太子，位置又能如何穩當？皇上今日既肯到太子府邸，那是不是說這對父子終於冰釋前嫌，重拾父子親情了？

車輛徑直進了太子內院，待得關閉院門，成浣浣也聞訊趕到，瞧著從車上下來的皇上，也有一種恍然如夢的感覺。

車子停妥後，周杲見皇上下車，已蹲下身形等待，皇上腳頓了一下，終是趴在周杲的背上。周杲一用力便把父親揹了起來，一瞬間已是淚流滿面，他背上的皇上也不由唏噓感慨。

成浣浣見狀跟著紅了眼眶，看那父子倆走遠，才轉向侍立在後面的幾個人身上，在瞧見陳毓時大為詫異，這個眼生的俊美少年是哪位？

「李大人、慶涵表弟、鄭總管──」成浣浣說著又瞧向陳毓，神情為難。既是太子帶回來的客人，還跟皇上在一處，當也不是無名小卒，怎麼也不好冷淡了對方，可自己委實不知道眼前這俊美少年的身分。

不待成浣浣再開口，陳毓搶先拜下。「陳毓見過太子妃娘娘。」

陳毓？成浣浣狐疑的想著這個名字。

應該是同名同姓，而不是自己知道的那個未來妹夫陳毓吧？畢竟憑陳家的身分，便是忠義伯本人也沒有資格出現在這裡，更遑論不過一個小小的舉子陳毓了。

尚未來得及開口詢問，總管李成海已是匆匆跑了回來。「太子妃，太子讓請陳公子快快進去，還讓人速去請成二小姐過來。」

一個「請」字讓太子妃對陳毓的身分更加好奇，畢竟自己夫君乃是太子殿下，尋常人如何當得起一個「請」字？

倒是旁邊的鄭善明心中了然，近些年來皇上和太子關係日益緊張，若非狀元樓那齣讓陳毓有機會表現，如何能令皇上放下心防，肯來這太子府？

只這些話，自己心裡明白就好。

鄭善明既已認定這陳毓絕對是福緣深厚，當即對太子妃道：「勞煩太子妃快著人延請那位成小姐便好。」

說著便和李景浩、陳毓、朱慶涵幾人快步往太子書房而去，更有意禮讓陳毓在前，自己跟在最後面。

找小七？成浣浣更是一頭霧水，雖然從方才太子揹著皇上的情景可以瞧出皇上八成是不舒服，可依照皇上素日來的態度，能來太子府就已是一大殊榮，遑論讓自己娘家人靠近了。雖想不通到底發生了什麼事，令得皇上變化如此之大，成浣浣卻也明白，今時今日的變化委實再好不過。

陳毓幾人進書房時，皇帝父子倆也不知說了什麼，彼此眼睛都有些發紅。

太子看到進來的陳毓時，臉上重拾笑意，招手對陳毓道：「陳毓，過來這邊坐。」又笑著轉頭對皇上道：「父皇，陳毓還是個孩子，您可不要嚇著他才是。」

周杲完全是一副好姊夫、好連襟的架勢，饒是陳毓，也不由有些受寵若驚，但哪敢真如太子說的那般大剌剌的過去坐下，他撩起衣服下襬，恭恭敬敬的拜了下去。「草民陳毓叩見皇上、叩見太子。」

「起來吧。」皇上擺擺手。

自己也好、太子也罷，全是大周最尊貴的人，尋常臣子見了尚且誠惶誠恐，這少年恭敬之外並不見半點驚慌，看來是個有大城府的。

陳毓垂手侍立，任皇上以審視的目光上下打量自己。

「坐吧。」半晌，皇上終於道：「你方才說，我之前用的藥丸不是治病良藥，而是毒物？」

李景浩早派人暗中回宮取了藥丸過來，陳毓拿過來，捏開手中潔白晶瑩的藥丸，微一用力就碾成了碎末。他放在鼻子下細細嗅了片刻，雖比鍾四服用的神仙散多了些其他東西，味道更好聞，可陳毓能確定手中的藥丸和神仙散系出同源。

當下毫不猶豫的點了點頭。「不錯。我在自家鋪子裡一位工匠手上見過這物事，據他說，此物名叫神仙散，吃了能讓人欲仙欲死，只覺快活賽神仙。後來我拿給小七——」

說到這裡陳毓頓了一下，瞧了眼一臉八卦的太子，木著臉道：「就是成家二小姐。」

事關皇上安危，當時情形自然一絲一毫都不能遺漏，不然自己怕是成了心懷叵測之徒。

於是陳毓雖然不情願，也只能把當初自己和小七的事情揀些說出來。

什麼？一番話說得朱慶涵好險沒從椅子上掉下來，小七就是那個神秘的成家小姐？之前所有的疑慮頓時全都有了合理的解釋。怪不得得月樓的成掌櫃會對陳毓那般恭敬，還有成家那麼容易就接受了陳毓，原來這兩人那麼早就「勾搭」在一起了。

朱慶涵神情詭異，陳毓淡淡瞥過去一眼，朱慶涵頓時就慫了。一個陳毓自己已經不是對手了，更不要說還有個手段鬼神莫測的小七了。

朱慶涵很快恢復了正義凜然的模樣，相信他們有不得已的苦衷。

眾人的神情都太過詫異，陳毓臉色有些赧然，只得又解釋了一句。「當時我不知道小七是女孩子，一直到前些時日聽成將軍說起，才知道小七就是成家二小姐……」

皇上還未開口，外面傳來一陣輕輕的腳步聲，然後李成海的聲音隨之傳來。

「皇上，成將軍還有成二小姐到了。」

「讓他們進來吧。」

門開處，成弈和小七一前一後進來。兩人也想不通為何皇上突然召見，還是在太子府中。待瞧見陳毓也在，甚至座位還靠皇上如此之近，二人更是大吃一驚，只是這會兒並不是彼此敘話的時機，兄妹倆收回眼光，上前見禮。

皇上點了點頭，多看了小七幾眼。「方才聽陳毓說，你們兩個是在鹿泠郡相識？」

小七怎麼也沒想到，皇上派人宣召是為了詢問自己和陳毓的事情。畢竟是女孩子，臉一下就通紅了，可皇帝有問，又不敢不答，她猶豫了片刻終於低著頭小聲道：「陳、陳公子以為是在鹿泠郡，其實我們相識要比那時還早。」

什麼？陳毓一下瞪大了眼睛。小七早就認識自己嗎？

便是端坐上首的皇上也不覺好奇，陳毓這個人精，也會有看走眼的時候？

「啟稟皇上。」眼看著自己妹子羞得頭都快垂到地上了，成弈當真不忍，終於接過話。「皇上可還記得微臣的幼妹安蓉，幼時曾被拍花的給偷走那件事？當時全靠陳毓，才能討得一條活命來……」

「妳是安兒？」陳毓只聽了一半，就失態的從座位上站了起來，神情裡全是不敢置信。

果然是造化弄人，沒想到兩人之間竟然那麼早就有了牽絆，小七就是當初一直跟在自己身後「毓哥哥、毓哥哥」叫個不停的安兒?!

成弈點了點頭，既然說了，索性全說清楚。「小七因受到驚嚇，無法開口說話。當時根據陳毓的指點救出小七的周清周大人無計可施之下，把小七送到陳毓身邊照顧，小七才漸漸恢復了正常……」

一番話說得眾人神情都有些變化，著實沒想到這倆孩子看著年齡小，當初受了那麼多苦，彼此之間也有著這麼深的牽絆。

朱慶涵早收起臉上戲謔的表情，皇上也一下明白，為何陳毓性子全沒有普通少年的跳脫，原來是幼年時就受了諸多苦楚。

「後來微臣為腿傷到江南尋訪神醫虛元道長，沒想到在鹿泠郡渡口，微臣和小七意外落水，陳毓再次救了我兄妹二人。只是事隔經年，兩人變化太大，初時並未認出彼此，是知道了陳毓的姓名後我著人查了，才知道這少年和幼時救了小七的陳毓乃是同一人。只是彼時，小七雖知道了陳毓的身分，陳毓並不曉得小七是誰……」

陳毓頓時聽得心潮起伏，依成弈嚴厲的性子，加上小七的國公府嫡小姐的尊貴身分，想也知道成弈必然會對小七和自己接觸嚴加阻撓，也不知其間小七受了多少委屈，卻從未在自己面前吐露半分，反而掏心掏肺的對自己好……

「你會參加科舉，全是為了成安蓉？」皇上忽然轉過頭，瞧向陳毓。

聽了成弈的話，皇上忽然有了一個想法，或許陳毓本身對當官並不熱衷吧？所謂無所求則無所懼，再加上此子性情剛毅，才總是那副波瀾不驚的模樣。

陳毓怔了下，知道自己若點頭，或許會令皇上對自己不滿，卻不想說謊。

「是。當初小七突然失蹤，遍尋天下也找不到她的蹤跡，便想著古人說一舉成名天下知，若能考取狀元，豈不是天下聞名？我找不到小七，或許小七聽說我的名字後會跑來尋我……」

陳毓也是在失去小七後才明白，原來除了父母親人外，世上還有人也會讓自己因為失了他而生不如死。那段四處漂泊的日子，讓陳毓深切的體會到了什麼叫相思之苦、什麼叫刻骨銘心……

一直低著頭的小七猛地抬起頭來，只覺整顆心似是一下被人攫住，又是酸澀又是苦痛又是幸福。那段分離的日子，自己何嘗不是若行屍走肉一般？

兩人視線癡癡交纏，渾然忘了這裡乃是儲君的太子府，上面更是高坐著一國之尊……

房間裡頓時一片靜默。

瞧著這對年齡雖小卻歷經波折的有情人，饒是皇上也不覺心頭一軟。怪不得自己外甥那般跳脫的人都會對陳毓掏心窩子，這陳毓看著是個冷性子，卻是如此至情至性之人。

「咳咳。」他輕咳幾聲，語氣裡是自己也沒察覺的溫和。「陳毓，你曾經到過東泰？」

「去過。」陳毓很快收拾好那些兒女私情，蹙了下眉頭答道：「還曾和東泰附近的大周百姓一起抗擊過東泰賊人的入侵……」

這話倒是不假。只是陳毓對東泰卑劣本性的認知，更多是來自於上一世。東泰人委實殘忍，在大周搶奪財物之餘，婦孺老幼全不放過，甚而有的整個村子都被搶光殺光燒光。為此，他還和大哥親自趕赴東泰，刺殺過東泰的重臣……這話自然不能說。

太子的眼睛越發亮，陳毓和東泰交過手？想起之前陳毓論及東泰時慷慨激昂的模樣，原來竟不是紙上談兵而是親身經歷嗎？

「皇上服食的這些藥丸，它的主要成分我也在那時見過，是一種名叫罌粟的美麗的植物，罌粟的原產地，正是東泰。」陳毓神情嚴肅，一字一句道。

室內一片靜寂，而此時皇上神情已有些猙獰。這樣的事陳毓必然不敢說謊，既然他說出了罌粟這個名字，也必當明白自己必然會派人去兩國邊境探查，是真是假很快就可以知道。

「你說你家鋪子裡的工匠，當初也染上過這種毒癮？他是從哪裡得到的藥丸？」李景浩忽然插嘴道。

「那工匠服用的神仙散，是從我家一位宿敵阮笙那兒所得。」停了下，又解釋了句。「阮笙的兄長便是如今在朝中任職的阮筠阮大人。」

「原來是這個龜孫子！」朱慶涵氣得一下罵了出來，忽然想到皇帝舅舅還在呢，忙訕訕然閉了嘴，臉上卻全是怒色。阮筠的背後可不正是潘家，難不成這事和潘家有關？

皇上臉色也是一片鐵青，說起這藥丸的來歷，當時也是偶然。

一個秋日，陽光正好，朝務也並不繁忙，下朝後看時辰尚早，自己一時興起就帶人去西山秋獵，半路上忽然頭疾發作，痛不欲生時恰遇一位白髮白鬚飄然若仙的老者。

老人自言叫天雲子，乃是修道之人。即便面對自己這九五之尊，那天雲子依舊神態悠然愜意，怎麼瞧都是一副高人風範，且這天雲子準確的說出自己素來頭疾發作的諸多症狀。雖然心懷疑慮，只是當時頭疼之劇，令自己整個人生不如死，便不顧勸阻，吃了天雲子的一丸藥。

沒料到那藥如有神效，服食不過片刻便止住了劇痛，整個人的精神也是出奇的好。

為了以防萬一，皇上把天雲子帶回了宮中。

天雲子絲毫沒有反抗，一路上是談笑晏晏，言談間見識頗廣，便是朝中博學鴻儒怕也不如。待天雲子來至皇宮，更是謹守本分，從不和其他人結交，只自己整理了一片園地，種了一種特別漂亮的花兒，一直到數月過後提出告辭時才告訴自己，園中植物便是療治自己頭疼的主藥，藥方他已經留下，到時讓太醫院配製便可。

皇上平日裡倒也親眼見過天雲子用那花的果實做菜，據宮人講，味道委實鮮美，沒想到那般美味的東西竟是一種藥物。

嚐過菜的味道，皇上最後一絲疑慮也完全消除，當時認定是上天眷顧，才會派下天雲子來幫自己紓解病痛……

只是當時的一連串巧合，這會兒看來卻是破綻百出。

比如說皇上的行蹤，即便再是一時興起，可宮中人必然知曉，真有人往外傳遞消息，令那天雲子守株待兔候在那裡，也不是不可能。還有當時他的頭疾，也來得太過突兀，平日裡頭疾發作都有徵兆，那幾日本來精神健旺，不然也不會興起外出遊獵的念頭。還有，當時那遠超任何一次，彷彿要把人整個都撕裂、令自己幾乎失了神智的劇痛，之後也再未出現過……

「那花是不是色彩鮮豔，開放時特別漂亮？結綠色果，切開有白色汁液？」陳毓忽然插嘴道。

皇上沒說什麼，倒是一旁伺候的鄭善明神情一僵。見此情景，所有人心中都起了一個念頭，天雲子在宮中留下，讓皇上寶貝不已的藥田，十之八九就是陳毓口中的罌粟……

「那神仙散確然有鎮痛的功效，服用後也不會致人於死，卻會令人上癮，服用時間越長，對人傷害越大。到得最後，一時半刻離不得，還會影響神智……」小七的聲音也跟著響起。

皇上眼中的厲芒越來越甚，半晌卻長嘆一聲，整個人好像瞬間老了十多歲。

這些年來，自己對那藥丸的需求量可不是越來越大？從最開始的半丸，到現在每次都得至少三丸。而自己每次服用完後，更興奮到有些癲狂……

本以為是神藥，沒料到乃是這等陰險霸道的毒物。

陳毓也不由心生惻然，再怎麼說也是叱吒風雲的一代帝王，臨老卻被人玩弄於股掌之中，皇上這會兒的憋屈自然可想而知。

「可有戒除癮頭的方法？」皇上心想自己堂堂帝王，如何能被人用這般陰謀詭計控制？

小七遲疑了一下，先是搖搖頭，最後又點點頭。「臣女交代陳公子的指法能得到舒緩作用，毒癮發作時能暫時抑制住，可要想徹底戒除，還須得靠自己的意志。」頓了一下又道：「其間過程太過痛苦，對病人身體的摧殘非同一般的厲害……」

若然身體本就虛弱，再對抗如此厲害的毒物，可不見得能吃得消……

「小七是嗎？過來幫我診脈。」皇上沈吟了一下，探出一隻手。

小七也不推辭，當下上前一步，手指搭在皇上脈搏上，心一下就提了起來。

皇上幼年失母，宮廷傾軋中，身體底子本就不好，登基後先是和權臣周旋，接下來更是幾十年的宵衣旰食、勤於政務，身體勞損不是一般嚴重。本來若是精心調養，還可延緩幾年。不料被人暗算，誤把毒藥當良藥，體內早已沈屙堆積，整個人便如同蓋了蓋子的火山，不爆發則已，一旦衝破現有桎梏，實在難以想像會發生什麼事……

陳毓內心裡長嘆一聲，可嘆昔日英明神武的一代帝王，最終落入自己人的陰謀之中。

看小七神情變幻不定，皇上如何不懂意味著什麼？

要說自己身體情形，太醫院院判蘇別鶴也不是沒有提醒過，只每每服用了藥丸後，精神健旺，讓自己對蘇別鶴的話很是不以為然，到得最後甚而覺得蘇別鶴有譁眾取寵的嫌疑。

「這毒物太過霸道，皇上想要徹底戒除，還須先調理一番身體才好。」良久，小七終於委婉道，還想囑咐什麼，驚見皇上再次僵直了身體，兩眼盯著方才陳毓捏碎的藥丸，眼中全是盡力壓制渴望卻又控制不住的瘋狂。

如果說之前還不明白小七說的「太過霸道」是什麼意思，皇上這會兒徹底體會了。瞧著那藥丸，自己周身每一處都在瘋狂的叫囂著「想要」，甚至心底更是升起一個可怕的念頭，只要能如願吃了那藥丸，便是拿大周的江山來換也未嘗不可。

「毓哥哥你去幫皇上。」小七先衝陳毓道，然後又急急道：「這事兒還須從長計議，皇上切莫要傷到自己……」

鄭善明如何聽不出小七話裡的意思，忙不迭拿出一枚藥丸，送了過去。

皇上猶豫了一下，終究一把搶過去，塞進嘴裡，陳毓隨即上前，手指在皇上周身大穴連點。

待得皇上再次回復平靜，整個人早已渾身濕透，彷彿從水裡撈出來的一般。即便有周杲幾人小心看護，手心處依舊摳撓得一片血肉模糊。

皇上不由得神情慘淡。怪不得小七說非有大毅力者難以戒除！方才一番掙扎有多艱難，唯有自己心裡明白。

「東泰賊子！」皇宮中那處藥田，周杲也熟悉得緊。因為皇上尤為看重，特意派大內高手在旁守護，自己心底何嘗不潛藏著強烈的嚮往，希冀父皇什麼時候會賜給自己一些……

「皇上，回去老奴就毀了那藥田……」鄭善明已是抽抽搭搭的哭了起來。

「不許！」皇上卻是一口否決。「留著，記得比從前照顧得還要精心。朕已經沒事了，你先去外面候著吧。」

鄭善明心中不解，卻不敢提出異議，忙忙的擦乾淨眼淚，低著頭退了出去。

「對東泰，眼下該如何處置？」皇上的眼神在成弈幾人身上一一掃過，最後停頓在陳毓身上。

「眼下還不可和東泰翻臉。」最先開口的是成弈。「小七雖然沒有找到解藥，畢竟咱們大周並沒有這種可怕的東西，但那毒物的原產地既是東泰，說不好東泰那裡會有解藥也未可知。」

周杲也跟著點頭。「兒子也是這麼想的。」頓了頓又咬牙道：「早晚有一天，必讓東泰十倍百倍的償還。」

看陳毓始終不開口，皇上只得道：「陳毓，你怎麼看？」

本來陳毓壓根兒不打算開口，畢竟在座的人都是人精，既然察覺到東泰的陰謀，自會想出萬全之策來，自己年齡小，自然不好鋒芒太露，沒料到皇上不肯放過自己，直接點了名。

罷了，反正皇上心裡說不好早就把自己定位成了老奸巨猾之輩！於是開口緩緩說道：「皇上一代明君，折服東泰這麼一個蠻夷小國自然在情理之中，為了顯示咱們泱泱大國的氣度，東泰提出的所有要求，皇上自然都會成全……」

聽陳毓侃侃而談，皇上神情越來越滿意。成弈臉色則有些複雜，幸好自己之前答應了他和小七的事，不然，這小傢伙真要和自己較上了勁，還真是防不勝防。

朱慶涵也是心有戚戚然，你說陳毓這腦子是怎麼長的呢？這坑人的主意一想就得，好在自己運氣好，及早認了小陳毓當兄弟……

皇上深深的看了陳毓一眼，李景浩不覺蹙了下眉頭。陳毓方才提出的計劃可謂妙極，卻有一個前提，那就是東泰會在計劃的期限內揮兵入侵大周，不然，大周怕是會偷雞不成蝕把米……

即便如此，皇上也不覺起了愛才之心，決定賭上一把。他笑著對成弈道：「虧得成弈你動作快，不然說不好朕也得動手搶人了，這可是咱們大周第一個六首（注）之才呢。」

六首？一干人等一下張大了嘴巴。皇上的意思是，這會兒已經把狀元的名頭給定下了？而且既是六首，那豈不是說今科會元也正是陳毓?!

還有搶人之說，皇上的意思分明指若非成府定了陳毓這個嬌客，說不好會直接下旨讓他尚主?!

要說京都中哪個地方最為有名，自然首推崇安街。

之所以如此，實在是大周聲望最著的世家大族幾乎雲集在此。那些老牌世家，能在歷朝風雨中昂然矗立這麼久，自然有著深厚底蘊，無論是家族後輩之繁茂還是家教風氣之嚴謹，都堪為京城貴家典範。

以致說起京城這首善之地，帝都人第一個要提的就是崇安街，別說是崇安街走出來的人，便是一隻小貓小狗，也會令得無數人羨慕。

即便這裡宅子的價錢貴得嚇死人，可但凡有可能，那些朝中新貴還是想在這條街道上謀一個落腳之所，好讓後代子孫薰陶些貴氣來。無奈想法雖好，做起來卻是千難萬難，縱使是做了本朝三十年宰相的溫慶懷，也是臨老致仕時，皇上不忍放人離開，為了展示恩寵，特意賜了一位獲罪官員的府邸，溫家才好容易在崇安街有了立足之地。

宰相之家尚且如此，更遑論其他新貴？

因而即便父親也就是個三品官，甚而不過居住在崇安街不起眼的一處宅子裡罷了，阮玉海卻依舊驕傲無比。

能在崇安街擁有方寸之地，本身就是一件極大的榮寵，假以時日，阮家何嘗不能成為這些門第森然的百年世家中的一個。

一大早，阮家宅子裡就開始忙亂起來，人人臉上都是一片喜色。

今兒個可是會試放榜的日子。自家才高八斗的少爺阮玉海早有才名，之前在國子監時，便有先生斷言阮玉海有大才，今科考中貢士根本就易如反掌，真是發揮好了，說不得還能和其他舉子爭一下會元的名頭。

注：六首，在縣、府、院三級經過六次考試（縣考、府考、院考、鄉試、會試、殿試）均中第一的案首，鄉試第一解元、會試第一會元、殿試第一狀元，連中三元。

出得試場後，阮玉海把自己的卷子給謄抄了一遍，進士出身的阮鈞看了也頻頻點頭，頗為滿意。

「穿這件紅袍喜氣，大喜的日子可不要太素了才好。」阮夫人潘氏笑得臉上早開了花一般，親自捧了一件紅色的錦袍過來讓阮玉海換上。

「大哥戴這玉珮吧。」阮玉芳也笑嘻嘻的上前湊趣。父親已是三品京官，若然兄長今科得中，自己在官家小姐間的地位也定然會跟著水漲船高。

便是寄住阮府的李昭，雖兩家還未正式放定，可彼此間未婚夫妻的關係已成定局，瞧見眾人圍在表哥阮玉海身側，李昭雖心熱，卻不好意思上前，只讓貼身丫鬟拿了個荷包過去，荷包裡是幾天前李昭去寺廟中幫阮玉海求得的一個必中的上上籤。

「好了，這會兒定然已經放榜了，派去看榜的也快回來了，不然，先去門外瞧瞧。」

將將打開府門，正好瞧見位於崇文街的一處府邸也四門大開。

和金玉滿堂、人人豔羨的崇安街相比，崇文街雖是一字之差，卻顯得有些村氣。無他，這裡聚集的多是沒多少底氣的朝中新貴，雖然百姓眼裡也能算是繁華之所，卻絲毫入不了崇安街貴人的眼。所謂「三代為官知被服，五世做宰知飲食」，想要和崇安街的人比肩，崇文街的人怕還得追趕個至少百八十年。

因而，遠遠瞧見忠義伯府門外立著的陳毓時，阮玉海臉上是絲毫不加遮掩的自得。再有個伯爺封號又如何？相較於背靠著潘家這棵大樹的自家，小小的陳家又算得了什麼？

正自想得入神，又一陣嘎嘎的沈重的開門聲傳來，阮玉海聞聲瞧去，下一刻臉上神情頓時有些振奮。

這處府邸的主人不是別人，正是曾在大周做了三十年宰相的溫慶懷。

聽說今科會試也有溫家小輩參加，只溫家人自來都是不喜和人結交的淡薄性子，外人只知道今科參加會試的乃是溫家嫡孫，好像名叫溫明宇，乃是溫慶懷親自教導成才。

阮玉海一直心心念念著想和這位溫家嫡孫結交，可惜一直沒有機會。這會兒看溫家府門打開，心知那位溫公子待會兒就會出來，哪裡還有心情搭理陳毓？他忙不迭整整衣冠，只等著那溫公子出來便上前攀談。

果不其然，隨著溫家府門大開，一個溫潤如玉的藍袍公子緩步而出。

阮玉海瞧了一眼，不覺一愣，這人瞧著怎麼有些面熟啊？不及細思，他已滿臉笑容的上前。「這位就是溫公子吧？玉海有禮了。」

溫明宇抬起頭來，正好迎上阮玉海熱切的眼神，微微一怔後點了點頭，語氣中不見有多熱絡。「阮公子？」

阮玉海絲毫不以為忤，人家可是溫家嫡孫，自然有驕傲的本錢。甚而因為溫明宇認識自己，內心有些竊喜。「溫公子識得在下嗎？咱們果然有緣，我也瞧著公子很是面熟呢。」

「面熟？」溫明宇眼中閃過一絲揶揄。「阮公子說笑了，咱們昨兒個不是在狀元樓見過嗎？。」

昨天剛見過？阮玉海頓時一怔。當時一起前往狀元樓小聚的有二、三十位舉子，自己倒沒注意裡面是不是有這位溫公子。

啊呀不對，好像裡面確實有一個姓溫的，當時唯二沒有對東泰歸附一事大加讚賞的就是陳毓和那個姓溫的。只自己當時一心想著給陳毓找洞跳，根本就沒注意到他身邊的人，甚而為了貶低陳毓，話語中攻擊的對象還順帶捎上了那姓溫的。

不會是同一個人吧？

眼見阮玉海一臉的笑意好像打了結，溫明宇絲毫沒有幫著解惑的意思，徑直往忠義伯府門前而去。不同於方才面對阮玉海時的疏離和揶揄，溫明宇臉上的笑容這會兒十分真誠。

「陳公子，昨日一別，沒想到咱們這麼快就又見面，還真是有緣啊。」

那語氣真是要多親熱就有多親熱，阮玉海遠遠的聽見了，差點沒把鼻子給氣歪了。這溫明宇故意的吧？方才對著自己時就一副愛理不理的樣子，對著陳毓那真是要多謙恭就有多謙恭。

好在並未鬱悶多久，一陣急促的馬蹄聲就在長街的盡頭響起，三騎快馬正風馳電掣般而至，看到馬上人，陳府也好、阮府也罷，加上溫府的人，神情竟是一個賽一個的激動。

好在馬上人也不負眾望，還沒從馬背上下來就一迭聲的道：「恭喜少爺，中了。」

「少爺中了貢士第九名……」太過興奮，阮府管家一顆心都快跳出來了。

溫府那邊也傳來一片歡聲雷動。

「啊呀，咱們少爺考了第二名嗎？快進府給老太爺道喜。」一饒是溫明宇少年老成，聞言也站不住腳，匆匆向陳毓一拱手，便忙忙的轉身往府裡而去。

走到一半又站住，跑在最後面的陳府管家終於到了，陳毓還沒有發問，溫明宇已是興致勃勃的開口。「你們家公子定然也中了吧？」

「可不。」馬上的正是陳家在京城伯府的管家陳元，察覺溫明宇是崇安街那處宰相府第的公子，頓時激動不已。

和初入伯府的興奮不同，這幾月來陳元也是充分體會到了什麼叫世態炎涼。像自家這樣的門第，別說崇安街了，就是崇文街的老住戶都沒有幾戶瞧得上忠義伯府的。好在自家有個這麼能幹的少爺，聽溫明宇主動問及，陳元頓時自豪得不得了，一挺胸脯道：「不瞞公子說，我們少爺中了……」說到這裡他深吸一口氣，聲音都有些發抖。「頭名！我們少爺是第一名的會元呢！」

阮玉海正要步入家門，聽到陳元的這一嗓子，頓時神情一僵，只覺中了舉的喜悅一下消失殆盡。

而隨著報喜隊伍的到來，崇文街出了個會元的消息很快傳了出去。之前聲名不顯的忠義伯府陳家公子力壓宰相嫡孫中了會元，不獨崇文街，便是崇安街的深宅大院也產生了動盪。

會試放榜之後，是殿試。

一大早陳毓就沐浴更衣，李靜文瞧著已足足高出自己不止一頭的兒子，眼睛一陣陣的發酸。

一晃數年，當初那個糯糯喊自己姨母的小娃娃，已經長大成人了，還這般有出息。

老爺一輩子最大的遺憾就是沒能進士及第，每每論及此事，未嘗不黯然神傷。本想著毓兒即便天資聰穎，怕也要幾年才能學業有成，驚喜的是未及弱冠便舉業有成，更高中會元之名。姊姊若地下有知，也能含笑九泉了。

「娘，您也用些。」看母親一直怔怔的瞧著自己，一副要哭不哭的模樣，陳毓心裡也是百感交集。

上一世的自己，這會兒正因為手刃仇敵而亡命奔逃，何嘗有這般安然的生活？何況父母俱在，還以自己為榮，更是作夢也不可得。子欲養而親不待，陳毓經歷過茫然四顧、身邊再無一個親人的痛苦絕望，深感沒有什麼比守住眼前的幸福更重要的了。

「宮裡不比別處，我兒只管小心應對，至於狀元之名，也不必太過在意。」陳毓年齡小，李靜文終究不放心，之前特意跑了一趟娘家，一遍遍詢問宮中禁忌。擔心陳毓壓力太大，絮絮囑咐個不停。

倒是旁邊陪著的陳慧很是不服氣。「娘親，旁人才比不上大哥，大哥一定可以得狀元的！」

小姑娘最崇拜的人一直就是自家大哥，因為即便到了現在，大哥都可以馱著自己在房頂上飛，每每令得陳慧興奮得尖叫。這樣的大哥，怎麼可能不得第一？說著陳慧便攬住陳毓一條胳膊。「大哥，你一定要拿個狀元回來，我要做威風凜凜的狀元妹妹！」

陳毓「噗哧」一聲就笑了出來，彎腰捏了捏陳慧翹翹的鼻子。「好，大哥答應妳，讓妳做威風凜凜的狀元妹妹。」

李靜文橫了陳慧一眼，對這小女兒無可奈何。要說陳慧這丫頭，真是個有福的，不獨有爹娘護著，家裡哥哥姊姊也都寵得什麼似的，很多時候，李靜文簡直覺得兒子對小女兒比老爺那個當爹的還要上心呢。

陳毓這邊已收拾好，行至李靜文面前，撩起袍子跪倒在地，恭恭敬敬的磕了三個頭。「娘在家靜候佳音就好，兒子定不會讓爹娘失望。」

「娘知道，毓哥兒從來都是個好的。」李靜文拉起陳毓，眼淚終於止不住的流下來。這一輩子有這麼個好兒子，自己就是死也沒有遺憾了。

「少爺，外面溫公子已經候著了。」喜子的聲音在外面響起。

溫明宇前兒個來府裡正式拜望時，特意與陳毓說好，殿試時兩人一同前往宮中。

陳毓點點頭，這才轉身大踏步往外而去。

「陳賢弟。」瞧見逆光而來的陳毓，溫明宇臉上露出一副大大的笑容。

兩人相偕走出陳府，迎面正好撞上阮玉海也乘了馬車出來。隔著車窗瞧見言笑晏晏的兩個人，阮玉海只覺胸口一陣堵得慌。

走了小半個時辰，遠遠的能瞧見巍峨高大的宮門，陳毓和溫明宇一起從車上下來。

最先發現兩人的正是趙恩澤。

看到陳毓，趙恩澤眼睛頓時一亮。「會元公可是姍姍來遲啊。」

南北士子明裡暗裡比拚也不是一年、兩年了，最近兩次春闈，全是北方士人奪魁，令得江南士子頗覺面上無光。此次大比，陳毓本就是此次南方士子的代表人物，奪得魁首倒也是眾望所歸，江南士子總算吐了一口氣。

發覺陳毓到來，一時江南舉子紛紛上前寒暄。

其他人雖然早聽說今科會元年尚不及弱冠，這會兒親眼見到可不是一般的震撼，實在是這會元公年齡夠小，生得也夠俊。

翻遍大周的歷史，如同陳毓這般年齡就高中會元的根本就從來沒有過。

更不要說陳毓之前可是案首、解元這麼一路走來的，這會兒又中了會元，若真是再被皇上欽點為狀元……又覺得不大可能吧，畢竟，六首這樣的祥瑞可不是這麼容易能出現的。

有人認出始終伴在陳毓身側的正是宰相嫡孫、本屆亞元溫明宇，一時又是詫異又是羨慕。

只這種氣氛並未持續太久，辰時時分，宮門大開，一眾舉子便在貢院官員的引領下魚貫往宮內而去。

平生第一次踏足這真龍天子居處，即便是拂面和風，也帶了幾分肅穆，再加上兩邊腰挎繡春刀、一身大紅袍服肅然而立的錦衣衛，所有人都禁不住斂神屏氣、目不斜視，一時除了沙沙的腳步聲，再沒有其他。

保和殿內，鴉雀無聲。瞧著魚貫而入的眾人，滿朝文武也是感慨良深，今日進入大殿這些新晉士子就是大周新貴，不定會出幾多治世能臣。

家中有待嫁女的大臣，更是對這些新進士細細打量。聽聞此次春闈，青年才俊頗多，甚而今科會元更是年僅十六，所謂榜下捉婿，這樣的天之驕子可不正是家中嬌客的最佳人選？

待眼光一一在陳毓、溫明宇、阮玉海等人臉上掠過，眾人不覺暗暗點頭，這一眾進士，果然是俊才雲集。尤其是那會元陳毓，不獨人俊秀逼人，年紀雖小，這般莊重場合絲毫不見膽怯之意，頓時令數位重臣眼中露出欣賞之意。

便是高踞龍座的皇上神情中也露出幾多期許。

執掌大周數十年，對大周，皇上自然有著非同一般的掌控力，可從近段日子匯總而來的消息，皇上不得不承認，自己確實老了，不然，怎麼會這般容易被人蒙蔽？以致今日之大周，表面的繁榮下，竟是危機四伏。

幸好大錯尚未鑄成，成家尚得用，也幸好讓自己邂逅了陳毓……

「各位，請入座。」鄭善明手執拂塵，親自引領各位進士依次入座。

待各位舉子一一入座，文房四寶在桌案上一體擺好，皇上收回視線，俯視下方，良久終於道：「朕蒙上天眷顧，自幼沖之齡登基為帝，至今已然四十年……」

滄桑的聲音穿透殿宇，久久的在保和殿上空迴蕩。自皇上登基以來，一幅幅已然有些斑駁的畫面再次一點點在眾人面前清晰呈現——初登基時剷除奸狡的凶險，執掌大權後直面血雨腥風的艱難……

「其間幾多艱難，若非諸臣同心協力、各路英豪鼎力相助，如何有今日大周萬國來朝之崢嶸氣象？只昔人已矣，大周未來之繁榮鼎盛還須仰賴今日殿上諸君……」

「所謂人無遠慮必有近憂，諸位盡為胸有丘壑之飽學之士，明古訓，達今事，於大周今日之態勢有真知灼見，諸位儘管暢所欲言，朕今日虛席以待國士！」

皇上話落，大殿上頓時靜得落針可聞。

數百名進士，幾乎全處於目瞪口呆、茫然無措之中。

為了能有今日之殊榮，之前殿上諸位哪個不是兩耳不聞窗外事、一心唯讀聖賢書？怎麼能想到皇上竟然出了這樣一篇策論？

所謂大周天下態勢，這不是朝中重臣才能接觸到的層面嗎，怎麼今日卻要他們這些尚未入官場的菜鳥來詮釋？還以待國士——即便是國士，這題目也不好答啊！

不過能中貢生那也不是傻的，所謂天下事，不就內外兩字，內則朝內民生，外這會兒最令大周震動的就是一個東泰。

沈默半晌，終於有人開始下筆。

陳毓思索了半晌，若然論及大周今日之局面及對將來的影響，還能有誰比自己更確知大周的走向？若非和皇上不過一面之緣，陳毓真要以為皇上知道自己是重生回來的了。

上一世陳毓早和大哥顧雲飛無數次討論過大周亂象出現的原因，這會兒倒是信手拈來，當然，一些比較敏感的事情陳毓自會小心避開，又刻意模糊了具體事件，一直到自覺絕不會引起閱卷者懷疑，陳毓才開始動筆。

相較於其他人絞盡腦汁、抓耳撓腮的急切，陳毓鎮定坦然多了，令得本就對陳毓心有好感的幾位老臣更加滿意，各自盤算著，待殿試後，無論這位會元能不能奪得狀元，只要尚未婚配，就把人搶來做女婿。

等到寫完擱筆，陳毓察覺自己好像是第一個完成奏對的人，不由皺了下眉頭，想著是否有些鋒芒太露？正想著再潤色一番，鄰座的溫明宇也擱下筆。

皇上雖面上不顯，卻一直關注著陳毓的動靜，瞧見陳毓停了下來，便看一眼鄭善明。鄭善明了然，下了丹陛來到陳毓身側，徑直抽了陳毓的卷子在手中，又順道拿走了一併停筆的溫明宇和另外幾位士子的試卷。

鄭善明此舉無疑不合規矩，只是皇上數十年的積威之下，滿朝文武沒有誰敢置喙，只能眼睜睜的瞧著鄭善明把這幾張卷子一併呈到皇上龍案之上。

皇上揀起卷子，一張張的認真研讀著，待瞧見陳毓的那張，只看了第一段，攏在袖中的手不覺一下握住，快速閱讀完後，頓時心潮起伏、激動不已。

方才說以待國士，未嘗沒有誇大意思在裡面，這會兒委實覺得自己方才所言明智之極，這陳毓真能當得起國士之說。只是事關大周發展，文章裡面某些內容這會兒怕是不適合公諸於眾。

思索間，一眾舉子已是紛紛擱筆，眼巴巴的瞧著龍位上的皇上，冀望自己也有被皇上親自閱卷之殊榮，奈何最終都沒有等來鄭善明再次上前。待得離開保和殿，諸人心中已是明瞭，其他不論，狀元必在皇上所閱幾份試卷之中。

諸人散去之後，各位閱卷官也是愁眉不展。

皇上乾綱獨斷，定下狀元和榜眼也就罷了，緣何恁般不講理，硬要扣下二人的卷子，不許眾人傳看，還一味的胡攪蠻纏，說什麼待得三年後春闈大比之時，再宣讀這兩份試卷，才更能讓後世人明白什麼叫慧眼如炬。

皇上果然老了嗎，才會這般任性而自戀！

第三十五章　將計就計

帝都街頭，人頭攢動，今科金榜已張貼於大街之上。

中間第一個名字赫然就是陳毓。

據聞這位狀元公不獨是歷屆狀元中年齡最小的，更是自大周開國以來第一個六首。

自古以來，六首便是祥瑞之兆，非聖君在堂不可遇。出一六首尚且是百年難遇，更不要說這位六首不及弱冠之齡。

那陳毓殿試策論做得不知怎樣花團錦簇，皇上當庭給出「國士」之考語。消息傳出，整個帝都為之震動，陳毓這個名字也以燎原之勢迅速傳入每一個人的耳朵中。

除了陳毓這個六首讓京城譁然，便是榜眼、探花也讓眾人眼熱不已。

榜眼溫明宇出身相府；探花阮玉海雖父名不顯，外家卻是赫赫有名的潘家。再加上狀元陳毓父親也是三品伯爺，大周有史以來第一次一甲三進士全由豪門弟子奪得。

初時也有不平之聲，認為此次大比前三甲一個寒門子弟也無，特別是狀元公陳毓，那般小小年紀，怎麼可能力壓一眾儒生？便有好事者四處打探陳家來歷，結果卻是跌落了一地眼珠子。

陳清和雖敕封為伯爵，卻不曾入京為官，甚而連進士都未考取，卻能為官一地，造福一方。但凡是陳清和所在任所，治下百姓無不一片讚聲，每次離任，都有百姓嚎哭攔道。便是伯爵名號也非幸進，乃是陳家父子二人拿自己安危挽救了數萬人性命而得。

這樣一個忠正廉潔之人，又如何會做那蠅營狗苟之事？

待深入瞭解陳毓，更是震驚不已。

究其根源，此子幼時險些被人販子拐賣致死，之後發憤苦讀，先蒙書聖劉忠浩大師青睞，盛讚陳毓筆力猶在自己之上；更被一代大儒柳和鳴收為關門弟子，悉心教導之下，早已名滿江南。據聞陳毓考中解元時的文章一經張貼，便即引得眾江南學子為之傾倒，不獨書法被人臨摹，便是文章也被人傳誦至今。

再有數年前為了護住堤壩守護百姓，堂堂郡守公子被洪水捲走，忠勇仁義可見一斑，陳毓年齡雖小，經歷之跌宕起伏真真令人再熱血沸騰不過的一部傳奇，足堪寫成書籍傳世。眾人細細品味之下，更覺非比尋常的勵志。

這邊正自議論紛紛，長街盡頭一陣鑼鼓喧天的聲音遠遠傳來，人群紛紛往街道兩邊避去，負責肅清街道的五城兵馬司兵丁正飛騎而至，緊跟在後面的則是鮮衣怒馬的大周錦衣衛。

「快瞧，是狀元公跨馬遊街了！」一片靜默之後，人群喧譁起來。

本低頭矮身避居街道兩旁的百姓發一聲喊，又拚命的往街中心湧去，若非懾於錦衣衛的威嚴，恨不得攔在路中間，好一睹一甲三進士的風采。便是那些女子，這會兒也顧不得羞澀，一個個睜大雙眸，眼睛凝注在遠遠而來的新科進士身上。
狀元、榜眼、探花三人皆披紅簪花，道不完的意氣風發、說不盡的春風得意。只隨著隊伍越來越近，所有人的眼光漸漸集中在一個人身上。
歷朝歷代，狀元公多為飽學而老成持重之人，不然緣何堪做眾新秀魁首？反倒是探花郎多為俊俏書生，以致眾新科進士跨馬遊街時，最惹人豔羨者雖是狀元，最引人關注的卻是探花郎。這還是第一次，眾人瞧了狀元郎後直接把榜眼和探花全都忽略了。
同樣身著紅衣，如果說榜眼和探花郎是養眼的話，那狀元郎就是讓人驚豔了。
一身喜興紅色映襯下，陳毓越發顯得鬢若刀裁、眉若墨染，既有渾然天成的意蘊風流，更有峭拔於世的卓然清雅，當真是好一個翩翩少年郎。
人們愣怔了片刻，下一時，便有無數的鮮花香囊朝著陳毓身上擲去。饒是陳毓身手非同尋常，依舊落了滿懷。
「這就是那位六首狀元？」長街拐角處，一個神情矜貴的男子駐足，遙遙瞧著這一幕。聽男子開口，跟著的人忙小心回道：「不錯，此人就是陳毓。」
「生得倒還說得過去。」男子上下打量了片刻，神情明顯不屑。「就只是家世太過寒酸，想要配我那皇妹還差遠了。」
男子不是旁人，正是大周二皇子周樾。
本來狀元是誰周樾並不關心，再是六首，也就是個名聲罷了，真想左右朝綱，說不得還有一、二十年的路要走，眼下而言於自己大業並無半點幫助。但聽說因陳毓乃是本朝第一個六首狀元，父皇升起讓陳毓尚主的意思，放眼宮中，也就和周樾一母同胞的六公主正是適婚之齡。

雖不知皇妹是何心思，周樾心裡卻是一百個不願意。堂堂公主，怎麼也得嫁個家世說得過去的世家大族才好，如何能下嫁這般寒酸人家？更不要說關於六公主的婚事，周樾心裡早打算在朝中聲名顯赫的武將中擇一家。眼下而言，有岳父潘太師全力相幫，文臣私下裡歸附自己的不在少數，武將那裡雖也有所安排，力量依舊太過薄弱。

周樾也明白皇命難違，便把希望寄託在六公主身上。畢竟父皇教子嚴苛，一眾女兒還是相當嬌寵的，真是皇妹過去撒個嬌，表現出拒絕的意思，父皇定然會成全她。哪想到六公主聽說後極感興趣，鬧著無論如何先相看一番再作決定。

這般想著，周樾有些頭疼的朝上面望了一眼。

不怪周樾如此，實在是六公主不聽話也就罷了，怎麼連素來貞靜的小姨子潘雅雲也非得跑過來湊熱鬧。

兩人出面邀請了幾位世家閨秀，包下了這悅然居。悅然居乃是狀元遊街時必會經過的地方，做何心思昭然若揭。

又恐那些不長眼的過來唐突了樓上這些姑奶奶，周樾只得親自守護，畢竟事情可全是自己惹出來的，真是出了亂子，父皇定會責罰自己。周樾不禁後悔自己太性急了，陳毓尚主只是傳言，是不是真的還未可知，退一萬步說，即便是真的，自己也有得是方法破壞這門不當戶不對的聯姻。

「來了來了——」悅然居頂樓這會兒也熱鬧得緊。

因是潘雅雲的帖子，除了阮玉芳、李昭跟著潘家來的外，其餘幾位全出身於大周赫赫有名的家族。

而坐在最北邊窗戶旁的那個女子，正是成府嫡小姐成安蓉。

因為一向深居簡出，成安蓉在大家心目中自來神秘得緊，本想著這樣的俗事她如何肯來，倒不料還真接了帖子，一早就趕了過來。

作為主人，潘雅雲自然佔據了最中間的窗戶，和她同席的則是六公主。

其他世家小姐也都三三兩兩的結伴，唯有成安蓉不合群，自己佔據了最北邊的那扇窗戶。

至於最南邊窗戶旁則是李昭和阮玉芳，這對未來姑嫂雖彼此厭惡，偏又形影不離。這會兒二人的眼神全落在陳毓身上，相較於阮玉芳的嬌羞不已，李昭無疑是落寞的，心裡酸澀得不得了。李昭不得不承認，無論才學還是容貌，陳毓都要遠勝表哥……甚至不由得懷疑，若然早知道陳毓會有今日這般造化，當年自己還會不會那麼毫不猶豫的退親……

一副大家閨秀氣度的潘雅雲也聽到了遠處的歡呼聲，卻連往外邊瞧一眼的興趣都沒有。這世上，長得好看的小白臉多得是，那陳毓再是六首也入不得自己的眼。

倒是成安蓉——

瞄了一眼成安蓉幾乎快要貼在窗戶上的臉，潘雅雲已然篤定成安蓉同那陳毓之間有些淵源，但凡成安蓉瞧得上眼的，作為宿敵，怎麼也不可能讓她如意了。

潘雅雲不覺瞧了一眼六公主。作為二皇子的嫡親妹子，六公主自然一向也是瞧成安蓉極不順眼的，誰讓成家大小姐嫁誰不好，偏要嫁給總是和自家兄長不睦的太子呢。

看潘雅雲瞧過來，六公主自然明白對方的意思。既然兄長不喜，這陳毓自己自然不會要，可成家想要的話，也得看自己答應不答應。

很快，陳毓有可能尚主的消息傳遍了整個京城。消息一出，那些本來相中了陳毓、已經準備讓人上門說親的幾個重臣之家旋即收手。

開玩笑，六首狀元再如何矜貴，也不至於不要命了敢跟皇家搶人。

只是令所有人都沒有想到的是，皇上那邊還沒有下詔，又一個石破天驚的消息傳了出來，陳毓在得了狀元的次日，便託媒人到大周第一世家成家求親，兩家在最短時間內放了文定。

皇上知曉此事後，龍顏大怒，宣召陳毓到宮中受訓。再是狀元，做出這樣沒腦子的事惹惱皇上，六首怕是也得被貶落塵埃。

「那陳毓這會兒可服軟了？」說到「陳毓」這個名字，六公主敏淑有些咬牙切齒。

之前兄長周樾告訴她，父皇有可能把她許配給陳家時，敏淑根本沒有放在心上。雖說哪個少女不懷春，可也不是隨隨便便什麼人都能入得了公主的青眼，倒是正好可以借機央著兄長帶自己出宮玩耍。

當時在悅然居瞧見成安蓉，覺察那狀元公怕是入了成家二小姐的青眼，敏淑才會和潘雅雲一拍即合。兄長不是說父皇有意和陳家聯姻嗎？那就刻意把這個消息放出去，就不信那成家吃了熊心豹膽，敢跟皇家搶人。至於陳家，聽說這消息還不得樂死？肯定全家都會翹首期盼這份天大的榮耀。

兩人沒有情也就罷了，真有淵源的話，還不得把成安蓉給傷心死？那時候，自己就有好戲看了。等到一切塵埃落定，自己再到父皇那裡鬧一鬧，言明根本看不上陳毓，六首狀元又如何？誰讓陳毓竟敢和成家扯上關係？想尚主而不可得，這陳家也必然會名譽掃地。至於自己，依舊逍遙自在的做自己的公主。

哪想到事情的發展竟然和自己所想完全不一樣。

陳毓將尚主的消息一出，只嚇住了其他本來看好陳毓的世家大族，陳家卻好像沒聽見一般，依舊跑到成家求親去了，更可惡的是成家果然和陳家有淵源，要不然怎麼就敢冒著得罪皇家的危險把成安蓉許配陳毓？

更令敏淑受傷的則是陳毓的反應。

自己可是堂堂公主，無論哪一方面都遠勝成家那個小丫頭，那陳毓竟然在知道有尚主可能的前提下依舊到成家求親，分明不把自己放在眼裡。

本來自己拒婚，那是陳家攀龍附鳳而不可得，怎麼也沒料到到頭來成了陳家嫌棄自己！所有謀劃全因陳毓不按常理出牌成了空，連帶的自己也成了一個天大的笑話。陳家之所以那麼急著去成家求親，分明就是告訴所有人，他們要搶在皇上指婚之前定下婚約，這不是明擺著看不上自己嗎？

本想坑人呢，到頭來一個人也沒坑到，反而是自己掉坑裡了。

敏淑與二皇子周樾同為一母所出，但二人從小失母，自幼得潘貴妃照顧，視如己出。要說大周皇室，對女兒向來優渥，敏淑平日裡在一眾姊妹中也算得寵，再加上周樾這些年的表現越來越搶眼，和太子已呈分庭抗禮之勢。

宮中哪個不是人精？無論周樾到時候能不能成大事，多留一條退路總是好的，如此一來，巴結敏淑的人也就越來越多。時間長了，自然養成了敏淑目中無人的性子。

今兒個被陳毓給打了臉，這樣一口惡氣，自來心高氣傲的敏淑如何能受得了？當即紅了眼睛，一路哭著尋宮中主事的潘貴妃去了。

聽說新科狀元連自己養在膝下的敏淑公主都不放在眼裡，貴妃娘娘也氣了個倒仰，一迭聲說便是民間養的女兒也沒有這麼被人糟踐的道理，倘若世人都效仿陳毓這樣的狂生，皇家尊嚴何在？

正好皇上駕臨潘貴妃寢殿，聽潘貴妃如此說，當即著總管太監鄭善明宣陳毓入宮聽訓，明擺著是要給敏淑出氣。

「不定怎麼悔斷腸子呢。」旁邊的大宮女錦衣邊端上一個果盤邊笑著湊趣道：「奴婢方才特意著人打探過，說是皇上氣壞了，連杯子都摔了呢。別看是堂堂狀元，待會兒說不得也會挨板子……」

敏淑手剛碰到盤子，臉上的笑意一下僵在了那裡，下一刻抬手就把錦衣手中的托盤打翻，氣得小臉都有些扭曲。「陳毓竟敢如此小瞧本宮！」

父皇連杯子都摔了，那豈不是說陳毓根本不願妥協，到底她是何等的不堪，才令得陳毓抵死不從……

「公主息怒、公主息怒。」錦衣嚇得「撲通」一聲跪倒在地，咚咚咚的不住磕頭。

「去養心殿。」敏淑性子上來便不管不顧了，陳毓膽敢如此折辱自己，怎麼也得求父皇治他滿門罪過。

「不許去。」周樾的聲音在外面響起。

周樾跨進門來，瞧見房間內的狼藉，不覺皺了下眉頭。

敏淑的性子嬌慣得太過了，本來依照自己的想法，是想讓她撒個嬌，父皇心軟之下，打消指婚的念頭便罷了。哪知這丫頭這般能惹事，把簡簡單單的一件事鬧成了滿城風雨。

若非他刻意提醒父皇，陳毓之所以如此不過是想借著成家巴結太子，皇上又哪裡肯出面問罪？

敏淑天真的以為父皇是為她出氣，殊不知，父皇不過是借著這件事敲打太子罷了。所謂過猶不及，能成功的給父皇上個眼藥便可，這會兒再跑過去鬧，說不得自己兄妹二人都得吃掛落。

養心殿。

鎮撫司指揮使李景浩繃著臉，親自守在殿門外。

得了吩咐，那些侍衛早早的退居大殿外，一個個低著頭，大氣都不敢喘的模樣。

皇上近年來越發喜怒無常，比如那六首狀元陳毓，前兒個還跨馬遊街，如何的春風得意；今兒個就被打落塵埃，怕是這一世都別再想有出頭之日。

眾人沒料到，養心殿中的情景和他們所以為的根本大相逕庭。

皇上居中而坐，下首放了桌案並一個繡墩，至於眾人所以為正如坐針氈、悔斷腸子的陳毓，正安然坐在繡墩之上。

他的前方是皇上跟前的紅人、大內總管太監鄭善明，正拿著茶壺，小心的往陳毓面前的茶杯裡注第二遍水，案几上擺著幾碟用來配茶的精美點心。

「此去東峨州，阿毓你切記要小心行事。」瞧了一眼即便對坐御前，依舊冷靜自持、絲毫不失禮儀的陳毓，皇上疲憊的神情中終於露出一絲笑意來。

不得不說，當時聽見陳毓有條有理的分析推論，思及前因後果，皇上當真出了一身的冷汗。依照陳毓的推斷，東泰藏有極大的陰謀，怕是包藏興兵進犯大周的禍心。

那所謂的仙丹委實害人不淺，真是再延誤下去，連皇上都難以想像到時候自己會成什麼樣子。

而東峨州作為扼守東部邊塞的最重要的關隘，為了以防萬一，自然須得派最得力的官員前往管理。放眼朝中，除了陳毓這個謀劃整個大計的人，就沒有其他更合適的人選了。

只是不讓堂堂六首狀元進清貴的翰林院，硬是發配到窮山惡水的東峨州，無論如何也說不過去。本來還沒想好該給陳毓定個什麼罪名，沒想到自己那對兒女解決了這個難題。

「皇上放心，臣定然牢記皇上囑託。」陳毓點頭，下一刻卻是覥著臉道：「說不得微臣還得跟皇上借一塊金牌用用。」

陳毓之所以說服外頭木頭樁子一般站著的親娘舅並成家的大舅子，讓他們同意自己以身涉險，除了因是自己提出這個計劃，更能掌控全局外，還有一個更重要的原因，那就是總理東峨州軍務的那位年輕將軍正是嚴家最出色的下一代，也是之前在西昌府結了怨的嚴鋒的兄弟。

雖然嚴釗眼下的身分依舊是成家最看重的年輕將領，陳毓卻很清楚，上一世嚴釗最終投靠了潘家。

皇上中毒一事說不得就有潘家的首尾，如此看來，東泰跟潘家並二皇子一系有著極大的關係……

待諸事商量完畢，新科狀元陳毓就被人從皇宮裡「拖」了出來。

至於事情緣由，眾臣也很快打探清楚。陳毓中了六首狀元，這麼一個祥瑞之兆，又生得一表人才，便是皇上瞧了也眼熱得緊，一心想弄來當自己女婿，誰曉得之前京城的傳言是真的，陳家和成家早有淵源。陳毓冒著得罪皇上的危險，依舊一門心思求娶成家女。

若然放在其他人身上，或許不算什麼，壞就壞在陳毓看上誰不好，偏是成家小姐。

這些年來太子不得聖心乃是大家有目共睹的，連帶的岳家成家也越來越被皇上忌憚。以致成家雖依舊是武將中的扛鼎人物，可內部勢力也多有分化，成家可以直接掌控的軍力已經越來越少，不少成家看重的將領也被以各種藉口從成家帳下調離。

所以才說這陳毓委實太不識時務了，明知道成家處境如此尷尬，還上趕著給成家做女婿。倒是個重情重義的人沒錯，只是重情重義能吃嗎？自古以來，還沒有惹怒皇家還能心想事成的。

選擇了要美人不要江山，那也只能接受以堂堂狀元的身分被發配到邊遠之地的命運了，且皇上盛怒如此，陳毓有生之年就別想從那窮山惡水之處回來了。

這幾日二皇子周樾臉上的笑容越來越多，至於太子那裡，即便太子妃身子已經越發顯孕的喜悅都沒能讓他展露笑顏。每日裡僵硬著一張臉，甚而還有人聽到太子對大舅子成弈說話的語氣都有些發冷。

無疑，太子也是反對這門親事的。

再是連襟，可於自身處境不但無一助益，反而更加雪上加霜，太子能看得上才怪。

陳家詭異的處於一種牆倒眾人推的狀態，陳、成兩家正式定親消息傳出去，根本就沒有人敢上門道賀。

倒也不是所有文武官員都怕事，本也有些人家想上門的，還沒到成家門前呢，就瞧見了有冷面閻羅之稱的鎮撫司指揮使李景浩也去了成家。話說鎮撫司的人哪次出面不是鬼鬼祟祟的？這麼光明正大的駕臨成家，明顯是持有皇命啊！

就是有天大的膽子，這會兒也沒人敢逆風而上。

這也使得李景浩並成弈、陳毓幾人少了幾分顧慮，不必擔心三人談話的時候會有不長眼的人意外闖進來。

「皇上近來如何？」最先開口的是成弈。

皇上會有此舉，除了給陳毓前往東峨州鋪路之外，更是對朝中大臣——尤其是文臣——的一次試探。而朝中的反應無疑太過駭人，面對這樣的不公，那些平日裡即便皇帝做了一件不合理的小事都會跳出來喋喋不休的文臣，沒一個人吱聲，表面上是皇上乾綱獨斷、威望太盛所致，可細細思量，何嘗不體現出潘太師對文臣們恐怖的掌控力？

當然，眼下情形和近幾年來皇上對太子越來越冷淡並處處限制也有極大的關係，按照以往的經驗，只要事關太子，皇上懲罰起人來必然是雷霆之勢，就如同這次對陳毓，可之前好歹有人上奏，和眼下集體失聲的情形不同。

李景浩搖了搖頭。

眼前情形無疑比皇上所想的還要糟糕。這幾日時時守在皇上身邊，李景浩能切實體會到皇上一日更甚一日的焦慮。

之前因為服用那藥丸的緣故，皇上很多時候要麼特別亢奮、要麼精神恍惚，勉力處理朝政之餘，根本無暇分心他顧，短短幾年時間，朝綱就敗壞到這種地步。

外人以為皇上這般憔悴是被陳毓給氣著了，哪裡能料到眼下在皇上的心裡，陳毓的地位之重怕是不在自己之下。

此次前往東峨州，陳毓無疑是皇上心裡最鋒銳的一把刀，要砍斷的不只是東泰膽敢入侵的魔爪，還有朝中那些有著不軌之心、企圖一手遮天的重臣。

「我倒覺得，皇上怕是把事情想得太過嚴重了。」陳毓卻插口道。「朝中文臣並沒有壞到皇上所想的那種地步，之所以暫時沒人說話，一則應該和我是六首狀元有關；二則，和太子殿下也有關係；三則，或者有皇上刻意營造的喜怒無常性子有關。他們不開口，恰恰說明皇上眼下做得太成功了……」

所謂文無第一，這些能站在朝堂之上的文臣，放在當初，哪個不是名動一時的大才子，可能奪得狀元的能有幾個？更不要說還是有祥瑞之稱的六首狀元。大多文臣會有些冒酸水，會有想看陳毓跌跟頭的心思倒也能夠理解。

之所以說和皇上、太子有關，實在是因為二皇子的「上道」和皇上的「胡攪蠻纏」，一件簡簡單單的聯姻，已經被所有人上升到和儲君之位有關的高度。固然有人想要掙個從龍之功，更多的人卻不想牽扯到這渾水中來，等這些人反應過來，少不得就會進諫了。

李景浩瞧著陳毓的神情不覺多了些嘉許，這何嘗不是皇上的看法？而且就在方才來的路上，李景浩已經得到密報，朝中已經有大臣行動起來，認為皇上為了莫須有的罪名貶斥六首狀元的行為實為不妥。

沒想到外甥如此通透，李景浩神情越發滿意，又從懷裡摸出一張紙遞過去。

「把這上面的名字記下來。」

名單上的人是鎮撫司派往東峨州的人員，盡皆一時精銳，對陳毓此行定大有助益。

連帶著名單送上去的還有鐫刻有指揮使標記的一面權杖。

鎮撫司自來是最講究行動力的一個部門，所謂見權杖如見人，手持這權杖，陳毓自可行使如同李景浩親臨一般的權力。

知道舅舅是擔心自己，陳毓沒有推辭，很是爽快的接過來。加上懷裡皇上賜的金牌，已經有兩個護身符了，只是這還有點不夠，畢竟自己前去東峨州可不是為了送死，保命的東西怎麼也要多多益善才好。

他笑嘻嘻的看向成弈。「大哥你得想法暗地裡給我整支軍隊來，那嚴釗可不見得會聽我的。」

親也算定了——雖然陳毓內心裡想的是這會兒成親多好，只老丈人不在，大舅子是無論如何不可能答應的，也就只能上趕著把稱呼給改了。

成弈倒也不以為忤，相較於太子妹夫，陳毓無疑更對成弈的胃口些。雖然時不時的會敲打這小子，可實話實說，成弈心裡對陳毓還是相當滿意。成家都是武人出身，這會兒得了個六首狀元當女婿，也是一大喜事，更不要說這個妹夫身上還一絲文謅謅的酸腐氣也無，接觸得久了，成弈只覺豪爽的勁頭簡直跟自己有得一拚，更是覺得長臉。

不過他對陳毓的話有些不以為然，即便嚴、陳兩家有舊怨，可陳毓好歹頂著成家女婿的光環，嚴釗無論如何不致做出於陳毓不利的事情。

話雖如此，他默默的把自己的權杖也遞了過去。

「對了，將來那種新工藝打造的武器，可別忘了給東峨州也送去些。」陳毓又想到一點，忙囑咐成弈。

「送去東峨州？」成弈怔了一下，那批武器……

「不錯。」陳毓點頭，神情自然。「怎麼也得讓東泰人信實了這件事。為了以防萬一，事情緣由也由我告訴嚴將軍即可。」

既然知道嚴釗的底細，不乘機坑他一把，怎麼也說不過去。

成弈不疑有他，當即點頭應允。

眼看著事情安排完畢，李景浩便起身告辭。有心喚了外甥一起，哪想到陳毓拖拖拉拉，一直在後面磨蹭，李景浩心中了然，哂笑一聲，自己離開了。

陳毓跟著往外走了一段，忽然一踅身，往小七的院子而去。

成弈在後面瞧得明明白白，登時有些吹鬍子瞪眼。這臭小子，明擺著是跑去見小七了，當自己這個大舅哥是擺設嗎？絲毫也不知收斂，這不是找打嗎？

成弈心裡不忿，終究氣哼哼的轉身回了書房。罷了，眼不見為淨，那東峨州畢竟路途遙遙，怎麼也得給他跟小七話別的時間，不然說不得妹妹也會埋怨自己。

陳毓一開始怕大舅子會追著打過來，走路還相當小心翼翼，甚而藉口都想好了，真是大舅子攆過來，他就說迷路了。好在大舅子也是個知情識意的，也學會裝聾作啞了。

意識到成弈的縱容，陳毓也不掩飾急切的心情了，一溜煙似的往小七的居處急縱而去。前世今生還沒有體會過牽掛一個人的滋味，哪裡想到才會相思，便害相思。更無法忍受的是這才找到小七多久啊，自己又要奔赴東峨州，依照前世的記憶，怕是兩年時間都別想回來了，該怎麼開口跟小七說這件事？

陳毓嘆了口氣，剛要探手敲門，門一下從裡面拉開，面色緋紅的小七正站在房間裡，瞧著外面怔然凝視自己的陳毓，臉上越發火燒火燎。

兩人一個門裡一個門外，這樣靜靜對視片刻，還是陳毓先反應過來，跨步入內，一手關上房門，另一手攬住小七，往自己的懷裡帶了過去。

小七下意識的抗拒了下，終究不捨得把人推開。

感受到懷裡的柔軟，陳毓不覺把人摟得更緊，低頭瞧著小七低垂的螓首，因為害羞而紅透的小小耳垂，陳毓只覺滿心的不捨越發鋪天蓋地而來。「只願一生一世一雙人，此生執手白頭不相離……」

「毓哥哥。」小七如何體會不出陳毓的心情？明知道不過是做的一個局，可離別卻是實實在在的，陳毓要面臨的危險境地也是實實在在的，如果有可能，小七真想不管不顧的跟去。

小七踮起腳尖，雙手探出，圈住陳毓勁拔的腰。「你放心去，記得一定要平安回來，我等你……」

最後一個「你」消失在彼此唇齒相依的呢喃中……

陳毓只覺頭「轟」的一下，俯身重重的加深了這個吻，只恨不得把人揉到自己骨血裡。

東峨州總兵府。

嚴釗正對著一份官員變動的朝廷邸報沈吟不已，待眼睛落在苴平縣令陳毓這個名字上面，眼眸中不由滑過些冷意，探手在陳毓的名字下面掐出一個重重的指甲印來。

當年兄長姪子盡皆殞命西昌府，雖說生榮死哀，朝廷一力褒獎之下，兄長走得極是風光，嚴釗卻對兩人的死始終心存疑慮。畢竟，再沒有人比身為弟弟的嚴釗更清楚，自家大哥是多愛惜性命的一個人，根本不可能做出為了百姓獻身這樣天方夜譚的事。

這些年來，嚴釗一直不間斷的派人調查，越查疑點越多，甚而所有的線索全指向當時的西昌知府陳清和。

到得今日，嚴釗已是完全把兄長姪子死去的罪責都歸咎在陳家父子頭上。大哥雖是為人多有不端，待自己這個兄弟卻再親厚不過。所謂冤家路窄，沒想到陳毓竟會被貶斥到東峨州任職，即便暫時沒辦法取了陳清和的項上人頭到大哥墳前祭奠，好歹先從陳毓那裡收取點利息才是。

他頭也不抬的吩咐手下親兵。「你去抽調駐紮在東夷山下的守軍回防。」

「這東峨州可真是夠偏僻的。」喜子用力跺掉腳上沾的黃泥，嘆了口氣。昨天剛下了場雨，本就坑坑窪窪的官道變成了小型的湖泊，馬兒嚇得連走都不敢走了。沒奈何，喜子只得下來牽著馬。

正自艱難跋涉，一陣窸窸窣窣的聲音從後面傳來，喜子忙不迭跑過去。「少爺，地上泥水多，您還是在車上的好，沒的踩一腳爛泥！」

陳毓擺擺手，止住了喜子的動作。

隔著層層雨幕，已經能瞧見遠處高低起伏的山脈，待過了東夷山，再有一天路程就是苜平縣境了。

陳毓重重的吐出了一口濁氣。自從進入東峨州境內就陰雨連綿不絕，大大延滯了行程，這般濕漉漉的能擰出水來的天氣也委實讓人不舒服。

正自凝目遠望，一陣噠噠噠的馬蹄聲由遠而近，是李景浩特意撥給陳毓的侍衛趙城虎正飛馬而至。

「公子，再往前五、六里就有個小村莊，卑職已經遵照公子吩咐找好了可供借宿的農家。」

雖然這會兒天還早，可要繼續往前走的話怕是要露宿山中。

聽說前面很快就會有人家，喜子簡直要喜極而泣了，忙不迭催促陳毓回了車上，又唸著馬夫加快速度，約莫小半個時辰，終於來至李家村。

趙城虎找的那家村民，正好就在村東頭，旁邊還有一間小小的私塾，掩映在蓊蓊鬱鬱的雜樹之間，倒也頗有幾分野趣。

一行人經過時，正聽到那私塾先生講解《孟子》的〈浩然正氣篇〉。「居天下之廣居，立天下之正位，行天下之大道。得志與民由之，不得志，獨行其道。富貴不能淫，貧賤不能移，威武不能屈……」

那私塾先生的聲音如金玉相撞，說不出的乾淨動聽。陳毓聽得有些怔然，不覺掀開窗帷一角，細密的雨幕中，隔著陰鬱的枝椏縫隙，能瞧見一個身著青衫的落拓背影，極瘦削，似是還架著雙拐，依舊努力站得筆直……

陳毓嘆了口氣，果然是胸有不平之氣。廢了雙腿就注定再也無法立在朝堂之上，倒是可惜了身上這股子寧折不彎的精氣神。

正自嘆息，又一陣噠噠的馬蹄聲由遠而近，一路上都少見行人，更不要說打馬如飛的騎士，喜子瞧著新奇，便是陳毓也不覺多看了兩眼。

那騎士速度快得緊，待來至陳毓幾人面前，似是不經意的一揚馬鞭，那馬仰頭「希律律」一陣嘶鳴，虧得陳毓車轅中套的也是少見的良馬，饒是如此，依舊吃了一嚇，馬蹄踩進旁邊一個水坑裡，馬車頓時歪了一下。虧得陳毓趕緊抓住車廂門，才不致從車上摔下來。

「抱歉。」馬上騎士拱了拱手，是個悅耳動聽的女子聲音。

陳毓正好抬起頭來，正對上女子一雙滿是野性的翦水雙瞳。

「無妨。」陳毓點了點頭，旋即放下窗帷，嘴角噙著一絲古怪的笑意。

事情好像有些意思呢！

馬上女子沒想到陳毓這麼好說話，愣了一下，旋即露出一個有些狡黠的大大笑臉。果然是金尊玉貴人家養出的小公子，瞧著還真是細皮嫩肉，這般俊俏容貌，和阿玉比起來也絲毫不遜色呢。

「咦，那女子往私塾去了。」喜子明顯有些被女子的美麗給鎮住了，直到女子繞過籬笆牆，在私塾門前停下，才收回視線。

那清冷的讀書聲音果然戛然而止，清脆爽朗的女子聲音隨即傳來。「阿玉，走了，家裡明兒個要辦喜事，大哥讓我早點接你回去。」
是那私塾先生的姊妹嗎？
喜子還要再看，要投宿的那戶人家的主人已經迎了出來，主人家姓李，就一個兒子，說是在外面做些小生意，常年不在家中，李老漢夫婦也都年過花甲了，瞧著俱是慈眉善目的樣子。
老兩口又是給幾人端熱水，又是張羅著弄吃的，當真熱情得緊，忙得不亦樂乎。
「多謝老伯，我們自己來就好。」陳毓忙接過臉盆，還要說些什麼，卻被一個惱羞成怒的男子聲音吸引，只聽得是從私塾那邊傳來。「妳做什麼？快放開我！」
可不正是之前那個講解〈浩然正氣篇〉的男子聲音？只是這會兒聽著怎麼有些說不出的憋屈？另一道爽朗的女子聲音隨即響起，應是方才有過一面之緣的那個漂亮女子。
喜子幾個明顯興趣盎然，手裡的活兒也不做了，只一心一意聽起那邊的爭執來。
「好阿玉，你莫要生氣，我不是有意唐突你，這不是你們讀書人經常說的那個什麼……對了，事急從權嗎？這下著雨，家裡又實在有事，而且我馬術好著呢，有我抱著，真不會摔著你……」
喜子和其他侍衛聽得不住咋舌。
這姑娘說什麼？要抱著一個男子共乘一匹馬，這也有些太出格了吧？真不知是什麼樣的人家才會養出這般厲害的女兒來。

「妳放開我——」男子的聲音越發憤怒。
陳毓抽了抽嘴角，這越聽越像那街頭無賴調戲民間美女的戲碼，不同的是角色顛倒了。那馬也正好從私塾那邊繞了過來，眾人瞧了一眼越發忍俊不禁。
一個清瘦男子裹著蓑衣被放置在馬背上，他的身後則是之前那位英姿颯爽的女子，不獨穩穩的坐在後面，雙手還以保護性的姿態緊緊攬著男子勁瘦的腰身。
怪不得男子方才反應那般大，即便身子骨再不好，可這樣被保護著靠在女人懷裡的姿勢，是個男人都受不了。
注意到幾人的視線，男子越發羞得抬不起頭來，又知道女子性情執拗，也不和她廢話，就只是揪住馬脖子要往下面跳。
女子嚇得翻身骨碌一下就從馬背上滾下來，張開手臂，一副隨時準備把摔下馬背的男子抱個滿懷的模樣。「好阿玉，你坐好莫亂動，我下來，我下來行了吧？」
口中說著，探手抓住馬韁繩，又不放心的囑咐了一句。「你可坐好了，真是摔下來，可不得讓人心疼死？」
最後一句話不覺降低了音調，語氣裡全是絲毫不加遮掩的疼惜之意。
小心的扶著男人坐好後，猛一抖韁繩，伴著馬兒一起在雨裡飛奔起來，地上本就濕滑，她這一跑，濺起一地的水花，兩條褲腿一下濕了半截。
「哎喲，好冷。」女子嘆著氣，甚而還誇張的抖了抖身體，卻依舊牽著馬在雨水裡一腳低一腳高的跑著，再加上時不時踩到水坑裡時長長的抽氣聲……

坐在馬背上的男子身體頓時一僵，終是一下拽住女子執著馬韁繩的手，半晌，幾乎是從牙縫裡擠出一句話。「行了，別跑了，上來吧。」

「阿玉，你這是心疼我了？」女子意外之極，喜笑顏開，仰著俏臉一眨不眨的瞧著男子。又忽然反應過來，怕再耽擱下去阿玉反悔，忙不迭一躍而起，飛身上馬。

一直到那匹馬沒了影子，喜子才回過神來，不住咂巴著嘴。「都說東峨州民風彪悍，倒還真是名副其實。」

初時還以為是兄妹呢，這會兒瞧著怕是夫妻，只這麼厲害的婆娘，尋常人怕還真是消受不起。

陳毓抬頭，正好瞧見李老漢眼裡也全是笑的模樣，明顯經常見到這樣的情景，不覺莞爾。「瞧老伯的樣子，和那私塾先生是熟識了？」

接觸到陳毓探詢的眼神，李老漢眼裡的笑意一下斂去，又恢復了之前老實的有些木訥的樣子。「小鄭先生是十里外鄭家村的小少爺，最是個心善的，教村裡的娃娃們識字，一文錢不要呢。就是他那婆娘，瞧著風風火火的，也是菩薩心腸，經常來救濟村裡吃不上飯的人家……」

陳毓點點頭，不再多問什麼，那邊李大娘已然燒好了飯菜，一大盆糙米飯、一大鍋雞湯，上面還撒著不知名的野菜，香噴噴的味道，聞著就讓人口齒生津。

喜子忙從褡褳裡掏出錠銀子硬塞到兩位老人手裡。「老伯、大娘，辛苦你們了。這點銀子是我們的心意，兩位一定要收下。」又興致勃勃的邀請兩人一起用飯，李老夫婦連道「不敢」，又說灶堂那兒還留有飯，那兒也暖和，兩人就不去湊熱鬧了。

那邊陳毓幾個也跟著坐下，每人盛了一碗飯，各自無比香甜的吃了起來，只是一碗飯沒用完，幾人就慢慢軟倒在地。

「成了。」李老漢一步跨出灶間，哪還有之前表現的絲毫老邁？便是李大娘舉動間也多出幾分敏捷來，抬腳踢了踢陳毓，臉上露出幾分嫌棄。

「果然是富貴人家嬌養的孩子，這麼容易就被撂倒了，早知道也讓七爺和大小姐留下來看個熱鬧了……」

話音未落，一陣噠噠的馬蹄聲再次響起，兩人抬頭，明顯吃了一驚。

怎麼七爺又回來了？更不可思議的是方才還中氣十足捉弄七爺的大小姐這會兒橫躺在馬背上，一點聲息也無。

「李堂——」那私塾先生明顯騎馬的技術不佳，再加上行動不便，想勒轉馬頭，一個坐不穩，登時從馬上栽了下來，好巧不巧，正好落在陳毓幾人身側。

「七爺！」李堂吃了一嚇，忙要跑過去，方才還「昏迷不醒」的陳毓一下從地上坐了起來，手臂一伸，正好扣在男子的脖頸上。

「你、你……」李堂早目瞪口呆。明明方才還一切盡在掌握之中，怎麼這麼大會兒工夫就天翻地覆了？方才還當作弱雞一般的富家少爺，轉眼就成了奪命修羅。對方姿勢看似隨意，可手指恰好扣在七爺的命門處，只要微一用力，怕是七爺立即就會命殞當場。

「你、你不要亂來。」李堂臉都白了，七爺手無縛雞之力，平日裡瞧著真真就跟個玉人兒似的，著實是幾位龍頭老大最寶貝的，別說是一車財物，就是劫個金山銀山，卻讓七爺把命丟在這裡的話，就算把自己兩口子的人頭算上，都不夠賠七爺這條命。

李堂恨鐵不成鋼的瞧了一眼躺在地上的大小姐，你說平日裡鐵打的一個人，怎麼說躺下就躺下了呢？而且這是多好的美人救美人的機會啊，她倒好，變成拖累了。

李堂絞盡腦汁也想不出一個穩妥的方法來，就這麼片刻工夫已是汗濕重衣，哪還有方才智珠在握的得意？

「不要傷了我家七爺，有事……有事好商量！」他一邊說著一邊給旁邊的李大娘使眼色。

李大娘身形慢慢的往院門外踅去，剛要悄沒聲的去拉那正在吃草的馬兒，一道悠悠的聲音傳來。「莫慌莫慌，我們家馬兒性子有些躁，大娘小心些才好。我這會兒還餓著，老伯你幫我再盛些雞湯來可好？」

一番話說得李大娘腳下猛一踉蹌，好險沒摔倒。

李堂一張臉皮頓時臊得通紅，審度了一番形勢，偷眼瞧了一下依舊橫七豎八昏睡在地上的其餘幾人，把心一橫。這小子瞧著細皮嫩肉的，能有多厲害？自己若能趁此機會抓個人質，說不好可以先把七爺給換過來。

哪想到身形甫一動，一粒石子隨即電閃而至，李堂「哎喲」一聲撲倒在地。李大娘也顧不上李堂，當即趁此機會翻身上馬，奔馳而去。

「真是不聽話。」陳毓蹙眉起身，哥倆好般的拐著那私塾先生的脖子，另一手則是掏出幾粒藥丸，俯身一粒粒餵進喜子幾人口中，那私塾先生被拖拽得不住踉蹌，兩條腿無力的拖在地上，硬是忍著不肯說一句求饒的話。

及至陳毓餵完眾人藥，站直身體，才發現方才因為太過用力，私塾先生的臉都憋得有些青紫了。

「哎呀，你……」

陳毓在看清私塾先生的模樣後，怔了一下，手也隨即鬆開。

那私塾先生驟然失去依靠，一下撲倒在泥水裡，卻根本顧不得自己，而是往前爬了幾步，探手托起女子緊閉著眼睛的腦袋。「信芳、信芳，妳怎麼樣了？」

方才還冷冰冰的人兒，這會兒卻緊張得呼吸都是急促的，哪還有之前的一點兒清冷不耐？

「公子——」

趙城虎幾個最先清醒過來，然後是喜子。看清周圍的情形，不覺倒吸一口冷氣，如何還能不明白，方才著了這些人的道了。

喜子慌得圍著陳毓不住來回轉。「少爺，你沒事吧？」

趙城虎幾人也滿臉愧疚，真是大江大河都過去了，沒想到會陰溝裡翻船。明明瞧著這兩老怎麼看都是忠厚的人，如何也沒料到是包藏禍心的賊人。若非公子警醒，這會兒可不被人包圍了？幾人沈著臉，唰的抽出寶劍，明晃晃的劍尖正指向在場唯一能動的、一身泥水的私塾先生。

李堂嚇得臉都白了，有心上前把人護住，奈何怎麼也站不起來，一張臉都扭曲了。「住手！你們若敢動我家七爺一根手指頭，就別想活著離開東夷山。」

「是嗎？」趙城虎冷笑一聲，反轉刀背，在李堂背上用力一磕，聲音中滿是戾氣。「你們七爺的命，能比得上我家公子矜貴？」

公子可是堂堂六首狀元，更是英國公府的嬌客、鎮撫司指揮使全力護佑的人，真是在這裡出了意外，再有勢力的山賊也是轉眼間被滅掉的命。

綁好李堂，又要去找那私塾先生和躺在地上的女匪首，那私塾先生張開雙手傾身護住女匪，一雙黑湛湛的眼睛亮得嚇人。「不要碰她。」

「不碰她？」趙城虎抓住男子的後背，隨手拿了根繩子就把人捆起來。

卻被陳毓攔住。「慢著。」

陳毓人已來到男子面前，蹲下來直面男子，試探著道：「你是鄭子玉？」

男子吃了一嚇，下一刻板起臉來，也不看陳毓。「你認錯人了。」

話雖如此，他臉上卻露出悲色，俊美逼人的容顏上多了些蕭索之氣。

「子玉，果然是你。」這樣奪目的外貌，即便當初幾面之緣，過了這麼些年，依舊難忘。陳毓再無疑慮，不待男子反應，抬手解開鄭子玉身上的繩索。「原來你們一家到了這裡嗎？鄭大哥他們可還好？」語氣複雜，神色也有些黯然。

不怪陳毓如此，當初嚴宏那般摧殘鄭子玉，會被鄭家兄弟殺死也在情理之中。而且當初在西昌府，若非鄭家兄弟出手相助，他早已葬身洪流，西昌府百姓也不知有多少人要家毀人亡。

嚴家父子落得那樣的下場委實是咎由自取，只可惜陳毓彼時沒有能力護住鄭家，只能眼睜睜的瞧著那麼一大家子和上一世的自己一般淪落江湖。

聽陳毓說得親熱，鄭子玉終於覺得有些不對，慢慢抬起頭來，注目陳毓，神情有些恍惚。這麼出色的容貌，自己好像真見過呢。

這邊陳毓也是百感交集，當初第一眼見到鄭子玉，是如何瀟灑的一個富家小公子？現在看著，卻是一潭死水一般。

他探手扶著鄭子玉坐下。「子玉不記得我了嗎？我是陳毓啊，西昌府知府陳清和之子。」

陳毓？鄭子玉瞳孔猛地一縮。

第三十六章　鬧劇

李大娘一路打馬如飛來至山門外。「快，快開山門，我要見大當家的！」一路上都沒喘口氣，李大娘已是連話都說不囫圇了。

「怎麼了？」鄭慶陽正好帶人在山寨中巡查，聽見喊聲往外一瞧，蹙了下眉頭。「李大嫂？」

這些年來見慣了人間寒涼，尤其是每到一處莫不受官府盤剝，看盡了人間不平之事。依照鄭慶陽原來的性子，勢必要針鋒相對的，礙於自己逃犯的身分，唯恐給家人招禍，不得不把所有的苦楚全都嚥下去。

自從在東夷山落草為寇，鄭慶陽把從前的忌諱全都丟了，更是定下規矩，貪官惡霸之類的人物乃是山寨必劫的對象。

因此聽說有一個捐了縣令的貪官之子要經過東夷山，鄭慶陽早早的派了李堂夫婦下去望風，當時只囑咐他們有機會的話就動手，切不可打草驚蛇，但現在看李大嫂的模樣怎麼不大對勁？

「大當家的……」李大嫂也瞧見鄭慶陽，好險沒哭出來。「七爺、七爺和大小姐，被人家給捉了！」

都是自己和相公太想立功了，瞧著那小公子白白淨淨的，沒承想最厲害的人偏就是他們以為最無害的那個公子！

鄭慶陽一下僵住，後槽牙幾乎咬斷，語氣中全是戾氣。「去把二爺幾個全都叫來，點齊寨中兄弟。記得，莫驚動老太爺和老太太。」

一家人家破人亡、四處飄零，才保住七弟的性命。那個什麼狗屁縣令竟然想要動七弟！早年自己兄弟連守備公子嚴宏都敢殺，這會兒再劫殺一個縣令又算得了什麼?!

不知等了多久，終於聽見了由遠而近的驟雨般的馬蹄聲。

被捆得結結實實扔在地上的李堂惡狠狠的扭頭瞧著房間裡。

就在方才，那個自稱陳毓的小子說了「西昌府」這幾個字後，七爺臉色越來越難看，最後往地上倒下去。再然後，那陳毓就直接抱了七爺進房間，這都小半個時辰了都還沒出來過。

自從換了老大，整個山寨的面貌就大大不同，寨裡的兄弟也終於能吃飽飯了，哪個不是從心裡崇敬老大他們？連帶的也就自動自發的把保護身有殘疾的七爺當做自己分內的事。

之所以如此，一則，是因從沒見過比七爺生得好看的人，就是原來山寨老大的女兒李信芳大小姐，都沒七爺長得俊；二則，七爺的性子也和善得緊，最是個憐老惜貧的，若然寨中兄弟犯了錯，去求七爺一準兒好使。

而且七爺的性子大家也都明白，最是不耐煩陌生人靠近，像信芳大小姐，也是屁顛屁顛的跟在七爺身邊這都幾年了，才算是能挨著七爺的邊了。而就在方才，那個陳毓不但把七爺囚禁在他身邊，倒好，還直接把人抱進去了。更要命的是到現在都沒出來……敢輕薄七爺，待會兒一定要把這混蛋縣令給碎屍萬段。

正自咬牙切齒，便聽見一陣呻吟聲響起，李信芳正悠悠睜開眼來，一個骨碌就想從地上爬起來。「阿玉……」

下一刻她渾身一僵，不敢置信的瞧著身上的繩子，暴怒無比。「是誰？哪個王八蛋敢暗算老娘！」

一句話未完，房門忽然啪嗒一聲打開，兩個相互依偎的身影出現在門口。可不正是自己心心念念的阿玉，和那個也生得頂好看的陌生男子？

李信芳的聲音陡然低了下去，又因為轉變太為突然，顯得有些拿腔拿調的古怪和彆扭。

「阿玉，你也在啊？」

察覺到那個男子竟然摟著阿玉，李信芳直氣得一張俏臉都扭曲了。「你你你，你是誰，怎麼敢抱著我家阿玉？我和你拚了！」

明明之前在山寨中，除了鄭家幾位哥哥，阿玉也就允許自己一個人這般靠近罷了。

李信芳說著就要往前衝，渾然忘了她本來是被綁著呢，這下咚的一聲趴在地上，好巧不巧，正好趴在陳毓和鄭子玉的腳前面。

她抬起頭，看向鄭子玉的眼神可憐巴巴的，真是要多溫柔就有多溫柔，再轉向陳毓，那眼睛中卻是嗖嗖嗖的不停射著小刀子般。「賊子，快放了我家阿玉！竟敢對我家阿玉下手，老娘和你拚了！」

陳毓哭笑不得，心想難為這姑娘了，還要一心二用，這難度可真不是一般的大。又默默看了一眼鄭子玉，剛要說話，一個粗獷的聲音在外面響起。

「院子裡的人聽著，趕緊把我們山寨裡的人放了，否則，定叫爾等屍骨無存。」

陳毓聞聲抬頭，正好瞧見四面高樹上正對著小院的明晃晃的箭頭，不由苦笑，鄭大哥果然還是這般雷厲風行的性子。

剛要開口，李信芳已經怒聲道：「鄭大哥，快來救阿玉，這混蛋竟敢抱著我們阿玉！」又衝著陳毓吼。「小兔崽子，王八蛋，快拿開你的臭手，誰准你摟著我家阿玉的？」

正在外面指揮眾人埋伏的鄭慶陽臉一下變得難看之極，腳尖在地上一點，下一刻人就落在了牆頭上。「賊子！」

一直在院子裡警戒的趙城虎幾個抽出武器就圍了上去。

「城虎回來！」

「大哥不可！」

陳毓和鄭子玉的聲音同時響起。

李信芳不可置信的昂頭。阿玉他……竟然護著那個欺負他的男子？

李堂也有些發暈，還以為七爺是被脅迫呢，怎麼這會兒瞧著全不是那麼回事啊！

鄭慶陽也怔了一下，自從被嚴宏凌虐，除了家人外，子玉就排斥每一個靠近他的人，怎麼今兒個卻會和一個陌生男子如此親近？

還未想通個所以然，陳毓已扶著鄭子玉齊齊上前一步，含笑瞧著鄭慶陽。

「鄭大哥，是我，陳毓啊。」

「陳毓？」鄭慶陽也傻了，不是說來的苜平縣令是個貪官的兒子嗎，怎麼竟是陳毓？

當初就是陳毓幫自己救出子玉，更幫著安排一家人潛逃出西昌。鄭家人恩怨分明，這麼些年了，自然時刻念著陳毓的好。還以為這一輩子都不會再相見了，沒料到竟會在東峨州再相逢，更甚者，對方就是自己謀劃好要打劫的人。鄭慶陽直羞得滿臉通紅，當即就要磕頭賠罪，慌得陳毓忙探手攔住。

「鄭大哥，你這是做什麼？」

陳毓又瞧一眼後面同樣神情複雜、失去一條胳膊的鄭家老五鄭慶寧，不覺嘆了口氣。

「鄭大哥一家義薄雲天，當初若非鄭五哥拚死阻攔，真叫武昌府奸計得逞，西昌府怕是早已淪為澤國。後來更是有你鄭家鼎力相助，才能堪堪護住行將被衝垮的大壩……

「我只恨當日自己力量不足，才沒能護住鄭大哥一家。」陳毓這話也是發自肺腑。實在是上一世做慣了山賊，即便這會兒已是狀元之身，卻依舊改不了往日的真性情。

「好兄弟。」饒是鄭慶陽這般鐵打的漢子，聽見陳毓如此說，也紅了眼睛。這些年來，鄭家兄弟心裡何嘗不是不平之極，只覺老天無眼，迫害良善之家。這麼多年了，還是第一次聽到有官家人替自己鳴不平，即便對方不過是個縣令，還是個年紀這麼小的、用錢買的縣令。

想到這裡，鄭慶陽神情不由一緊。「兄弟，當初你幫我們鄭家的事，被有心人探查到了？」

雖然鄭慶陽沒有說清楚，可兩人都明白，他口中的有心人指的自然是嚴釗，畢竟這事情委實太過湊巧。於是本來駐防在東夷山下的軍隊突然撤走，還有那貪官給兒子捐縣令的流言等事，鄭慶陽都一一說了。

之前還想不通嚴釗為何這樣做，這會兒見了陳毓，一切都可以解釋通了。

聽完話，陳毓還未開口，旁邊的喜子就氣得跳了起來。「真是豈有此理！我們少爺什麼時候花錢買官了？我們少爺考中了狀元，還是六首狀元好不好？」

一句話說得鄭家兄弟都傻了眼，便是方才感動之下跟陳毓稱兄道弟的鄭慶陽也無措至極。陳毓這個年紀做了縣令不是靠父蔭，而是中了狀元？還是堂堂六首狀元？

這般想著，看陳毓的眼神都不一樣了。「兄弟以狀元之名卻被貶到這裡，莫不是和嚴家有關？你實話告訴我，若真是如此，鄭家就是拚了這條命不要，也定擒了那嚴釗來。」

「那嚴釗的手還伸不了那麼長。」陳毓失笑，還是鄭大哥這樣的性情中人合自己胃口。

「就只是以後少不得有事情麻煩鄭大哥。」

正發愁怎麼樣整支自己的隊伍出來呢，鄭慶陽的山寨可不是現成的地方？更不要說有鄭慶陽這樣的猛人相助，一個嚴釗又算得了什麼？要知道上一世鄭家兄弟靠幾百人起事，愣是把嚴釗打得一愣一愣的，若非嚴釗後來整合了成家軍所有的力量，更有朝廷的大力支持，根本不可能是鄭家軍的對手。

「至於什麼事，容小弟先賣個關子。」陳毓眨眨眼睛，明顯心情很好。「慢則三年，快則兩載，嚴家必亡，屆時鄭大哥你們就可重返故里。」

陳毓決定了，大舅子送的人到時候就直接送入山寨，歸鄭慶陽統領，也算是隸屬自己的一支奇兵。

「兄弟你是說……」饒是鄭慶陽之沈穩都差點兒繃不住，所謂樹高千丈、葉落歸根，不獨鄭家二老，便是鄭家兄弟又何嘗不日夜想著能重回西昌府？

一句話未完，卻被一個氣急敗壞的女子聲音打斷。「混蛋，我要殺了你！」

房門隨之被推開，李信芳正拿了把劍氣勢洶洶的站在門口。

方才幾人進屋敘話，趙城虎得了陳毓的令，送了解藥過去給李信芳，她才明白自己之所以會突然昏倒，是路上相遇時就著了陳毓的道。再加上之前親眼瞧見鄭子玉和陳毓「相依偎」的情景，李信芳登時就炸了。

「子玉救我。」陳毓解決了一大難題，心情好得緊，哧溜一下站起來，掠過鄭家其他兄弟，一下竄到鄭子玉身後。一手自然的攬著鄭子玉的腰，又親暱的從鄭子玉肩上探出半個腦袋來，那模樣，真是要多親熱有多親熱。

李信芳堪堪送出來的劍頓時就僵在了那裡。

要知道整個山寨中除了鄭家人外，就她有這般殊榮能離阿玉這麼近，可饒是如此，自己也沒敢抱過阿玉呢。這個小混蛋，他憑什麼？

急怒攻心之下，手中長劍朝著陳毓就扎了過去。

「信芳，不得無禮。」鄭子玉沒想到李信芳這麼禁不得激，忙出聲喝止。

一聽鄭子玉護著陳毓，李信芳頓時愣住，紅了眼眶。

以陳毓的功夫，即便李信芳不走神也不是對手，更何況這會兒受了刺激，心神不寧？

陳毓使了個巧勁，輕輕巧巧的就奪走了李信芳手裡的寶劍，隨手挽了個劍花，下一刻已手握劍柄，劍尖朝前。

李信芳淚眼朦朧之下哪裡看得清陳毓的動作？手中瞬間一輕，不獨劍被奪走，人也被帶得往前撲去，正朝著自己的那柄利劍而去。這要扎上去，非得弄個透心涼不可。

「信芳——」鄭子玉一瞬間只覺得呼吸都停止了，哪還有半點平日裡刻意對李信芳營造的清冷疏離？張開雙手就把李信芳抱到懷裡，自己的背朝著劍尖。

李信芳也終於回神，眼瞧著那明晃晃的劍尖就要插入鄭子玉的後心，直嚇得魂都要飛了，反手抱緊鄭子玉就地一個急旋身，明知道這次要被穿個透心涼的怕就是自己了，卻無論如何也止不住臉上的笑容。「阿玉，你、你心裡也有我的，對不對？你肯這樣對我，我就是死了也值了！我作夢都想嫁給你，要是我死了，就讓我做一次你的新娘好不好？」

「咳咳咳。」一連串刺耳的咳嗽聲隨之響起，連帶的還有似是拚命憋著的竊笑聲。

正拚命訴說衷腸的李信芳終於後知後覺的發現了不對，怎麼被劍給刺了個洞穿卻一點兒也不疼呢？周圍那一雙雙目瞪口呆的眼睛又是怎麼回事？

「鄭大哥，我瞧著山寨裡要辦喜事了。」陳毓悶笑著第一個往外走去，臨離開時還不忘把一張椅子往前一踢，好巧不巧，正好送到鄭子玉身後。

鄭子玉被撞到腿窩處一個站立不穩，撲通一聲坐下，連帶的李信芳也一下撞上了鄭子玉的胸膛。

直到陳毓並鄭家兄弟全都魚貫而出，鄭子玉並李信芳才意識到發生了什麼。

同一時間，陳毓笑嘻嘻的聲音再次響起。「子玉，切記惜取眼前人啊。」

自己和鄭子玉都是幸運的人呢，雖然曾受盡苦楚，可也算是苦盡甘來，各自找到了相伴一生的摯愛之人……

兩日後，陳毓一行終於到達了此行的目的地，遠遠的瞧見「苜平縣衙」幾個大字，幾人長長的舒了口氣。

趙城虎剛要上前表明身分，一個刺耳的聲音在耳邊響起。

「去去去，大人今兒個有事不坐衙，不趕緊走小心挨板子！」

那般猖狂的模樣，當真是和打發叫花子差不多。

趙城虎就有些發愣，又瞧瞧自己幾人並陳毓的模樣，明白了過來。

剛被「打劫」過，幾人的模樣自然顯得很是狼狽。尤其是領頭的陳毓，因是個「文弱」書生，這麼一路步行跋涉而來，早沒有了之前丰神俊秀的模樣，不獨身上袍子被刮了好幾個口子，頭髮也有些凌亂，再加上捲起半截的褲腿上沾滿泥水，就是跟路邊的叫化子比也好不到哪裡去。

陳毓卻是想到了另外一層。

什麼叫大人有事不坐衙？是因為前任縣令離任，以致縣衙中沒人主事嗎？可即便如此也不對啊，畢竟，今兒個就是自己的到任日，苜平縣衙怎麼著也得派人去迎一下吧？倒好，城門處一個人沒有。

此情此景，實在不合常情。

眼看那差官轉頭就要往回走的模樣，陳毓蹙了下眉頭，上前一步。「你們主事者在哪裡？讓他——」

一句話未完，身後又響起一陣急促的腳步聲，連帶的還有個男子聲音響起。「真是反了天了！張雄，這幾個刁民就交給你了！」

一個中年男子趾高氣揚的走了過來，他的身後則跟著一群腰挎武士刀、身著東泰服飾的男子，正推推搡搡押著幾個鼻青臉腫的當地百姓大搖大擺的走進來。

那叫張雄的差官愣了一下，方才還無比凶悍的臉上這會兒卻是布滿了笑意。「唉呀，這不是阮爺嗎，又是哪些不長眼的惹了阮爺您不開心啊？」

他徑直拋下陳毓幾人，朝中年男子迎了過去。

「混帳！」趙城虎本身是錦衣衛，在鎮撫司指揮使李景浩面前也頗有幾分臉面，走到哪裡不是前呼後擁？眼前一個縣衙的小小差官，眼睛長到了頭頂上一般，趙城虎等人哪兒受過這般冷遇？一個個臉色難看之極，幾人臉色一寒，登時就要發作，卻被陳毓不動聲色的攔住。

那帶了一大群東泰武士，儼然一副高高在上老爺樣子的人，可不正是老相識阮笙？真沒想到，在這麼偏遠的苜平縣都可以再碰到。

要說這阮笙跟自己還真是有幾分孽緣，先是想要謀奪自家產業被識破，然後又指使李成去搶劉娥母女……這會兒自己出任苜平縣令，阮笙竟然又大模大樣的出現了，而且看情形，這阮笙在苜平縣可比自己這個新任縣令吃香得多啊。

「官差老爺，是這些東泰人搶了我們上好的蠶絲，您一定要替我們作主啊！」見到張雄，那些鄉民眼睛裡也閃過一線希望。

幾人都是本地百姓，家裡種有數畝桑園，今年風調雨順，各家蠶絲都獲得了大豐收。除了品相不好的留著自家紡紗織布用之外，但凡上等的全指望著能賣個好價錢。

不承想，卻碰到了阮笙一行。

「我們那些絲，好歹也得兩文錢一兩吧，這些東泰人倒好，竟是兩文錢就要秤我們一斤。這麼低的價錢，我們真是連本都不夠啊！可憐我那小孫孫還等著老漢賣完絲給他買個燒餅回去呢……」

最前面一個年約五十左右、面貌黧黑的老漢說著眼淚都下來了，後面幾個漢子也都紅著眼睛齊聲喊冤，懇求張雄給他們作主。

阮笙卻一瞪眼打斷。「全他娘的胡說八道！兩文錢可是你們自己定的價格，等老爺我說要買了，又想坐地起價。坑不成阮爺我就想動粗，還真以為阮爺好欺負的不成？」

「三天不打，上房揭瓦，這幫刁民，真是越來越無法無天了。連朝廷都說和東泰親如一家，你們倒好，竟跟朝廷對著幹？我瞧著怕是包藏禍心，想要破壞朝廷跟東泰的友好睦鄰關係吧？」

說著轉頭對張雄道：「叫我說這些人先收監，然後每人打幾十板子，以儆效尤。張差官以為如何？」語氣那叫一個強硬。

「你胡說！」被捆著的一個漢子氣得渾身都是抖的。「東泰人又怎麼樣？難不成就高人一等不成？憑什麼你們搶了我們的東西又打人，還不准我們還手了？」

說著掙扎著朝那叫張雄的差官跪倒。「大人、大人，我們冤枉啊，您一定要給我們作主啊！」

縣衙前一時哭聲震天。

也有路過的百姓，聽到哭聲不免站住腳，待聽清楚幾人哭訴的內容，臉上也都義憤填膺。「又是東泰人！」

「可不，我上回攢了些雞蛋，結果倒楣得緊，正碰見這些東泰武士喝醉了耍酒瘋，拿我的雞蛋打起了仗，砸碎了我一籃子雞蛋不說，還打了我一頓……」

「李二家的牛，不是也被這些人給強行拉走宰了吃嗎？李二追過去，就被打發了一兩多碎銀，氣得李二這會兒還在床上躺著呢！」

「可不，也真是奇了怪了，咱們站的到底是大周的國土還是東泰的啊，不然，怎麼老讓一幫東泰人耀武揚威？」

七嘴八舌的議論令得阮笙臉色有些不好看，沈著臉對張雄道：「張雄，還愣著幹什麼，還不把這些人給押下去，還是說，讓我親自對你們杜縣丞說這件事？」語氣裡明顯有著怪罪了。

張雄頓時一激靈，忙不迭賠笑。「阮爺莫惱，您老是什麼人，用得著跟這些低賤小民一般見識？您放心，我這就讓人處置這些刁民，包您老滿意。」

這位阮爺可是個手眼通天的人物，不獨是東泰攝政王眼前的紅人，便是在大周朝後臺也硬得緊。張雄當下臉一沈，回頭就去招呼身後的差人。「還愣著幹什麼？沒聽見阮爺的話嗎？還不快把這些刁民給帶下去。」

一句話出口，跪在地上的人全都傻了，便是旁觀的人也紛紛不平。「你們到底是大周的官還是東泰的官？怎麼能問都不問就把自己的百姓給抓起來？」

「還有沒有天理了！」

那些差人也有些猶豫，其中一個身材魁梧、鬍子邋遢的漢子更是直言道：「事情還沒弄清楚呢，怎麼就能隨隨便便把咱們的百姓關進監獄？」

阮笙沒想到自己都發了話，還有人敢唱對臺戲，臉色一下難看得很。便是張雄也頗覺下不來台，待看清說話的人是誰，直接冷笑出聲，陰陽怪氣道：「我道是誰呢，原來是咱們莒平縣前縣尉李獻大人啊，李大人莫不是忘了什麼，以為自己還是威風凜凜的縣尉大人呢？」

說著臉一沈，衝其他差人道：「讓你們做什麼就做什麼，不然就和某人一樣，滾回家去吃自己！」

這般指桑罵槐的話無疑誅心之極，李獻氣得渾身都是抖的。

其他差人也面面相覷。

李縣尉前些日子可不就是因為護著莒平百姓而和東泰人起了衝突，才落得直接被罷黜的下場？

到了這般時候，陳毓如何不明白莒平縣到底是什麼情形，憂心之餘更是一肚子的火氣。

怪不得上一世東泰人會那般容易就打開了大周的東大門，這會兒瞧著，說不好不是東泰人攻破的靖海關，而是大周自己從裡面給人家開的門吧？這還是大周的國土嗎？簡直就把東泰人當爺爺供著了，瞧瞧阮笙這頤指氣使的模樣，之前不定做了多少欺壓百姓的事！

眼看那些差人雖有些猶豫，可迫於阮笙和張雄的淫威，就要上前押走鄉民，陳毓向趙城虎幾個使了個眼色。

趙城虎幾人早憋了一肚子的氣，這會兒得了陳毓授意，當下就齊唰唰的站了出來，正好攔在那些官差的面前。

幾人雖衣衫襤褸，渾身的氣勢卻驚人得緊，那些差人頓時嚇得不住後退。

張雄冷哼一聲，斜睨趙城虎幾人一眼。「哎喲呵，還真有不怕死的，你們要是想跟這些刁民作伴，爺就成全你們。」

「在我面前稱爺？這臉還真不是一般大啊。」趙城虎冷笑一聲，忽然伸手，一把抓住張雄的衣領，抬手就是狠狠的一巴掌。「混帳東西！吃大周的、喝大周的，竟然要替東泰人賣命，你們家祖宗要是地下有知，不知道會不會半夜裡從墳墓裡爬出來找你這個不肖子孫算帳？」趙城虎手下一用力，張雄整個人就朝阮笙砸去。

阮笙本來正無比得意的負手而立，哪想到會有此變化，一個躲閃不及，被張雄砸了個正著，踉踉蹌蹌的後退好幾步，卻依舊收勢不住，頓時摔了個屁墩。雖然並不十分疼，但這麼多人面前無疑丟人丟到極點了，阮笙惱羞成怒之下，指著趙城虎等人道：「敢對爺動手，還真是活膩味了！」

他也不理地上的張雄了，轉而朝那些本來抱著胳膊一邊看笑話的東泰武士怒道：「還傻愣著幹什麼，打，給我狠狠的打！」

那為首的東泰武士冷哼一聲，旋即抽出手裡的大刀，朝著趙城虎兜頭砍去。

圍觀百姓頓時嚇得面容大變，有那膽小的立即摀住了眼睛，這麼一下真砍上去，那位好漢怕是立馬就得交代在這裡了。

趙城虎不避不讓，閒閒的抽出自己斜挎的鋼刀，朝著那武士凌空劈下的大刀迎了過去。

「找死！」那東泰武士臉上得意的神色更濃，要知道東泰武士最講究刀法，比其他武器不行，比刀法怕是沒幾人能比得上自己。眼看著兩刀相交，自己必然能力劈此人於刀下。

一念未畢，耳聽得「咔嚓」一聲響，下一刻東泰武士發出狼一般的痛苦嚎叫聲。

自己的刀被對方一下砍成兩截，斷掉的刀刃好巧不巧，正好插在腳背上，頓時血流如注。

沒想到會有這樣的變故，所有人都驚住了。

那些東泰武士也僵了一下，下一刻皆抽出武器，朝著趙城虎幾人就撲了過去。

只是這些人再凶猛，哪裡是趙城虎這些鎮撫司殺人祖宗的對手？不過幾個照面，就被揍得躺了一地都是。

環顧四周，除了張雄並阮笙外，所有人全都躺倒在了地上。

周圍靜了片刻，下一刻響起一陣哄然叫好聲。

不怪百姓如此激動，實在是被東泰人欺壓久了，偏那些官老爺們也沒一個人管，苜平百姓還是第一次這麼揚眉吐氣。

而相較於百姓的歡聲雷動，張雄和阮笙則嚇壞了。

尤其是阮笙，再如何不過一個秀才罷了，平日裡又是耀武揚威慣了的，哪見過這陣仗？當下白著一張臉對張雄道：「還愣著做什麼？還不快去尋縣丞來，就說有刁民造反了！」

說著當先就往縣衙裡跑，剛跑了幾步，迎面就見幾個人影正從縣衙裡走出來，被簇擁著走在最前面的可不正是嚴釗嚴將軍？和他並肩而行的，則是東峨州知府鄧斌，後面還跟著縣丞杜成。

阮笙頓時大喜過望。「嚴將軍、鄧大人、杜大人，你們來得正好！不知從哪裡來了群刁民，竟敢對我動手，你們可一定要為我作主啊。」

幾人站住腳，待看清橫七豎八躺在地上爬都爬不起來的東泰武士，也吃了一驚。這鄧斌要說在這東峨州知府任上，心裡也是憋屈得緊，和東泰人打交道也不是一次、兩次了，從來都只有大周人吃虧的分。

倒不是鄧斌不想給百姓作主，只自己一個文官罷了，若沒有軍隊撐腰，就是有理也和那些東泰武士掰扯不清。

再加上近年來東泰風頭日盛，便是朝廷也對東泰另眼相看，對東泰這個「小兄弟」當真不是一般的好，不過應了一聲「大哥」罷了，真真什麼好東西都捨得給。但凡遇見和東泰有關的事，朝廷老大哥便唯恐委屈了這個小弟。時間長了，東泰人越發趾高氣揚，就連這些東泰武士，在大周的地位也比在他們本國還高。

對此怪事鄧斌也看不慣，只這裡乃是東部邊陲，和其他地方形勢不同，相對而言軍方的勢力更大些，更不要說比起沒什麼根基的自己，這位嚴將軍後臺可是硬得很。眼瞧著好幾次干涉和東泰有關的事務，自己都差點跟著吃了掛落，鄧斌也就歇了心思，索性眼不見為淨，只要不鬧到自己眼前來，也就糊塗一回罷了。

哪想到今兒個和嚴釗同赴靖海關，就撞上了這樣一件事，眼瞧著是東泰人吃了大虧，大周人一吐怨氣，鄧斌先是一喜，繼而又頗為擔憂。這阮笙的名號鄧知府也聽說過，不管是東泰攝政王面前的紅人，還是大世家潘家的親戚，任何一個身分說出來都能橫著走。

旁邊的杜成早已喜不自勝。

杜成乃是舉人出身，多年考進士無望之下，只得謀了個縣丞的官職。哪知時運不濟，歷經幾任縣令都和杜成關係不睦，在縣丞任上蹉跎至今。杜成把家裡最小的妹子送給嚴釗的堂弟嚴鋼做了小，從而搭上了嚴家的大船，才在苜平縣威風了起來。

前任縣令瞧在嚴家的面子上也和杜成兄弟相稱，本來前任縣令犯錯去職時，杜成上躥下跳想要取而代之，可惜後來卻得到消息，說是朝廷另有委派，不日就將到任。杜成頓時被澆了個透心涼，氣得在床上躺了三天。原想著還得繼續苦逼地在八品官的任上待著，哪想到前日接到妹夫嚴鋼的信，透露一個消息，朝廷委派的縣令這輩子都別想到任了，苜平縣令的帽子，十之八九會落到杜成頭上。

直把個杜成給樂得，恨不得宣揚得全天下人都知道，更已開始以苜平縣縣令自居。嚴鋼可是嚴家嫡系子弟，從他那兒得來的消息又豈能有假？眼下一個能彰顯自己地位的好機會，杜成如何肯放過？

杜成可是聽嚴鋼說起過，這阮笙和嚴釗大將軍私交甚篤，即便是在將軍府也是頗有面子的，如此既能顯擺一下自己的地位又能巴結嚴釗，當真妙極。他可不是鄧知府那樣的牆頭草，誰都不想得罪，只要抱緊了嚴家的大腿，以後有得是肉吃。

杜成當下輕咳一聲，上前一步，一開口就給趙城虎幾個定了罪。「你們是何方匪類，竟敢跑到我莒平縣撒野，當真是吃了熊心豹膽！」

一句話說得趙城虎幾個一下火冒三丈，這莒平縣也太邪門了，怎麼出來的官員一個、兩個的全都和東泰人站在一個立場上？

陳毓心裡的鬱悶比之他們幾個更甚，上一世可是親眼見識了東泰人的殘暴，眼前這樣眼睛長到頭頂上的東泰武士，陳毓都不知殺了凡幾。前世落草為寇，尚且不肯受東泰人半分鳥氣，沒有道理這一世投身仕途，反倒得卑躬屈膝。

但看服飾，陳毓已猜出三人的來頭，尤其是那個武將打扮的人，那一身威風凜凜的將軍服飾，十之八九就是嚴釗。

只是那又如何？

和上一世不同，英國公一家並未敗落，嚴釗眼下名義上還是成家手下愛將，成家一日不倒，怕是二皇子都不會容許嚴釗露出什麼馬腳。只這一點，陳毓就篤定，即便自己做的事情如何過分，嚴釗也定然不敢說什麼。

這般想著，陳毓臉一沈，冷冷的瞧了一眼杜成。「這位大人也知道這是大周苜平縣？但看大人如此不要臉皮巴結諂媚東泰人，在下還以為走錯了地方，站在東泰人的國土上呢！」

一句話說得周圍百姓紛紛鼓譟叫好，好險沒把杜成給氣死，一張臉皮頓時白裡透紅、紅裡透青。

這是誰家的熊孩子啊？年紀不大，說出話來簡直能把人給噎死。而且這話背地裡說也就罷了，眼下卻是在嚴將軍和一干賤民眼前，活生生當眾拔掉了自己一層臉皮啊，不收拾了這不知天高地厚的年輕人，杜成即便坐上了縣令位置，怕是也抬不起頭來。

當下一指陳毓。「放肆！好個牙尖嘴利的匪人！爾等分明是包藏禍心，有心破壞大周和東泰睦鄰友好大局在先、公然詆毀朝廷在後，本官面前，豈容你這等宵小猖狂？你們若肯束手就擒還則罷了，不然，全都殺無赦！」

說著，他衝張雄一瞪眼。「還愣著幹什麼，沒聽見本官的話嗎！」

張雄嚇得一激靈，心裡更是暗暗叫苦，方才已然見識了這幾人的厲害，就憑自己這點兒三腳貓的功夫，根本不是人家對手啊！只是杜大人既發了話，自己也不敢不動，好在旁邊還有嚴大將軍呢，好歹性命該是有保障的吧？

張雄當下一咬牙，揮刀就要上，卻被趙城虎一腳就踹飛了出去。

趙城虎上前一步，直接揪住杜成的衣領子狠狠的往陳毓腳前一摜。「什麼東西，我們大人面前，焉有你放肆的餘地！」

杜成猝不及防，一下跌了個狗吃屎，平日裡霸道慣了的人，哪吃過這樣的苦頭？再抬起頭來時，早已是眼淚汪汪。「哪裡來的混帳，真是反了！嚴將軍、鄧大人，你們可要給下官作主啊。」

下一刻卻忽然意識到不對，這莽漢說什麼，他們大人？

嚴釗神情也是一凜，之所以選在今天來莒平，最主要的就是想確認一下陳毓的消息。若對方未到，則說明之前的安排已然奏效，不管他是不是命喪東夷山匪人之手，莒平縣令注定當不成了。

對方方才說出「大人」一詞，令得嚴釗一下想到了陳毓，難不成那小子如此命大？

下一刻心一橫，趁對方尚未表明身分，先就襲擊了朝廷命官一事讓自己的親兵搶先下手。

嚴釗剛動了這個念頭，陳毓已抬起腳，把太過詫異、堪堪抬起頭來的杜成再次踹倒。「本官才是皇上親封的莒平縣縣令，你又算得了什麼，敢對本官無禮！似你這般蠹蟲，享受大周俸祿、吸食大周百姓的民脂民膏，卻替欺壓我大周百姓的夷人賣命，當真其心可誅！有本官在，倒要看看誰敢動我大周子民一根寒毛？」

一番話說得慷慨激昂，周圍百姓直聽得熱血沸騰，尤其是那幾個受了冤屈的鄉民，聽清楚陳毓的身分後，早眼含熱淚跪倒一地，齊齊高呼。「青天大老爺，求青天大老爺為我們作主啊！」

青天大老爺？杜成直接就懵了，這人胡說什麼？他要是莒平縣縣令，那自己算什麼？

嚴釗眼睛中的遺憾一閃而過，果然是機不可失，失不再來，這小子既表明了身分，眼下再想有什麼動作已是絕無可能了。

倒是鄧斌眼睛一亮。

之前早接到邸報，說是新任莒平縣令乃是今科六首狀元。聽說此子年方十七，對照一下，十之八九就是眼前人。

當下上前一步笑著道：「早聽說今科狀元乃是玉樹臨風的少年郎，今日一見果然不虛。東峨州這窮鄉僻壤，能迎來一位堂堂六首狀元做父母官，當真是莒平百姓之幸。」

一番話說得眾人眼珠子險些掉了一地。

知府大人的意思是，眼前這少年說的全是真的，年齡這麼小能做縣令就已經讓人驚訝了，更出人意料的是對方還是堂堂狀元郎！

人群中一時靜得掉根針都能聽見，全都傻愣愣的瞧著陳毓，沒有人發出一點聲音。

「大人謬讚，陳毓愧不敢當。」陳毓口中謙虛，認了鄧斌所言。

阮笙畢竟不是官場中人，東峨州又天高皇帝遠，消息自然來得遲，今科狀元花落誰家他並不知曉，只覺「陳毓」這個名字怎麼如此耳熟？

阮笙略略思索片刻，卻是冷冷一笑。「即便我是大周人，可有句老話說『幫理不幫親』，我吃的虧暫且不論，就是那些賤民，我也可以不追究，這些東泰武士的醫藥費，還請陳縣令給了再說吧。不然，真是引起兩國糾紛，影響了大周、東泰友好大局，怕是不好交代啊！」

即便這小子真是縣令，自己可與杜成不同，畢竟自己背後站著的可是東泰攝政王，別說一個小小縣令，就是這鄧斌，又能奈自己何？

不獨阮笙一人這般想法，便是旁邊百姓，聽到此言何嘗不是又陷入絕望之中。東泰人在東峨州耀武揚威也不是一天、兩天了，又有哪個官老爺敢站出來給百姓撐腰？小縣令能治得了那杜成，不見得不怕東泰人。

「你威脅我？」陳毓臉上笑意越淡。「我還真是有些怕啊。」

說著轉向嚴釗。「嚴大人，要是我在您治下有個三長兩短，大人應該不會不管吧？」

嚴釗心裡就有些膩歪，別人不明白陳毓話裡的意思，自己還能不懂嗎？畢竟之前已收到了成弈的私函，告知了陳毓和成家的關係。

陳毓死於山賊之手自然與己無干，可現下真是跟阮笙起了衝突，別說有生命危險，就是受點兒傷自己都脫不了干係。只嚴釗再不滿，也不敢表現出來，二皇子大勢未定，就一日不能讓成家察覺自己的貳心，不然，不獨自己在二皇子那裡再沒有任何價值，便是整個嚴家，也絕擔不起成家的報復。

嚴釗也是個人才，眼珠一轉，緩緩道：「陳大人說哪裡話來，你既是奉皇命而來，自然就代表著朝廷體面，任何人膽敢辱沒朝廷，都別怪嚴某刀劍無情。」

這話說得冠冕堂皇，乍一聽是站在陳毓的立場上，卻又暗含深意。

阮筠暗喜，嚴將軍的話，無疑還是站在自己立場之上。

孰料笑容還未完全展開，陳毓已然笑吟吟轉身。「嚴將軍的意思，下官明白。阮笙，不是我不念故人情面，委實是你不該打著東泰國旗號，損害大周子民的利益！」

說著，衣袖一甩，臉一沈，那小模樣要多傲慢就有多傲慢。「趙城虎，嚴將軍的意思你聽明白了吧？還不把這阮秀才和東泰武士全都收監，然後貼出告示，就說本官有令，但凡有冤情的，明日都可到衙門裡提出告訴，本官定然會為他們作主。」

他的意思？嚴釗也有些懵了。他剛才說什麼了？

阮笙則是被陳毓口中的「故人」弄糊塗了，還沒反應過來，已經直接被人摀著嘴拖走，連帶著那些半死不活的東泰武士也全都被拖走。

直到被丟在冰冷的大牢裡，阮笙忽然激靈靈打了個冷顫。

到這會兒已是再無疑慮，那個天殺的陳毓，可不就是從前那個算計了自己，逼得自己背井離鄉辛辛苦苦跑到東泰討生活的小惡魔嗎?!

第三十七章　坑殺

事情發生得太快，等嚴釗回過神來，阮笙幾人早被押了下去，一切已成了定局。

饒是鄧斌這樣的官場老滑頭，面對這樣的雷霆手段這會兒也是目瞪口呆，再瞧瞧旁邊嚴大將軍百年難得一見的憋屈模樣，簡直比吃了十全大補丸還要痛快。

至於旁邊的百姓，早呼啦啦跪倒一片，「青天大老爺」的呼聲此起彼伏。

「諸位請起。」陳毓走過去，扶起跪在最前面磕得頭都紅了的幾位老者，親自送到嚴釗並鄧斌面前，昂然道：「咱們東峨州武有嚴大將軍決勝千里之外、文有鄧知府運籌帷幄之中，些許夷狄敗類，又有何懼之？有嚴將軍和鄧知府在，絕不叫大家再受一點欺侮。」

一眾百姓本受慣了東泰武士的氣，乍然揚眉吐氣，自然個個激動不已，聽了陳毓的話，再次衝著嚴釗、鄧斌跪倒，或喊「大將軍威武」，或念「鄧知府睿智」。群情澎湃，萬眾擁戴之下，哪容嚴釗再說什麼反對的話？

嚴釗只得強壓下心頭的惱火，雖不甘卻也只能依著陳毓的意思，重申朝廷會為百姓作主，做百姓堅實靠山的意思。

最後又在幾位耆老並陳毓的陪同下去了縣衙，食不知味的吃了一頓接風宴，到離開都沒有找到合適的機會幫阮笙求情。

直到上了馬，嚴釗的臉色才徹底垮了下來。

還真是小瞧了這個乳臭小兒！本以為是個讀書讀傻了的呆子呢，沒想到竟是個這般難纏的人物。

還有他身邊的那些侍衛，之前還不覺得，可那些人言談間絲毫不加掩飾的傲慢，終於讓嚴釗覺得情形有異，稍加打探後便得出一個結論，那趙城虎幾個根本不是自己以為的陳家武士，而是訓練有素的鐵衛。

怪不得能從東夷山匪人的劫殺中逃脫出來！

據嚴釗所知，成家鐵衛全都掌握在世子成弈手裡，個個都是能以一敵百的好手，成弈既肯撥出來交給陳毓聽用，足見對這個妹夫的愛重。

怪不得對方在自己面前一副尾巴翹上天的傲慢模樣，偏是他眼下還只能忍著。一直到跑上一個山丘，遙遙瞧著身後雄偉高大的靖海關，嚴釗才冷笑一聲。

靖海關號稱東門鎖鑰，要知道那把大鎖卻是掌控在他嚴釗手裡！他想的話，這就是一道固若金湯的雄關；若是不願意，那靖海關也就和豆腐渣沒什麼兩樣。

且讓這小兔崽子得意一時，就憑他手裡獨掌的兵權，早晚會讓陳毓為今日的冒犯付出慘重的代價。

至於阮笙，嚴釗真是沒法子再公然維護，畢竟天下誰人不知阮家和潘家有親，眼下來了個陳毓，若然被他看出些什麼，毀了二皇子的大事可就得不償失了。

苜平縣衙外。

作為東泰攝政王奶娘的兒子，吉春可以算得上是頗得吉正雄歡心的心腹之一。前幾年因意外結識阮筀，並通過阮筀幫吉正雄和大周二皇子搭上線，一躍成為吉正雄手下最得力的謀士。

說句不誇張的話，如今在東泰國內，即便是達官貴人，也得給吉春幾分薄面。

這樣的吉春偏偏在大周一個小小的縣令面前接連吃癟。

本以為那陳毓口中的為百姓撐腰也就說說罷了，東泰數年積威之下，諒這些東泰賤民也不敢公然站出來。

誰知還真有人站出來指證歷歷，控告阮筀勾結縣尉杜成強取豪奪、搜刮民脂民膏，短短數日內，本已被貶斥的杜成身陷囹圄；阮筀更慘，直接被打了一百殺威棒後又丟回牢中，到現在還生死不知。

連帶的東泰設在苜平縣的商棧也有好幾處被查封，甚而多家武館也被殃及。

那杜成倒了之後，再沒有人肯幫自己說話，整個苜平縣說是陳毓一手遮天也不為過，之前那些見了自己如同老鼠見貓般恨不得躲著走的大周賤民，也敢公然跟東泰人叫板。不過幾天時間，吉春就徹底嚐到了什麼叫舉步維艱，叫天天不應，叫地地不靈。

「吉爺，不然，屬下找人把那陳毓給——」一直伺候在吉春身邊的武士做了一個捏斷脖子的動作。

此人名叫田太義，乃是東泰最有名的武士家族田太家族第三代中武藝最高、也最是心狠手辣的一個。他是設在莒平縣最大的東泰武館，田太武館的館長，從九歲那年錘死一個周朝武人，到現在死在他手裡的大周武者怕不有百八十個之多。

「若然那陳毓實在不識時務……」吉春臉上閃過一絲殺機，下一刻，卻又恢復了正常。

只見那莒平縣衙衙門開處，一個管家模樣的人正緩步而出，可不正是莒平縣令陳毓手下一等一的紅人秦喜？

「哎呀，秦管家。」吉春肥胖的臉上頓時堆滿了笑容，一邊陪著笑，另一邊塞了張銀票到喜子手裡，雙眼也一眨不眨的盯著喜子，唯恐錯過對方一點兒表情變化。

喜子因為銀票上驚人的數字明顯滯了一下，下一刻識趣的把那張銀票塞到了袖裡，再抬頭看向吉春時，繃著的臉明顯緩和了下來。

吉春眼中閃過些得意，斂容陪著笑臉低聲道：「我們阮爺的事，還請秦管家指教一二。」

作為東泰在大周利益的牽線人，阮笙無疑有著他人不可替代的作用，怎麼著也不能讓他落到陳毓手裡。更甚者，吉春也想要試探一下，陳毓之所以如此針對阮笙，是不是發現了什麼……

「不是我不幫忙。」喜子前後左右打量了個遍，確定附近並沒有可疑的人，終於開了口。「不瞞吉爺您說，若是旁的事秦喜自然萬死不辭，唯有阮笙這事，是無論如何也不成的。」

看吉春面露不解，喜子索性把話說得更清楚些。「我實話跟您說吧，那阮笙是我們老爺的大仇人……當年得虧他跑得快，不然，我們老爺可不得把他的腿給打斷！這會兒既然撞到我們少爺手裡，可不是合該他倒了八輩子血楣嗎。」

吉春聽得頻頻點頭，面上不顯，心裡卻已經信了七分。果然自己太過高看那少年狀元了，還以為對方睿智，識破了自家圖謀，才會這般打擊東泰商棧並武館呢，原來就是湊巧罷了。

看吉春受教，喜子明顯心情不錯，又捏了捏袖子裡的銀票，索性好人做到底。「那阮笙千不該萬不該，竟然膽敢肖想我們家老爺的銀子。當初坑了我們老爺就該警醒些，找個地方躲著小心度日。倒好，撞到我們少爺手裡，可不得叫他脫層皮？我聽說，那阮笙靠著從我們家坑走的銀子可是攢了不少家當，怕不有五、六萬兩……」

五、六萬兩？吉春整個傻了眼。不會吧，那陳毓竟然這麼大的胃口？

喜子說完也不理他，自顧自心滿意足的揣上銀票離開了。

當被打得遍體鱗傷的阮笙聽了吉春的轉述，幾乎氣得瘋掉。「從他們家坑走的銀子？」

世上怎麼會有這麼無恥的人！自己什麼時候從陳家坑走一文錢了？明明自己才是差點兒被坑死的那個人好不好？不獨把從姊夫和大哥、大嫂那裡弄來的錢全都賠了進去，還欠了一身的債務，落得惶惶如喪家之犬，人人喊打的可悲境地。

眼下拚死拚活，才攢了四、五萬兩銀子的家當，那陳毓竟然想要全都占了去？這世道，可真是沒法活了！

唉呀呀，發財了！

瞧著擺在桌上琳琅滿目的一堆，有龍頭銀票、有金銀財寶，甚而還有房屋地契，亂七八糟的擺了滿桌都是，瞧著當真是珠光寶氣、流光溢彩，饞人得緊。

陳毓坐在中間，喜子則埋頭清點，至於趙城虎幾人則肅然守立一旁。

都說抄家縣令、滅門令尹，今兒個算是親眼見識到了。

本來動身前大夥兒還頗為憂心，畢竟東泰人是有名的無賴彪悍不要臉，苜平縣更是自來被視為窮山惡水之地，想著陳毓這麼個白嫩嫩的小狀元，可別要被人嚼吧嚼吧生吞活剝了吧？

再沒想到，陳狀元深藏不露，瞧瞧這手段、瞧瞧這成果，這才到任幾天啊，整個苜平縣的精氣神都不一樣了，百姓言必說小狀元、話必講陳青天，陳毓的知名度愣是直逼大將軍嚴釗，說出話來那叫一個應者雲集。

連帶的幾人出門買個包子都會被多塞兩個當添頭，這般受人愛戴的情形，當真跟從前在鎮撫司做事時人人當瘟疫一般避之唯恐不及是天差地別。

「總共五萬一千六百五十二兩。」喜子終於清點完畢，轉身向陳毓回稟。又想到什麼，忙向自己懷裡摸。「這兒還有五千兩銀票。」

趙城虎幾人也個個躬身向前，每人手裡捧了張銀票。話說那姓阮的老小子還真不是一般的有錢，這幾日可不獨喜子，他們也都發了筆小財，若然之前，說不好幾人就全都揣兜裡了，可見識了陳毓的手段，卻是不敢私吞。

陳毓擺手止住。「不用。他們既然送來了，你們只管拿著便是。」

「多謝大人。」趙城虎幾人齊齊道，聲音裡全是振奮和心悅誠服。跟著狀元郎做事果然痛快，看不順眼的人只管狠狠的打，打完了人啥事沒有就等著悶聲發大財，連帶的還能收穫一片頌揚之聲。尤其是狀元公身上不同於一般迂腐文人的爽利脾氣，真是對胃口得緊。

「至於其他的銀兩……」陳毓很快決定好了銀子的歸屬。

一部分用來賠償百姓、一部分上交到州府，還要留一些給東夷山上的鄭家送去。

想著又額外拿出五百兩銀票遞給趙城虎。「這張銀票給李家送去，作為朝廷對英烈之士的撫恤和褒獎。」

說到這裡，陳毓眼中怒火一閃而過。

陳毓所說的李家，正是剛被提拔為縣丞的李獻的家族。

李家乃是苜平縣第一大家族，後輩子弟允文允武，家族中不獨出過文進士，更曾出過武狀元。因苜平縣特殊的地理形勢，李家祖上開設學館之外，更開了一家仁義武館，平時鍛鍊筋骨，待得發生戰爭，仁義武館立時就成為大周邊軍中最鋒銳的勁旅。

每次東泰叩關，李家必是第一個投身戰火中的家族，為國為民，戰死在疆場上的不知凡幾。仁義武館也因此天下揚名，甚而先皇都曾親賜詔書褒揚。

這樣一個本應受人敬仰的節烈家族，近年來在苜平縣的日子卻是舉步維艱。家族子弟一再被官府邊緣化，子弟仕途之路不是一般的艱難，比方說李獻，雖是名次靠後，可好歹也算是進士出身，在縣衙中的官卻是越做越小，甚而前些時日差點兒被杜成趕出去吃自己。

更別說還有一撥又一撥的東泰武士打著「比武切磋」的名義打上門來，李家子弟被打傷打殘的何止一個、兩個？昔日英雄轉眼間陷入人人得而欺之的可悲境地，而為了所謂的東泰、大周和睦友好大局，苜平縣也好、東峨州也罷，沒有一個人願意站出來替李家說句公道話。

短短幾年間，李氏家族便分崩離析，家中子弟或流落他鄉，或留在苜平艱難度日。至於曾在東泰和大周戰爭中立下汗馬功勞、曾經是大周武者榮耀所在的仁義武館，也在被東泰武士當作靶子一次次的針對、打擊後，堪堪落入關門的悲哀境地。

而這，也是陳毓不齒二皇子並嚴釗之流的原因。

皇子爭位歷朝有之，可無論如何都必須信守一個最基本的原則，那就是不得干犯大義。

從古至今，但凡想要借由外族勢力上位的，即便最後能問鼎至尊之位，莫不是以割地賠銀等種種屈辱條件獲得，更不濟的，連大好河山都拱手送給別人。

而這些屈辱和不公，最後全轉嫁到百姓身上。

上一世大周可不就是做了引狼入室的蠢事，彼時東泰羽翼已豐，再想驅逐已是萬萬不能，以致東部近半河山陷於連綿戰火之中，百姓十室九空，屍骨漫山遍野。

只是和上一世自己只能靠刺殺一二東泰大臣不同，這一世自己作為執棋者，參與其中，更是提前兩年讓皇上意識到東泰的野心，未雨綢繆之下，自然可能力挽狂瀾。

只來到莒平縣後，卻令得陳毓大失所望。民間但凡提起東泰無不畏之如虎；至於官場，盡皆以結交一二東泰人為榮。前幾日陳毓發布告示，令和阮笙手下東泰商棧發生衝突、心有冤屈的百姓盡可到縣衙伸冤，結果當日，真正願意來指證阮笙的人寥寥無幾。

本來依照陳毓的意思，阮笙這樣的敗類，盡可以民怨沸騰為由處以死刑，自己再順理成章派人接管商棧，可事情發展到至今，用了些手段才追繳來阮笙的身家，至於其他打算更難以實現。不但那些商棧依舊歸東泰所有，便是阮笙，也不得不任他離開。

這世上最堅固的不是關隘，而是人心。關隘破了可以再行修補，民心若是散了，則莒平縣再無關隘可守。若是真想兩年後東泰、大周之間的戰爭爆發後立於不敗之地，陳毓要做的第一步便是令民心可用……

沈重的監牢門緩緩打開，阮笙幽魂似的走出莒平縣大牢，本就寡淡刻薄的臉上滿是怨毒神情。

世上還有什麼事情，比一而再再而三被一個小孩子給逼得走投無路更屈辱嗎？阮笙恨不得寢其皮食其肉！

那般扭曲的模樣，令得站在牢門外的吉春並田太義二人也覺瘆得慌。

「罷了。」吉春迎著阮笙上前一步，意有所指道。「錢財都是身外之物，只要攝政王殿下大事可成，阮君想要多少銀兩而不可得？」

「多謝吉爺施以援手。」阮笙如何不明白吉春的意思，緩緩吐出口鬱氣。「吉爺放心，阮笙絕不會誤了殿下的大事。吉爺，在下日前得到消息，兄長已升任兵部主事，接管了兵部兵庫司一應事務。殿下想要的東西，在下不日內必將雙手奉上。」

一句話說得吉春頓時喜笑顏開，之所以花那麼多銀兩救阮笙，可不就是為了這個。

東泰和大周交鋒最不自信的一點，就是在兵器上。

周朝冶煉一道一直遙遙領先於東泰，大周兵部督造的武器更是穩穩壓東泰一頭。前些時日派往京城的斥候便傳來消息，說是周人冶煉技術又有躍進，新技術已臻純熟，打造出了世上難得一見的神兵利刃。

若然周人軍隊全部裝備上這樣的武器，攝政王殿下的西進之路必然困難重重。

而阮笙的保證，無疑讓可能的困境迎刃而解。真是得到那神奇的冶煉術，說不好東泰可以搶先一步裝備起來。

這般想著，吉春待阮笙更加熱情，示意田太義親自扶了阮笙登上馬車。

待車走了幾步，吉春被不遠處幾個人影吸引住了注意，臉上神情忽地一凝。站在最前面神情激動的那人，正是自己最厭惡的苜平縣丞李獻——吉春的爺爺當年攻打靖海關時，正是死在李家人手下。

李獻的對面，還站著一個車上三人都認識的人，陳毓手下那個叫秦喜的管家，而他們的身後，則是擦拭一新的仁義武館的招牌。

仁義武館已經久不招徒，那面招牌上面也不知結了多少層蛛網，怎麼今兒個又特意亮出來了？

吉春心裡不覺一突，不會是仁義武館又準備開館授徒吧？吉春想了想，把馬車停到一個僻靜的地方，派了僕人前去打探。

那僕人匆匆去了，又很快回轉，靠近吉春低聲道：「仁義武館明日準備重新開館……」

「重新開館又如何？」一直靜默不語的田太義不屑的撇了撇嘴。「一個沒有高手的武館除了被人羞辱，再沒有第二個用處。東泰武士能讓他關了第一次，也能讓他關了第二次。正好在下明日無事，不然就去仁義武館散散心、消消食，也讓大周那些廢物明白，什麼才是真正的武者。」

田太義視線落在不遠處一個豆腐攤上，眼中蔑視的意味更濃。

豆腐攤旁的精瘦漢子似有所覺，脊背僵了一下，自顧自仔細擦拭起桌椅來。

「孫五哥，來碗豆腐腦。」

一位老人顫巍巍走過來，瞧著漢子的眼神明顯有些複雜。

孫五哥本名叫孫勇，在家裡排行老五，莒平縣人不論老幼都會尊稱他一聲五哥。十五年前，孫五哥十七歲時，便以仁義武館五弟子的名頭在東泰人圍攻莒平縣城時，愣是殺了個七進七出，以一人之力，全活莒平縣上百婦孺。那時，仁義武館的鐵腿孫勇是何等的威風凜凜、萬眾敬服……

「曹大爺，您拿好。」孫勇臉上露出一抹憨厚的笑，麻利的盛好豆腐腦，又額外多舀了一勺芝麻醬，轉身時，猛地踉蹌了一下。

「小心點。這是腿疾又犯了？那群天殺的……」

還要再說，幾個東泰武士趾高氣揚的從旁邊經過，瞧見孫勇的豆腐腦攤子，笑嘻嘻的圍了過來。

「喲呵，這不是鐵腿孫勇嗎？」

「什麼鐵腿孫勇，瞧著是瘸子孫勇吧？」

「瘸子孫勇太難聽了吧，我看呢，還是叫豆腐西施孫勇吧？」

「豆腐西施不是個女人嗎？」

「你以為孫勇還是男人啊？」

「哈哈哈——」

笑聲越來越猖狂，孫勇卻始終木訥的低著頭，彷彿聾了一般。

那些東泰武士笑得夠了，看孫勇始終沒有一點兒反應，也覺無趣，終於起身罵罵咧咧的離開了。

「孫五哥，這碗我收拾乾淨了。」瞧著那些東泰武士走遠了，方才匆匆躲回家去的曹大爺才敢又跑回來，瞧著依舊木頭樁子似的杵在那裡的孫勇，兩行老淚唰啦一下就落了下來。

十五年前，孫勇凱旋而歸，苜平縣萬人空巷，爭著一睹英雄風采的情景彷彿還在眼前，可曾經的英雄，卻是落到這樣悲慘的局面，

五年前，苜平縣邊門大開，成群的東泰人湧進來。先是商棧，然後是遍地開花的武館。聽那些官老爺們說，東泰人是因為仰慕大周，才會派來這麼多人學習切磋，大周人要放下成見，對東泰人友好相待，絕不可有損大周泱泱大國的氣度。

可既如此，東泰人不是學生嗎？緣何在先生的家裡比強盜還猖狂？

當初，那個叫木田一郎的東泰武士可不就是打著比武切磋的名號，先是卑鄙的用暗器打傷了孫勇，然後又打斷了他的雙腿，更殘忍的踩碎了孫勇的子孫根……明明是大周的英雄啊，怎麼就能被人糟踐到這樣的地步？

「爹。」一個稚嫩的聲音忽然響起，一個衣著襤褸的五、六歲孩子正踢踢踏踏的跑過來，正是孫勇的兒子孫忠。

孫忠身後還跟著一個面色蠟黃、形容枯槁的女人，女人一臉病容，走個路都不停喘息的虛弱模樣，待瞧見孫勇，瘦弱的臉上頓時浮起一縷笑意。

「天還有些冷呢，妳怎麼就起來了？」孫勇的聲音有些嘶啞，滿布身上的沈沈死氣，在瞧見兩人後慢慢消散。

五年前，滿身血污生死不知的孫勇被抬回家時，孫五嫂正好即將臨盆，驚嚇過度之下，險些一屍兩命，雖然好歹挺了過來，自此卻壞了身子。

「哪裡就能凍著我了？」孫五嫂愛戀的幫孫勇緊了緊衣衫，又溫柔的拉過孫勇的手，從懷裡摸出一個盒子，挖了塊膏藥，細細的幫孫勇塗抹著。

孫勇青筋凸起的掌心上，早已是血肉淋漓。

抹著抹著，一大滴的眼淚「啪」的一聲落下來，正砸在孫勇的掌心處。

孫勇身子猛地一顫，下一刻抖著手撫上妻子乾枯的頭髮，死死咬著嘴唇抬手仰望天空……

曹大爺掩著面不忍再看，淚流不止。

當初東泰人兵臨城下，是孫勇救了孫兒，那時自己發誓，這輩子做牛做馬也得報答恩公的恩情，可到頭來也不過只能在恩人遭受欺凌時，買一碗兩文錢的豆腐腦罷了。

一陣清脆的噠噠馬蹄聲傳來，孫勇一家依舊依偎在一起，曹大爺抬起頭來，深怕是那群遭瘟的東泰武士又回來。

可下一刻他霍地站了起來，太過激動，嘴唇都有些哆嗦。「這、這不是——」

自己一定是作夢吧？這般騎著駿馬、白色勁服上繡著蒼鷹的仁義武者，已經足足五年沒有出現在苜平縣街頭了。取而代之的是那些梳著各種奇怪髮式、耀武揚威的東泰武士。

揉揉眼睛正待細看，馬上騎士已經飛身而下，一個二十七、八歲、英武過人的男子，朝著孫勇深深一揖。「五師兄。」

「小師弟？」孫勇一震，倏地睜開眼來，待瞧見男子身上的勁服，神情裡全是不可置信。

自從東泰武館開遍苜平縣，作為抗擊東泰人建功最著的仁義武館頓時被推到了風口浪尖。一方面是東泰人的瘋狂報復，另一方面則是朝廷的視若無睹。先是大師兄，然後是自己，仁義武館八個師兄弟死的死、殘的殘，除了最小的師弟李英外，幾乎盡遭毒手。

為了避免更多無辜的人被捲進來，師父不得不做出關閉武館的決定。

「五師兄，這些年苦了你們了。是我們李家無能，沒有護住各位師兄……」瞧著剛過而立卻滿臉風霜、和花甲老人一般的孫勇，李英也紅了眼睛。當初可不就是因為仁義武館威名太盛，才引來東泰武士瘋狂報復？一干師兄弟沒有死在和東泰人的戰爭中，卻凋零在種種卑鄙無恥的陰謀伎倆之下。

而其中，最令人心寒的則是朝廷的態度。

最終，曾經令東泰人聞風喪膽的仁義武者終於一個個消失在眾人的視線中。

「這、這是……」孫勇彷彿沒聽見，只死死盯著李英衣服上那隻蒼鷹。「我，作夢了嗎？還是我眼花了？」

「五師兄。」李英神情百感交集，一把攥住孫勇的手。「不是作夢，是真的，咱們仁義武館重新開館了，爹讓我請五師兄回去，五師兄，咱們回家！」

一語甫落，一聲鼓音倏忽在天邊炸響，鼓韻悠長，直衝天際。

眾人眼神一亮，神情激蕩。

「震天鼓！」

震天鼓乃是朝廷賞賜給仁義武館、作為抗擊東泰入侵者的最高褒獎，曾經鼓聲咚咚中，仁義武者一往無前和東泰人一決生死。

可自從武館關閉，這面大鼓便沈寂了足足五年之久。

「難道是大師兄？」饒是被生生打斷雙腿也不曾落下一滴眼淚的孫勇這會兒也紅了眼睛。當初師父曾言，眾弟子回歸之日，便是震天鼓敲響之時，還以為此生相見無日，沒想到還有重逢之時……

而隨著鼓聲在苜平縣城上方傳揚，越來越多的苜平百姓也走上街頭，茫然的神情漸漸變為狐疑，到最後又變成了激動。

「天啊，我一定是聽錯了吧？」

「沒錯，是震天鼓！」

「難不成，是仁義武館開了?!」

先是第一個人將信將疑的繞到曾經仁義武館的所在地，然後更多的人湧了過來，很快，一個振奮人心的消息就在大街小巷上傳開，閉館五年之久的仁義武館重新開館招徒了。

木田武館中，一個正舉著東泰武士刀做出豎劈動作的二十餘歲男子身形猛地一滯，下一刻武館門一下被人推開，一個東泰武士匆匆跑進來。

「木田君，仁義武館重新開張了。」

「仁義武館？」木田一郎慢吞吞收起刀，接了下人遞上來的軟布細細擦拭著手裡的愛刀，細長的眉眼中滿是涼薄和鄙夷。「手下敗將罷了，有什麼值得大驚小怪的？」

當初仁義武館的孫勇傷了父親一條腿，自己就廢了那孫勇三條腿。本來可以一刀把那人砍死的，不過若那麼容易就死了，哪有讓他生不如死的活著更讓自己舒坦？

「木田君可準備好了？」又一聲猖狂的笑聲從門外傳來，田太武館的館主田太義並其他幾個武士走來。「咱們一塊兒去仁義武館鬆鬆筋骨？」

「正有此意。」木田一郎笑容傲慢，這些大周人還真是不長記性，當初他說得明白，但凡敢穿仁義武館武士服，無論是誰，他見一次打一次。

同一時間，縣衙。

「鄭五哥、信芳。」

李信芳斜了一眼陳毓，恨恨的咬了咬牙，記恨自己當初栽在了這小子手裡。只來時大當家嚴令絕不可擅自妄為，再加上自己的情郎和這小子關係極好，權衡利弊，李信芳只得癟癟嘴，哼了一聲，隨手取出一套繡有蒼鷹的武士勁服扔過去，神氣活現的道：「想跟著去也行，這樣，叫一聲師兄我聽聽。」

李信芳的爹，也是東夷山原來的大當家李慶華，還有一個身分，那就是仁義武館的大弟子。因李慶華已然故去，被指導過拳腳的鄭慶寧就作為李慶華大徒弟攜李信芳而來。

至於陳毓，本就是打著讓仁義武館打壓東泰武館的主意，在東泰和大周和平友好大局的前提下，這會兒不好以官方身分前往，索性扮成李慶華的徒弟和鄭慶寧兩人一起。

仁義武館前人頭攢動，從震天鼓的鼓聲響徹雲霄之後，短短一炷香的工夫就跑來了足足上千人，擠滿武館前大片的練武場。

就在昨日前，這裡還生滿枯黃的野草，一副荒涼寥落的情景，短短一日工夫，就被清理得乾乾淨淨。武場的中央，已有十多個身著勁服的武士肅然而立，東升的朝陽打在他們傲然挺立的脊背上，令得黑色的蒼鷹尾羽鑲上了一層金邊，好像下一刻就會展翅高飛、傲然九天。

眼前的情景太過熟悉又太過陌生。

曾經，苜平人已經習慣了在仁義武館中氣十足的練武聲中睜開眼睛，然後精神抖擻的開始一天的生活。五年前的一個早上，家門卻被拖著武士刀的東泰武士敲響，親眼見證了那曾經護佑著父老鄉親的大周武士血灑練武場的情景。

那也是時隔十年之久，苜平老少又一次血淋淋的面對東泰人的殘暴和滅絕人性。

時至今日，仍有不少當初的孩童、現在的少年會在充滿血腥的惡夢中驚醒。

對苜平父老而言，沒了仁義武館，東泰人就變成了隨時會擇人而噬的一頭凶獸，再加上東泰人刻意刻劃在眾人腦海中的那血腥一幕，以致對東泰人的畏懼簡直成了一種本能。

現在，仁義武館重新開館招徒了，能夠賴以依仗的保護神又回來了！這些年來日日在東泰人震懾下擔驚受怕的百姓，先是激動得想要流淚，卻很快被練武場上寥寥十多個影子刺痛了眼睛。

曾經仁義武館有上百武士，再加上各家無法拜入武館，依舊會在大早上跟著學些普通拳法強身健體的百姓，可不有幾百人之多？

神情嚴厲的李師傅，以及朝氣蓬勃的一眾弟子……

再看看現在，卻是一眾明顯太過稚嫩的面孔。

已經有細心人發現，場上總共十四個人，分成三個縱隊，除了李英的身後跟著數個青蔥少年外，餘下也就紅著眼睛的孫勇孤零零站了一隊，再然後就是三個年輕人，站在最前面的那個俊俏男子手中還捧著一個牌位，上面赫然寫著「先考李慶華之位」。

圍觀百姓臉上的喜悅漸漸凝結，取而代之的是無盡的唏噓和感慨。

這還是當年那個橫掃東泰人的仁義武館嗎？這樣老的老、小的小的一群武者，瞧著怎麼就那麼淒涼心酸呢？又真的能再次成為苜平百姓的守護神，和那群窮凶極惡的東泰武士對抗嗎？

後方忽然傳來一陣騷動，人群像水一般朝兩邊分開，以田太義為首的一群東泰武士，正趾高氣揚的走來。

待瞧見練武場內的情景，個個捧腹大笑。「哈哈哈，這麼一群烏合之眾罷了，也敢出來丟人現眼！」

田太義則轉身神情傲慢的看向周圍百姓。「自古武術出東泰，你們若想習武健身，大可到我們田太武館來，可莫要因為拜錯了師、入錯了廟，連怎麼死的都不知道。」

人群頓時陷入沈默之中，神情中全是敢怒不敢言的忌憚。

田太義滿意的一笑，領著後面趾高氣揚的東泰武士一步步來至練武場中央，陰沈沈的衝著館主李元峰道：「武道一途，至為神聖，豈是爾等這些儒夫可以隨便玷污的。或者，是五年前的教訓還太輕了，你們這些大周病夫還想要重蹈覆轍不成？」

「許是這群廢物做男人厭煩了，想學名動天下的孫五俠，做那等不男不女的東西也未可知。」木田一郎陰毒的話語隨即響起，那群東泰武士頓時笑得東倒西歪。

「混帳東西，我跟你拚了！」孫勇這些年苟且偷生，不過是為了妻兒罷了，可這般大庭廣眾之下被淩辱至此，依舊超過了孫勇的承受限度。

「好！」田太義得意的一笑。

今兒來的目的，自然不是說些羞辱的話那麼簡單，可不就是為了逼得仁義武館主動提出挑戰？

那新來的縣令陳毓，雖然只是一個文弱書生，可在處理東泰問題上的手段卻不是一般強硬。

從阮笙的下場可見一斑，聽那阮笙說，這人的後臺是有周朝鋼鐵長城之稱的成家，東泰人便是如何傲慢，沒有絕對把握之前也不敢輕易撩撥，但若是仁義武館主動提出挑戰又自不同。

「逞嘴上威風誰又不會？」詭計得逞，田太義得意的一笑。「真是男人的話，可敢同我大東泰武士簽訂生死文書？」

「師傅。」孫勇霍地轉頭看向李元峰，雙膝跪倒。「徒兒不孝，不能好好侍奉師父了，還有我那媳婦兒並孩兒，從來沒有跟著我過過一天好日子，還要勞累師父能照拂他們一二……」

「勇兒何出此言？」李元峰眼下已七十有餘，一頭白髮如霜似雪，唯有挺直的脊背，訴說著這位老人的傲岸和不屈。雙手扶起孫勇，李元峰也是百感交集。「這些年，委屈你們了。」

五年了，為了李氏家族，自己不得不選擇低頭，卻成宿睡不著覺，好像一閉眼，就能看見那些本應風華無二、笑傲江湖，結果卻慘死在東泰人手裡的幾個徒弟。

那邊田太義卻是有些不耐煩，冷笑一聲。「果然是沒卵蛋的懦夫，打還是不打？」

李元峰陡地回過頭來。「閉嘴！這裡是大周的土地，焉能容爾等鼠輩猖狂？」

田太義及他身後的東泰武士臉色頓時慘白，只覺那聲音猶若黃鍾大呂，震得人整個都是木的。

「一張生死書何足道哉？」李元峰雙目如電，直刺田太義。「只除了生死書之外，還要再加一個條件，若你們輸了，所有東泰武館全都滾出大周的土地！若是我們輸了，便以死謝罪！」

田太義終於恢復了鎮定，聞言臉色微微變了一下。

自己果然小瞧了這老東西，單憑那一手獅子吼，明顯功力更在自己等人之上。只除了這老傢伙外，其他人自己可根本沒放在眼裡。

這老頭的條件讓人頗為心動，畢竟憑自己手裡掌握的東西，即便打不過李元峰，也不是全無勝算，只要想法子阻止李元峰接連出手就夠了。

「那咱們三陣定輸贏，只還有一個條件，那就是每人只有一次出場機會，不許重複出戰。另外，我們東泰武士有好生之德，你們輸的話，也不用死，就全都拜到我東泰武館門下即可。」

周人不是最重視師徒名分嗎？讓他們跪下喊自己師父，一定比殺了他們更可怕無數倍吧？而且在震懾周人之餘，還可借由他們對周人實行懷柔政策……

李元峰臉色難看了一下。這狗日的東泰人，果然狡詐！

他目光看向兒子李英，武館眼下，能出戰的只有自己父子倆，只要頭兩陣自己父子贏了就意味著鎖定勝局，雖有些冒險，可一想到約定的內容，又心潮起伏。

但凡能趕跑東泰人，便是用自己這條老命去換也是值得的，當即緩緩點頭。「依你便是！」

眼看著好好的開館日轉眼成了一場生死大戰，圍觀百姓又是感動又是擔憂，想當初武館何等威風，那麼多傳奇的武者生生折損在東泰人手裡，眼下場中唯餘老弱，真的就能鬥得過東泰武士嗎？

那邊雙方各自找了一位中人，又讓人快馬加鞭趕去縣衙備案，言明雙方生死自負，生死書一事成了定局。

「田太君，第一場讓在下先來。」說話的是木田一郎，又暗示性的往孫勇的方向挑了挑下巴。

田太義自然會意，又有些擔憂，事關重大，李元峰真的會同意孫勇上場？

木田一郎已經飛身中間高臺之上，朝著孫勇的方向笑得猖狂。

「方才哪個不男不女的東西想向爺爺我挑戰？怎麼這會兒又怕了？我就說嘛，本就是個膿包，又沒有卵蛋，根本就是蛆蟲一般的廢物……」

眼看著孫勇的臉色一點點慘白，到最後更是變為決然，李元峰心裡大急。

「勇兒——」

剛要強行勸解，旁邊一個很是年輕的聲音忽然響起。「師祖，我瞧著五師叔很厲害呢，不然，就讓五師叔上去，狠狠的教訓那個混帳。」

李元峰抬頭，是一個面貌普通的方臉年輕人，瞧著也就十七、八歲，之前已經拜見過自己，說是大弟子李慶華的關門弟子。

年輕人正是喬裝易容過的陳毓，他口中說著，一邊用衣袖遮掩了一顆丹藥塞到孫勇手裡，以僅有三人能聽到的聲音道：「師祖放心，五師叔吃了這丹藥，定能立於不敗之地。」

丹藥乃是小七所贈，吃了這藥後也能令身體發揮出最大的威力，其中有可以滋補身體的大補之物，後遺症是會虛弱一段時間，但在危急時刻能作為保命奇藥。

「這藥當真有效？」孫勇也好、李元峰也罷，全都神情震動。

這可是生死大戰，不容許出現絲毫閃失，更不要說這場賭約對莒平百姓而言具有如何重要的意義。

「五師叔自以為，若是全盛時期，對陣這木田一郎會有何結果？」陳毓又低聲追問了一句。

看得不錯的話，孫勇最大的弊端就在於雙腿當年受過重創，血路僵滯，但這些年來一身功夫並未放下，不然這會兒的孫勇別說走路，怕是連床都下不了。

而且正因為雙腿受創過重，為了能夠再次行走可說吃了大苦頭，孫勇的下盤功夫穩當，令得這最大的弊端反倒成了對手意想不到的奇兵。

「一百招之內，木田小兒必敗於我手。」孫勇傲然道，太過憤怒之下，拳頭捏的咯吱咯吱直響。

當年自己本是占了上風，哪料到正要迫使木田一郎低頭認輸之際，突然傳來一陣古怪的香味，一個目眩之下，才被木田一郎搶得先機……

「那便無礙。」知道自己判斷無誤，陳毓就放心了。

「師祖放心，阿毓既是如此說，這藥就必然有效。」旁邊的李信芳插口道，口中說著，還狠狠的瞪了陳毓一眼。

上次之所以突然昏厥，又害得子玉被抓，可不是因為官道上第一次碰面時，不知不覺就著了這傢伙的道？

不待李信芳再說，孫勇已接過陳毓手中的丹藥，隨手丟到口中。「我相信師姪的話，還請師父成——」

下一刻一下睜大了雙眼，丹藥剛剛入口，丹田中就生出一股熱力來，神奇的是，熱力所過之處，本是僵滯的腿關節忽然就暢通無阻了！

「這、這怎麼可能？」太過激動之下，孫勇說話都有些結巴了。

李元峰探手拉過孫勇的胳膊，感受到孫勇脈搏中幾乎要噴湧而出的勁氣。

「怕死的話就跪地求饒，又如何能指望你這般不男不女的東西會有什麼血性？」瞧見孫勇遲遲不上來，唯恐孫勇變卦，木田一郎說話越發刻薄。不料孫勇猛地回頭，眼中幾乎可以殺傷自己的憤怒令得木田一郎心頭一悸。

孫勇衝李元峰行了個禮，轉身要往高臺上去，卻被陳毓攔住，故意提高聲音道：「師祖，五師叔行動不便，您還是把五師叔送上去吧。」

只背對著高臺的兩隻眼睛，眨啊眨啊，說不出的靈動和狡黠。

李元峰眼中也染上了些笑意，之前總是被東泰人坑，這會兒瞧著徒孫去坑別人，那感覺還真不是一般的爽，便是徒孫這張過於平常的面孔也隨之增色不少。

當下順著陳毓的意思，也刻意用悲憤的聲音道：「好，為師且送你一程。」

口中說著，身形一凝，握住孫勇的雙肩輕輕托舉之後又往前一送，孫勇身體頓時直直升起，身姿美妙翩然，恍若一隻大鳥，穩穩落在木田一郎對面。

苜平百姓頓時發出一陣哄然叫好。

田太義臉色又沈了一分，方才李元峰的動作看似輕巧，卻是大巧若拙、舉重若輕，若非內家功夫已臻爐火純青，絕不會有此效果。

心中憂慮無疑更甚，好在這一場以木田對陣孫勇，己方必勝。

臺上的木田一郎自然也作此想，瞧向孫勇時，簡直和看著個死物相仿。「不想死得太難看的話，這會兒就趕緊跪下磕頭拜師。」

木田一郎身形倏忽飄起，台下眾人只覺眼花撩亂，勁風舞動處，彷彿上面到處都是木田一郎的影子，至於孫勇則成了顛簸在滔天巨浪中的一葉小船，隨著對方的掌勢不住躲閃，奈何身形僵硬，每一次只能堪堪躲過，狼狽之極。

「王八蛋！」台下的李英最先看不下去，這木田一郎當真可惡，把五師兄當成了戲耍老鼠一般。他求救似的瞧向李元峰，方才距離有些遠，陳毓幾人說話時又特意壓低了聲音，李英根本不知道發生了什麼，就看見父親親自出手把孫勇送了上去，當時心就揪了起來。

下面的百姓於武道一途並不明白，這會兒只意識到孫勇身陷危險之中，個個生出些膽怯來，難不成時隔五年之久，當日的悲劇又要重演？

李元峰嘴角卻是慢慢勾起，相較於其他人，李元峰的修為無疑是最高的，自然能看出來，憑孫勇的本事，若非胸有成竹，怎麼可能每次都雖然狼狽卻恰好躲過？

自己那個小徒孫，還真有幾分本事。

這般想著，李元峰下意識的往陳毓的方向看去，恰好看到對方眼裡的一點笑意，分明對臺上局勢已是了然於胸，神情頓時一怔。

這孩子真有些古怪，自己一世浸淫武道，能看出些門道自然不算什麼，這徒孫年齡甚小，拜入師門滿打滿算也就五年吧，眼見木田一郎攻勢凌厲卻露出這樣的表情來，難不成是對他給的丹藥有信心？

正自沈吟，眼角的餘光瞄見臺上局勢一定，忙收斂心神，心知三招之內木田一郎必敗。

「混帳東西！既然你要找死，爺就成全你便是！」臺上的木田一郎終於不耐煩了——還有沒有天理了，這孫勇運氣怎麼就那麼好，每次都正好躲過自己的攻擊，本來不是自己戲耍孫勇嗎，怎麼到頭來快把自己給累趴下了？

木田一郎耐心告罄，身子從空中翩然而落，五指成爪，朝著孫勇的天靈蓋抓落。

「來得好！」孫勇大喝一聲，非但不躲閃，身形跟著拔地而起，徑直朝著木田一郎的方向撞了過去，等到木田一郎覺得情形不大對想要躲開時，哪裡來得及？

明明方才還僵滯無比的孫勇，一瞬間變得比背上的蒼鷹還要更加凶猛。

隨著「砰」的一聲鈍響，兩人兩掌相對，木田一郎只覺整條胳膊都彷彿被人一寸寸折斷，右胳膊一下碎成了一截截，下一刻那些碎骨刺破肌膚，如同白色的箭頭一般裸露出來。

一時滿場都是木田一郎殺豬般的嚎叫聲，孫勇左手的連環擊打已經緊跟而至，下一刻，木田一郎的左胳膊也被擰成了麻花，孫勇雙手一鬆，木田一郎的身體便如斷了線的風箏從空中摔落高臺，孫勇隨即落下，腳不偏不倚正踩在木田一郎的胸口，一陣讓人牙酸的骨頭碎裂聲再次響起，木田一郎身體猛地一痙攣，彷彿被掐住脖子瀕死的鴨子，頭往前猛一佝僂，嘴角吐出大口的鮮血。

一切發生得太突然，等田太義回過神來，木田一郎的身子早跟離岸的魚一般，在地上不住抽動著，田太義終於慌了神。

木田家族也是東泰一流世家，木田一郎更是家族後起之秀，一向頗受家族長輩喜歡，今兒個真是死在這裡，回去怕是不好交差。

「哈哈哈——」臺上的孫勇喉嚨裡忽然發出一陣古怪的咯咯聲，初聽是在笑，細細聽來卻似哭泣。「東泰小兒，你們也有今日！今天孫勇有句話放在這裡，血債必須血來償，膽敢危害我大周百姓，這人便是你們的下場！」

「孫五俠！」台下百姓終於反應過來，簡直不敢相信自己的眼睛，只還來不及表達喜悅的心情，臺上的孫勇臉色忽然變得慘白，然後整個人毫無預料的直挺挺向後栽倒。

「怎麼回事？」李元峰臉上笑容一下僵住，轉頭瞧向陳毓。

「虛弱期嘛。」陳毓攤攤手，又小聲道：「若然東泰人耍賴，硬要把這一局賴成平局，師祖便成全他們就是。」

孫勇說得對，血債還須血來償，今兒這三局務必要堅持到底，這樣既可把東泰武士的力量完全驅逐出大周，還可以有效的削減東泰武人的生力軍。

陳毓話音一落，那邊田太義氣急敗壞的聲音就已經響起。「木田君——」

原想著木田一郎即便受了重傷，應該還有救，探查之後才發現，也不知那孫勇用了什麼古怪掌法，木田一郎不獨雙臂瞬間被廢，便是胸口肋骨也同樣盡數折斷，這般傷勢，便是神醫在世，怕是也無力回天。

田太義忙不迭探手就想去抓孫勇，不想卻撲了個空，高臺上多了李英的身影。

李英半扶半抱著生死不知的孫勇，想要笑，卻先紅了眼睛。五師兄受了這麼多年的苦，今日大仇終於得報，也算是一大幸事，而且這一局無疑是五師兄勝了。

正要抱著孫勇下來，田太義忽然嘶聲道：「兩人既然都是生死不知，那這一局便是平局！」

什麼平局？明明是孫勇占盡上風好不好？一想到連孫勇這樣腿腳不靈便的人都能殺死一個再凶頑無比的東泰武士，苜平百姓終於信心大增，紛紛道——

「真是不要臉！」

「什麼不要臉啊，你啥時候見到東泰人有臉了？」

臺上的田太義被氣得臉一會兒白一會兒青，死咬著須得認定這一局是平局。

李英氣得簡直要爆粗口了，若非懷裡還抱著生死不知的五師兄，簡直立馬就要上前挑戰。正想著該怎樣反駁那群東泰人，李元峰的聲音忽然響起。「英兒，對於那些無恥的人而言，這世上又有什麼道理可言，一個平局罷了，咱們大周這樣的泱泱大國，還讓得起。」

方才信了徒孫的話，果然孫勇就格殺了木田一郎，李元峰大受震撼之際對陳毓更是刮目相看。想著不然就再賭一次，依著徒孫的話去做。

「爹——」李英頓時大急，要知道三局兩勝，若然這一局定為平局，就意味著下面這兩局必得要對陣到底。

雖然相信以自己和爹爹的身手，己方至少有七分勝算，可茲事體大，賭約的內容對李家和苜平百姓而言實在是太過重要，根本容不得一點兒閃失。更不要說相較於田太義等人，自己已經算是前輩，即便勝了，面上也不見得有多大的光彩。若然爹爹親自下場，那更是妥妥的以大欺小，即便贏了，怕也會落人口舌。

「英兒，把你師兄抱回來。」李元峰絲毫沒有改變心意的意思，李英心裡雖急得不得了，卻是聽話慣了的，如何也做不出忤逆父親的事來，無可奈何之下，只得憤憤的抱著孫勇飛身下臺。

李元峰也不解釋，只快速托起孫勇的手腕，又在孫勇雙腿處輕輕拍打一遍，眉眼中頓時喜氣盈盈。那丹藥果然神奇，眼下徒弟雖是體內勁氣消耗殆盡，筋脈卻意外的得到了拓展，尤其是腿部痼疾消除了七七八八！

至於田太義那邊，帶來的人也有郎中，只那郎中瞧了一眼木田一郎臉就黑了。也不知那瘸子孫勇怎麼會突然變得這般神勇，木田一郎現在的模樣，簡直宛若被巨石碾壓過一般。

擦了擦冷汗，強撐著探了一下脈搏，又翻開眼瞼看了下，半晌才蠟白著臉艱難的搖頭。

「已經死了。」

田太義臉沈得能擰出水來，視線一一掃過宛若過節般歡呼雀躍的周圍百姓，神情扭曲。平常對著大東泰武士時一個個全都老實得跟鵪鶉似的，一看見有人給他們出頭了就馬上出來作死，這些周朝人果然全都該殺。

「我們絕不能輸。」田太義攥緊拳頭，一旦輸了，東峨州百姓勢必成為周朝最堅實的一道屏障，攝政王這五年的籌謀就會全都成為泡影，自己等人也均將成為東泰的罪人，更會失去在家族中的優越地位。

他視線轉向一個竹竿一般身形瘦高的男子。「阪田君，下一場就靠你了。」

虧得自己早有籌謀，五年來早對李家功夫摸了個八八九九，阪田雄更精研出針對李家拳法的一套功夫，如果對上李英，至少有六分勝算。毫不客氣的說，阪田雄是田太義特意精心給李家準備的一份禮物。

阪田雄也早已憋了一肚子的氣，當下毫不猶豫的點頭，飛身上了高臺，衝著下面的李元峰等人傲然道：「還以為是什麼大名鼎鼎的武道世家，原來也不過是些以大欺小的無恥之輩罷了。是不是商量好了，你們李家哪位師長準備上來受死？」語氣中全是諷刺。

儘管那孫勇是個瘸子，年紀比木田一郎大得多也是事實。更不要說東泰料定下一個上臺對陣的必然是李英，自然坐實了指責對方「以大欺小」的話，自己若然勝了，對周人的打擊必然是沈重的。當然，若是李家好面子，索性派個小輩迎戰，那就更好說了，自己拿下勝局自然就是板上釘釘的事了。

反正不管如何，己方都不會吃虧。只遺憾，周人怕是沒有那麼傻。

哪知一念未畢，一個不屑的聲音忽然響起。「輸了還要胡攪蠻纏，還敢吹噓什麼武士道精神，也不嫌牙磣。所謂人不要臉天下無敵，就你們這麼一群不要臉的玩意兒，也配得上受我師門長輩的拳腳?!」

聲音落處，一個青色的人影拔地而起，阪田雄霍然轉頭，神情詫異。

一個和自己年齡相仿的年輕人，正若山嶽一般屹立臺上。

台下的李英本就被東泰人的恬不知恥氣得脹紅了臉，正想著待會兒上臺後該如何反駁對方以大欺小之說，哪知就有人蹦上去了，頓時也有些摸不著頭腦，忙拿眼睛去看李元峰。不是說好了這一局自己上嗎，怎麼上臺的是大師兄的弟子？

臺上站的人正是鄭慶寧。

因著仁義武館門人凋零，意外歸來的李慶華一脈確然帶給了李元峰父子驚喜，可私心裡對鄭慶寧三人的身手，父子兩人的態度並不樂觀。畢竟，除李信芳外，其餘兩人頂多入師門五年，李慶華能親自傳授他們功夫的時間也就一、兩年，換句話說，幾個孩子更多的時候想必都是自己摸索。

李元峰也有些愕然，有心責怪幾個娃娃太過魯莽，生死較量之際，豈可有半分逞強？又明白孩子們也是為了師門著想，責罵的話怎麼也說不出口。

「師祖放心。」看師祖心下慌急，李信芳忙上前小聲勸慰。「我五哥功夫高著呢，那瘦癆鬼怎麼可能是五哥的對手……」

旁邊的陳毓聽得直想翻白眼，李信芳這妮子可真夠實在的，明明之前才跟老爺子說師門就自己三個，這會兒又說什麼五哥，這不明擺著還有大哥、二哥、三哥、四哥嗎！

李元峰神情果然凝了一下，下意識的就瞧向陳毓，心裡忽然升起一個想法，難不成這些人並非慶華的徒弟，而是信芳找來助拳的高手？

只陳毓神情太過平靜，李元峰也看不出什麼來，不由苦笑，這小傢伙多大點年紀啊，倒好，比自己還能沈得住氣！

接著他就被臺上的呼喝聲拉回心神，鄭慶寧和阪田雄已經開始過招，李元峰只看了一眼就變了臉色，旁邊的李英也倒抽一口冷氣，甚而暗暗慶幸上臺的不是自己。

那阪田雄的功力雖是比起自己還差著一截，功夫卻正正針對著李家拳法！

殊不知臺上的阪田雄比他們父子還要驚訝更兼鬱悶，說好的李家拳法呢、說好的一敗塗地呢？怎麼眼前這人一拳一腳全都陌生之極。加上鄭慶寧平日練功走的是剛猛路線，即便被拳風擦著臉皮，都火燒火燎的痛。

阪田雄越打越心慌，上臺時的勝券在握早已被驚慌失措取代，更要命的是腦海裡不知為何全是木田一郎白骨森森的可怖景象，頓時腳步就有些虛浮。

這樣好的機會鄭慶寧怎麼會錯過？狠狠的一拳搗在阪田雄的臉上，阪田雄慘叫一聲，隨即吐出一口碎牙，只覺疼痛和恐懼升到了極點，下意識的就想求饒，哪知鄭慶寧下一拳已經隨即送到，正正擊打在阪田雄的太陽穴上。

阪田雄的身子一下飛了起來，不偏不倚正好落在田太義的腳下，鼓凸出來的雙眼死死的盯著田太義的眼睛，襯著滿臉的血污，端的是猙獰無比。

「東泰小兒，這一局，到底是誰勝了？」鄭慶寧氣定神閒的站在臺上。

台下百姓靜默片刻，再次齊聲歡呼起來，巨大的聲音震得田太義一哆嗦，終於無比艱難的把視線從阪田雄的身上收回來，整個人都處於一種既恐懼又憤怒的狀態之中。

再不甘不願也只能承認，阪田雄輸了。

只是那又如何？田太義摸了摸自己的懷裡，眼中的瘋狂更甚，大不了和仁義武館的人同歸於盡，東泰人絕不能敗！

「師祖，那田太義，就交給我處置吧。」仁義武館這邊，陳毓也轉向李元峰，一字一字道。

「你？」李元峰蹙了下眉頭，剛要反對，陳毓忽然輕輕運勁，一股柔和而強大的勁氣朝著李元峰襲來。

「這怎麼可能！」活了這麼大，李元峰還是第一次受到這麼大的驚嚇，到了這會兒李元峰可以篤定，自己這小徒孫實力絕對在兒子李英之上！可是這小子瞧著頂天也就十七、八歲罷了，怎麼可能有如此高妙的一身功夫？

虧得這是自己人，不然，怕是真要被嚇得日日都吃不下飯了。

第三十八章　大獲全勝

「爹……」瞧著臺上那個年輕得過分的身影，李英真感到風中凌亂了。老爹這是冒險上癮了嗎？先是五師兄，再是大師姪，現在倒好，直接把個乳臭未乾的傻小子放臺上去了。

只是李英嗖嗖亂飛的哀怨小眼神，李元峰彷彿沒看見一樣，半晌才喃喃了四個字。「鬼神莫測。」

李英聞言酸得一身的雞皮疙瘩都快掉下來了，自家老爹什麼時候這麼自戀了？還鬼神莫測……

卻不想頭上「啪」的挨了一巴掌，李元峰又惱火又無奈的聲音隨即傳來。「我是誇自己嗎？」鬼神莫測的是這小傢伙好不好？

明明東泰人已經夠狡詐了，可比起小傢伙來還差得遠呢！沒瞧見嗎？東泰每一場的出場人選恐怕都在他的掌控之中。

李英依舊有些發暈，老爹的意思是，鬼神莫測是他對旁人的考語？順著李元峰的視線看去，可不正是高臺上那個之前瞧著最不起眼的小師姪？

陳毓無疑察覺到了台下父子兩人熾熱的眼神，有些不好意思的搓了搓手。

倒不是自己如何神機妙算，只錦衣衛的最大愛好就是半夜沒事四處溜溜然後蹲人家房檐上歇會兒，窗戶外面掛會兒，甚而房梁上也可以貓會兒，更別提趙城虎幾個可是錦衣衛中的高手。要是陳毓告訴李家父子，其實別說東泰人的大致計劃，就是田太義幾人的褻褲顏色趙城虎幾人都弄得清清楚楚，這父子倆會不會擔心得再也睡不著覺……

田太義的臉色卻更加陰沈。

一切都脫離掌控的感覺太讓人心驚肉跳，再瞧瞧腳下躺著的兩具可怖屍首，從來都自大無比、目中無人的田太義心裡也開始打鼓，直愣愣的瞧著臺上的陳毓，半天都沒挪動腳步。

陳毓居高臨下的俯視著下面的田太義一行人，一字一字道：「東泰小兒，不過爾爾，是有多愚蠢，才會讓你們以為可以在我大周為所欲為？真想要活命的話，現在就跪下磕頭賠罪，如若不然，那就拿命來償！」

清亮的聲音明明不大，卻彷彿炸雷轟響在眾人耳邊，尤其是「拿命來償」四字更是在上空盤旋良久。

一個小個子東泰武士驚得猛一趔趄，腳下一軟，低頭時猝不及防對上阪田雄鼓凸出來的雙眼，嚇得「嗷」的叫了一聲，雙膝一軟就跪在了地上。

周圍百姓靜默片刻，頓時哄然大笑，個個以不屑的眼神瞧向田太義等人。平日裡仗著會幾分拳腳就無比猖狂，原來也不過是些外強中乾的傢伙罷了。一時間人人神清氣爽，只覺東泰人刻意製造的、壓在眾人頭上數年的可怕陰影瞬間一掃而空，瞧向田太義等人的眼神，滿滿的全是憤怒和鄙夷。

真正的強者面前，這群殺人不眨眼的惡魔也不過就是一群膽小鬼罷了。

田太義如何讀不懂眾人眼中的涵義，只覺全身的血「嗡」的一下從腳底湧向頭頂，下一刻忽然抽出武士刀，朝著那個還沒有反應過來的瘦小武士砍了過去，耳聽得「哢嚓」一聲響，一顆血淋淋的人頭一下滾出老遠。

血雨如箭，頓時噴了田太義一臉都是，田太義看都不看一眼，腳尖在地上一點，頂著滿臉的血污飛身高臺之上，宛若厲鬼一般死死盯著陳毓。「膽敢侮辱大東泰武士，我要你以死謝罪。」

陳毓的聲音比之田太義更加陰冷。「謝罪？便是你死了，也不足以彌補對大周百姓犯下的罪過。」

如果說之前還只是懷疑，那這些日子以來，已經足夠陳毓確定，眼前的田太義，正是上一世在大周犯下累累罪行、外號殺人狂魔的那位東泰先鋒官。

此人性情殘暴，凡他帶領的東泰兵所過之處，周人鮮有活口，更在攻克靖海關後下令屠城三日！猶記得上一世自己來至這靖海關時，不獨雄關不在，便是腳下這片土地也徹底成了一片死地。

有自己在，絕不會讓歷史重演。而這樣一個將來的殺人狂魔，陳毓怎麼會允許他活著走下高臺？

陳毓身上的殺氣濃烈，饒是手上早沾染了人命的田太義心裡也不由激靈一下。下一刻冷笑一聲，身形滴溜溜打了個轉，一時臺上都是田太義的影子，而無邊的虛影中，一個拳頭也以肉眼可見的速度逐漸變大，先是像只缽，然後像個大缸，到得最後，彷彿整個高臺都在那碩大無匹的拳頭籠罩之下。

在拳影中時現時沒，和喝醉了酒一般四處亂轉的陳毓頓時成了無論如何掙扎都逃不脫巨拳覆蓋的螞蟻。

「不要臉！」李元峰臉色大變，早料到東泰人必不甘心就此認輸，卻沒料到對方竟卑鄙至此。

早聽說東泰人有一種奇花名喚「蜃」，不但能製造幻境，更能令幻境內的掌控者功力以恐怖的速度快速提高。眼下高臺上的情景，除了蜃外再不可能有其他解釋。

只李元峰明白，下面百姓又如何能懂？面對此種異象，只以為是東泰人請來了妖魔鬼怪助陣，一時個個驚懼不已。

「爹，咱們不能眼睜睜的瞧著小師姪……」李英眼睛都紅了，就要衝上高臺，卻被李元峰拉住。

「再等等。」

片刻間，那些東泰武士也彙聚過來，正神情得意虎視眈眈的瞧著李元峰幾人，那模樣，分明正等著李家人受不了往臺上衝。

相較於足有五、六十人的東泰武士，李家武館滿打滿算也就十來個人罷了，真是直接對上，打贏的可能性根本就是微乎其微。尤其周圍還有這麼多百姓，真是發生大亂，東泰武士沒什麼，這些父老鄉親卻不定得冤死在這裡多少。

「爹——」李英突然跪倒，抬頭含淚瞧著李元峰。「當年就是這些禽獸害了大師兄一家，現在好不容易蒼天有眼，送回了大師兄的後人，咱們不能眼睜睜的瞧著孩子就這麼……」

李元峰又何嘗不是這般想？只是一面是徒孫、一面是父老鄉親……一時氣血上湧，一捂胸口，「噗」的吐了一口血出來。

他手緊緊握住腰間寶劍，眨也不眨的瞧著高臺。「獻兒快去縣衙稟報陳大人。」就讓李家自私一回吧，真是到了最後關頭，無論如何也要把徒孫救下來。只希望陳大人能快些趕來，讓百姓少受些殺戮。

隱身在周圍的趙城虎幾人這會兒也是欲哭無淚，方才大人不是易容說要來湊湊熱鬧的嗎，怎麼就跑到臺上去了？

幾人卻是沒有李家那麼多顧慮，當下就慢慢靠近高臺，隨時準備找到機會就上去。以狀元爺的身分，要是死在這裡，幾人真是萬死不足以贖其罪了。

只是下一刻，眾人忽然同時驚咦一聲。

正在臺上無頭蒼蠅一般亂轉的陳毓忽然不動了，抬起頭，神情迷茫的望向懸在頭上的那巨大的拳頭。
一眨不眨瞧著高臺上的李元峰心裡一跳。
「拿出你的武器。」一個充滿誘惑的聲音隨即在高臺上響起。
陳毓靜了片刻，手緩緩按上腰帶，用力一扯，那腰帶瞬間變為一柄宛若毒蛇般顫動的紫色寶劍。
田太義似是異常興奮，臺上的那拳頭也跟著晃了晃。「用那把劍……砍下你的腿。」
李元峰臉色大變，想要上前阻止，可惜變起倉卒，哪裡還來得及？
臺上的陳毓已經隨手挽起一個劍花，朝著左前方，用力劈了下去。
耳聽得哢嚓一聲鈍響，一簇鮮血箭一般的竄出，那碩大的拳頭倏忽消失，取而代之的是抱著左腿哀嚎慘叫的田太義。
李元峰躍起的身形硬生生止住，至於那些自以為詭計得逞、抽出武士刀準備上前肆意虐殺的東泰武士則彷彿被人施了定身術一般，一個個呆若木雞的僵在了那裡。
「不、不可能——」瞧著手持寶劍，一步步逼來的陳毓，田太義瞳孔急劇收縮，無論如何不敢相信自己看到的。這世上，怎麼可能有人可以不受蠱的幻境影響？
卻不知陳毓同樣出了一頭的冷汗。
原來田太義的依仗竟是這個。
之所以主動代替李元峰應戰，就是因為察覺到田太義身上怕是有古怪。若是用毒，別人會害怕，他卻是不懼，畢竟論起用毒本領，這世上還有誰能比得上小七更加高明？

沒料到田太義這般大手筆，畢竟「蜃」這種奇花每一百年才開一朵，不僅僅能製造幻境，更是保命的寶貝。

虧得陳毓平日裡沒少吃小七的靈藥，不然，怕是第一時間就會喪失神智、任人宰割了。饒是如此，方才判斷力也受了影響，才會這麼久才找到田太義的藏身所在。

「田太義，屠殺我大周百姓時，你可想到會有今日？」陳毓居高臨下的瞧著癱在地上的田太義，高高揚起手中的劍。

突然眼前一花，腳下除了一灘血，哪裡還有田太義的影子？

「想要做縮頭烏龜？」陳毓冷笑一聲。「可惜……滾下來吧！」

早聽說田太家族最善忍術，這會兒看來果然名不虛傳。若然先前直接對陣這般廝殺，說不好田太義還有些勝算，眼下卻再無一絲可能。畢竟鮮血不可能那麼快止住，更不要說掩藏那般濃烈的血腥味！

陳毓身子一旋，抬劍毫不猶豫的往左上方用力一砍，又是一聲慘叫傳來，田太義再次出現在高臺上，另一條腿也隨之被陳毓齊齊斬斷。

「你、你不是人，你……是魔鬼！」瞧著倒提著寶劍，一步步逼近的陳毓，田太義只覺恐懼至極，從前屠殺人命時的快感，全都幻化為即將被人收割性命時的恐懼。最後他的目光定格在陳毓那雙即便染滿血腥仍顯得平靜的眸子上，只覺那雙眸子裡忽然飛出無數血淋淋的屍體抑或殘肢斷臂，那些鬼怪飛撲過來，或挖眼睛，或嚼耳朵，或撕扯著自己的肚腸，甚而還有人舉著烙鐵、端著油鍋……

田太義再也控制不住地嘶喊起來。「魔鬼、魔鬼！不要過來……」到得最後更是用頭不住的在高臺上瘋狂的撞著。「饒了我，我錯了！我再也不敢了，饒了我、饒了我……」

這畫面落在眾人的眼裡，是一幕少年英雄手持寶劍一步步逼近，田太義嚇得挖出了自己的眼珠，然後又拽掉了自己的耳朵，甚而對著自己接連左右開弓不停狂搧耳光，到得最後不停的給台下百姓磕頭賠罪……

微風過處，本遮擋著太陽的薄薄烏雲被吹得四散而開，瞧著臺上磕頭蟲一般跪拜如搗蒜的田太義，方才還處在惶恐中的苣平百姓漸漸濕了眼睫，下一刻忽然齊聲歡呼起來。

三局兩勝，仁義武館勝了，那些東泰武士就要滾出大周國土了，從此以後，再不必戰戰兢兢的生活在東泰武士凶殘的陰霾之下了。

陳毓手提寶劍，靜靜站在那裡，嘴角微微上翹，瞧著癱在地上、依舊吃力的磕著頭的田太義。這就叫做以其人之道還治其人之身，真是比拚起毒藥來，還有人能比自己身上更齊全的嗎？

「不對，這小子一定是用了什麼妖法！」臺下的東泰武士終於回過神來，神情憤怒之外有更多的惶恐，沒有人比這些東泰武士更清楚田太義性情有多殘暴，他會為做過的事道歉懺悔更是根本不可能的事。

有性情極端的，見情形不對，拔出武士刀一副要拚命的模樣，可惜他們這邊剛有動靜，一聲厲喝隨即傳來。「生死對陣，勝負已分，餘者各安天命，誰敢乘機圖謀不軌，立殺無赦！」

周圍不知什麼時候已是刀槍林立，足有數百名弓箭手正圍攏在四周，彎弓搭箭，閃著寒光的箭鏃對準東泰人。

看這情形，只要輕舉妄動，大周官兵立即就會萬箭齊發，把東泰人射成刺蝟。

李元峰閉了閉眼睛，朝廷給莒平派了個好縣令呢，有這樣的強項縣令在，即便再有東泰人覬覦大周土地的事情發生，莒平人也是不怕的。

「好！」

「狀元公英明！」

「縣令大人威武！」

圍觀百姓再次發出一陣歡呼聲，這麼多年了，官府的人還是第一次出動這麼迅速，更讓人激動的是，不是來給東泰人撐腰，而是作為大周人自己的堅實屏障。

東泰武士再凶殘，也不可能不懼於這絕對的武力壓制，再不敢有絲毫多餘的動作，老老實實的收起武器，抬起田太義等人的屍首，灰溜溜的往練武場外而去。

沒走多遠，迎面正好撞上威風凜凜扠腰站在一眾弓箭手身後的趙城虎，為首的東泰武士猶且不甘心，站住腳歇斯底里道：「你們這麼對我大東泰武士，我們一定回稟攝政王殿下，讓你們的長官給我們一個交代……」

話卻被人突兀打斷。「交代？什麼交代？」

那武士被噎得一愣，下意識的抬頭瞧去，只見一個儒雅風流、俊美逼人的年輕人，明明是舒朗如二月春風的好容貌，偏偏給人一種喘不過氣來的壓迫感，武士吶吶著再不敢多說，畏畏縮縮的躲開男子的眼神，無比狼狽的離開了。

「大人。」趙城虎躬身見禮，神情恭敬無比。

眼前還是那個溫文秀雅的狀元爺，可見識了方才臺上血腥一幕，幾人心裡對陳毓敬之外更多了畏。這會兒才明白了什麼叫深藏不露，即便方才不過是冰山一角，卻足以讓幾人明白，文足以笑傲大周的狀元爺，功夫也足以傲視群雄。

「陳大人。」李元峰也分開不停祝賀的人群，快步走了過來，神情中全是感動。「多謝大人撥冗而來，若大人此刻便宜，還請移步府中。」

說話間，李元峰不覺深吸了一口氣，神情狐疑，陳大人身上怎麼一股好濃的血腥味？

「老爺子言重。」陳毓擺手。「仁義武館為國盡忠，本就是國之楷模、萬民效仿的典範，這些年來，委屈老人家了。」

「有大人這番話，便是天大的委屈，仁義武館也認了……」陳毓一番話，說得李元峰眼眶都紅了。

人非草木，孰能無情，所謂信而見疑，忠而被謗，能無怨乎？尤其是面對凋零的家族和慘死的弟子牌位……

「師祖。」李信芳忙攙住老爺子，白了一眼陳毓，有心嘲笑這人一本正經的樣子，怎麼瞧著怎麼像裝逼，卻在觸及到儒袍下隱隱的血跡時抿了抿嘴，有些沮喪的想，八成這一輩子都別想報當初被坑的仇了。

李信芳原還想著若自己在使毒一項比不上陳毓，自己就找機會揍這小子一頓，也好出出滿肚子的怨氣，這會兒瞧著，怕是三個自己也不是這人對手。虧之前子玉一再勸自己別找陳毓麻煩時，還以為他助紂為虐、胳膊肘往外拐，這會兒才明白，分明是知道自己絕非陳毓對手。

兩人寒暄片刻，陳毓這才帶人離開。

而演武場上，人群早已歡騰一片，那情景，簡直比過節都要熱鬧，更有數不清的百姓聽說了演武場的事，攜著孩兒從家中趕來，爭著拜到仁義武館門下。

除了李英和孫勇成了眾人哄搶的拜師對象外，連帶的李家小輩也搶手得緊，尤其是上了賽台的鄭慶寧和「鄭子玉」……

陳毓之前可不是冒了鄭子玉的名頭？

「簡直是胡鬧！」嚴釗臉色一片鐵青。

聽說仁義武館要重新開館，嚴釗就知道這苜平縣必會生事。

畢竟，東泰人前些日子吃了那麼大的苦頭，怎麼會不懷恨在心？而仁義武館早不開館晚不開館，偏選在這個時候，要說其中沒有陳毓的因素，嚴釗死也不信。

既有宿怨，又各不相讓，不發生爭端那才有鬼。

但嚴釗絕不認為東泰人會吃虧，畢竟仁義武館聲名再盛，那也是從前，這會兒已是日薄西山，盛景不再，相對於來勢洶洶的東泰武士而言，實不堪一擊。

一則陳毓這位成家的乘龍快婿，想要依靠區區一個仁義武館對抗東泰的想法無疑太過愚蠢；二則陳毓對自己的諸般暗示置之不理，分明仗著成家的勢力未把自己看在眼裡，種種原因，令得嚴釗極樂意看陳毓吃一個大虧。

因而當鄧斌得到苜平縣有可能發生民變的急報，匆匆跑來商量對策時，嚴釗百般推諉，直把鄧斌給逼得差點兒抹脖子，嚴釗才施施然帶了人跟著鄧斌往苜平縣而去，饒是如此，路途上依舊走走停停，簡直和遊山玩水一般悠閒自在，把陪同前來的鄧斌給急得頭髮都揪掉了一大把。

嚴釗作夢也沒想到，剛進入苜平縣範圍，迎面就撞上了惶惶若喪家之犬的東泰駐苜平最高長官吉春，更從吉春的口中得到了一個怎麼也無法相信的消息，仁義武館開館，東泰人前往踢館，結果接連落敗，包括出身東泰最大、也是聲名最顯赫的田太武士家族的田太義在內，共有四人死亡。

而按照那個愚蠢的約定，東泰武士還得全都離開大周。

自從迎來了嚴釗，神情就益發傲慢的吉春也冷冷的瞥了陳毓一眼，態度強硬。「我大東泰武士是為促進兩國的和平而來，不料卻被人暗算。田太君等四人俱是我東泰棟梁之才，便是我東泰皇上陛下也屢次稱讚的千里駒，若非仰慕周朝文化，並真心想和周朝相交，我皇也不捨得派出這樣的俊才來，今日卻在苜平縣隕命。陳大人身為一縣父母官，治下竟有這等暴民，當真是一大憾事，為了令兩國和平大計不受影響，那些暴民必須交由我方處置……」

靜謐的房間內，吉春言辭如刀，瞧著對面始終低頭品茶一言不發的陳毓，聲音嚴厲而猖狂。

「交給你？」陳毓終於放下茶杯，抬起頭，淡淡瞧著吉春。

「對！」如果說嚴釗到來之前吉春還是充滿惶恐，這會兒的吉春看陳毓的眼神卻充滿仇恨、無所忌憚。第一眼瞧見田太義幾人的屍首時，饒是吉春這等人物也是嘔吐不止，心裡更是浮起一個念頭，仁義武館的人瘋了，那個縣令陳毓也瘋了，不然，怎麼敢這麼挑釁東泰？

仁義武館出手殺人，陳毓不但不加以制止，還要亂箭射死在場東泰人?!

吉春震驚之餘，更多的是難以置信，當下不敢多停片刻，畢竟瘋子做事從來不能用常理推測，誰知道陳毓下一步又會做出什麼可怕的事來？

嚴釗來了之後，一切又自不同。

所謂天高皇帝遠，於東峨州而言，嚴釗就是高高在上的土皇帝，手握重權之下，便是知府鄧斌也唯有低頭的分，陳毓這樣小小的縣令又算得了什麼？

吉春這般想著，嘴角露出一絲獰笑，瞧著陳毓的眼神彷彿在看一頭待宰的羔羊。

「為了顯示你們周朝的誠意，你們必須把那三個用卑鄙手段殺死我大東泰武士的暴民全交由我們處置，尤其是最後殺死田太君的那個小兔崽子。那個小兔崽子的家人也必須和挑起事端的仁義武館一起交由我們處置，明天之前，我要見到……」

吉春眼睛毒蛇似的盯著陳毓，更享受著這種局面翻轉所帶來的快感，正要說出最後通牒，陳毓忽然抬頭，神情暴怒。

「混帳東西，以為自己是個什麼玩意兒，也敢這麼同我說話！城虎！」

家人自來是陳毓的軟肋，而東泰混蛋竟敢拿自己的家人來說事？

「啊？」驟然被打斷的吉春還不明白發生了什麼事，一個影子已經鬼魅般閃身房中，以迅雷不及掩耳的速度揪住吉春的衣領往地上狠狠一摜，下一刻，一柄閃著寒光的利刃就架在吉春的頸側，那模樣，似是只要陳毓一聲令下，就要讓吉春人頭落地。

吉春依舊處於懵懂之中，自己一定是作夢吧，不然怎麼可能發生這樣的事？一個小小的縣令罷了，怎麼就敢當著他頂頭上司的面對自己這麼無禮？

等熱熱的脖頸觸到那鋒利的刀刃，吉春頓時嚇得「嗷」的一聲，開始不停瑟瑟發抖，直著嗓子道：「嚴將軍，救命！」

變起倉卒，旁邊的鄧斌也被震得傻了，瞧著陳毓的眼神，這會兒簡直堪稱崇拜了。

早知道這小狀元是個猛人，今兒才發現低估了對方猛的程度。先前弄翻一個阮笙也就罷了，這會兒在嚴將軍面前，還敢悍然對那東泰攝政王眼前的紅人吉春出手，簡直已然突破鄧斌想像力的極限。

至於旁邊的嚴釗，反應過來後差點當場暴走，伸出一根手指指著陳毓，哆嗦著半天沒說出一句話來，半晌才深吸一口氣氣急敗壞的衝著趙城虎道：「反了、反了！真是膽大包天！還不快滾下去！」

趙城虎充耳不聞，手中寶劍依舊紋絲不動。開什麼玩笑，吉春口中那個最後上臺的「小兔崽子」可不就是自家狀元爺？而狀元爺的家人是誰，除了那伯爺爹之外，就是岳父成家了。這東泰混球竟敢一開口就要狀元爺的家人，也不怕風大閃了舌頭？

沒想到自己說的話竟然絲毫不頂用，嚴釗真是目瞪口呆，暴怒之下狠狠的一拍桌子。「陳毓！你想做什麼！怎麼敢這麼對吉領事！」

用的力氣太大，好好的一張楠木桌頓時四分五裂，上面的杯盞一下傾翻，碎得一地都是，甚而還有瓷片屑濺到跪在地上的吉春臉上，頓時留下一道道細小的血痕。處於隨時會被人奪走性命的恐懼中，吉春再次嚎叫起來。

「嚎什麼嚎！」陳毓終於有了動作，蹦起來，朝著吉春就是狠狠的一巴掌抽了過去，然後指著吉春的鼻子破口大罵。「你算什麼東西？也敢對小爺我吆五喝六！要不是因為你們這些混帳東西，小爺我會以狀元的身分跑到這鳥不拉屎的地方？還他娘的敢威脅我！你他娘的還有理了不成？他們當初比武時的生死文書這會兒還在我縣衙裡放著呢，當時比武也是眾目睽睽之下，憑什麼你紅口白牙說有陰謀就有陰謀啊？還敢威脅我，信不信我這就給大哥寫信，讓他派人來把你們全都給收拾了？」

聽陳毓提到他那位「大哥」，嚴釗臉都綠了，心想自己真是倒了八輩子楣，怎麼就碰到這麼一個無法無天的主？不是文狀元嗎，這會兒怎麼看怎麼像仗勢欺人的二世祖啊。

原來之前還是太高看他了！

嚴釗轉眼又想到另外一個可能，之前已經隱約聽說陳毓之所以會貶到這裡和二皇子有關，現在想來，八成是因為二皇子一力促成了和東泰的結盟，令得太子一派勢力大受打擊，才會連自己連襟都保不住，以致陳毓這般遷怒阮笙並東泰人……

鄧斌敏感得很，看陳毓那邊提到他那「大哥」，嚴釗這邊的氣焰馬上就下去了些，心知這裡面有什麼貓膩。轉了一下，緩緩道：「不知陳縣令的大哥是？」

「也不怕鄧大人知道，英國公府世子正是我那大舅子。」陳毓不屑的看了一眼癱在地上、臉腫了半邊的吉春道：「自己技不如人就別逞能，輸了就要陰謀詭計，真真無恥至極。本縣令作為見證人，絕不許這樣顛倒黑白的事情發生，否則別說我大哥，就是嚴將軍，想要收拾你們東泰人還不和捻死一隻螞蟻那麼輕鬆……」

什麼？鄧斌的嘴巴頓時張得老大。面前這年輕得過分的縣令，是有周朝「擎天白玉柱，架海紫金梁」之稱的成家姑爺？怪不得行事這麼囂張。

細論起來，東泰還真一點兒不占理，之前敢那麼囂張，不過是仗著縣令沒什麼背景好拿捏，為了保住官位勢必迎合上級，自然只能任他們為所欲為。現在陳毓來頭這麼大還占理，要不願配合的話，嚴釗也好、東泰人也罷，還真是沒一點法子。

而且這嚴將軍可不就是成家的人？

想到這裡，鄧斌不由憐憫的看了癱在地上同樣傻了的吉春一眼。

東泰人這次還真是踢到鐵板了，不但報不了仇，還得罪了陳毓，十之八九真的就得滾出大周了。

吉春這會兒果然暈了，可憐巴巴的瞧著扠著腰瞪著眼、說得唾沫橫飛、一副咬牙切齒隨時準備再撲上來補一拳的陳毓，不獨再沒有了方才的囂張跋扈，身子更是不住的往後縮，恨不得自己馬上消失才好。

本以為有嚴釗這麼個大殺器親自出面，在東峨州地界想橫著走都行，就不信一個小小的縣令吃了熊心豹膽，敢再鬧出什麼么蛾子來，這會兒才明白自己真是太傻太天真了，即便是嚴大將軍，眼下根本就靠不住啊。

嚴釗再如何不可一世，陳毓的身分也不是他可以隨便動的。甚而基於他「成家忠心下屬」的身分，明面上還必須站在陳毓的立場，不能和之前面對其他下屬時那般頤指氣使。

相較於被壓制了多年的鄧斌在一邊偷著樂，吉春的處境就只能用「悲催」兩個字來形容了。作為東泰攝政王的親信，吉春很清楚成家對於東泰而言意味著什麼，說句實話，若然沒有成家，周朝這花花江山早歸東泰所有。

吉春之所以費盡心力拉攏大周二皇子，對這嚴釗也百般奉承，所為的不過就是想要分化成家的力量，即便不能完全摧垮成家，能最大限度的削弱也好。

只所謂百足之蟲死而不僵，眼下成家在朝堂中的影響力雖然有所減損，卻遠遠沒達到東泰人想要的結果。除非有足夠充足的理由，東泰還真沒把握能在激怒了成家後全身而退。

但瞧陳毓底氣十足的模樣，明顯對成家絕對會為他出頭有十足的把握。

東泰眼下準備不足，興兵西進的話並沒有足夠多的籌碼，還真就不敢不管不顧的就此賭一把。

吉春腦中飛快的轉著，明白今兒個這個大虧無論如何吃定了。從陳毓眼下油鹽不進的模樣來瞧，必然會逼著自己等人依照那張生死合同去做，就算東泰武士不自己離開，這小兔崽子也會採取強制措施驅逐。

這使得東泰陷入了被動之中，吉春求救似的瞧向嚴釗，出氣是不要想了，還是想法子善後吧。若然能從周朝多得些利益，說不好還能平息攝政王的憤怒。

嚴釗自然也明白這一點，半晌才強壓下心頭的怒火，對鄧斌和地上的吉春使了個眼色。

鄧斌微微一笑，對地上的吉春道：「本官有些內急，吉領事可要同去？」

吉春一個鯉魚打挺就從地上爬了起來，灰溜溜的跟在鄧斌身後就往外跑。

待得兩人影子完全消失不見，嚴釗才轉向陳毓，臉上已是換上和煦的笑容。「這會兒沒有了外人，嚴大哥也不跟小毓你客套了。今天這事你做得委實太過莽撞了，你自己痛快了，可有想過國公爺那裡？」

看陳毓梗著脖子一副不服氣的模樣，嚴釗擺了擺手。「你我是什麼關係？大哥還能害你不成？你年紀小，怕是還不知道國公府眼下的處境……」嚴釗長長的嘆了口氣。

一番話說得陳毓果然瞪大雙眼。「國公府的處境？我岳父家怎麼了？」

嚴釗聽得頭上的青筋直霍霍，心說這小子真蠢還是假蠢啊？文人不是最會玩心眼嗎，怎麼連這點兒眼力勁都沒有？只是嚴釗正扮知心哥哥呢，倒也不好就翻臉，只得捺著性子跟陳毓分析眼前朝局。

「不然你以為就憑之前那些子虛烏有的傳聞，皇上就會把你扔到這兒來？還不是心有不滿嘛。還有二皇子，為何會得皇上這般寵信？最大的依仗可不就是推動了和東泰的友好結盟。這次東泰武士之事，即便你此舉全都出自公心，可真被有心人知道，拿來攻訐國公府，國公爺他們的處境會更艱難……」

「那該怎麼辦？」陳毓果然有些慌張，只少年人畢竟面皮薄。「我可不會對東泰人低頭……」

嚴釗眯了瞇眼睛。和東泰打了這麼多年交道，再沒有人比嚴釗更清楚東泰想要什麼——大周兵器司最新出產的兵器。

雖說眼下阮筠到了兵部，對兵器的去向有一定的發言權，可真正的實權依舊掌握在成家人手裡。真想大批動用武器，勢必要得到成家首肯。

之前阮笙倒是送來一批，可滿打滿算也不過五百把罷了，照樣把東泰攝政王高興得屁顛屁顛的。要是能借由陳毓逼得成家多送些武器，可不得把吉正雄開心死？自己能將功贖罪不說，一旦兩國發生戰爭，成家一個「資敵」的罪名是跑不了的，真可謂一舉兩得。

「嚴大哥可想出什麼主意了？」看嚴釗始終沈默不語，陳毓語氣裡有不知所措和討教的意思。

想出了應對之策，也擺足了架子，嚴釗笑得更加和煦，輕描淡寫的道：「也不是什麼大不了的事，要應付東泰這樣的小國還不容易？那些東泰武士你看不順眼，打發他們走就是，只要做好善後工作，不要落人口舌，說咱們有意破壞兩國友好大局便是。這樣，咱們兵器司不是剛生產出一批兵器嗎，反正放著也是放著，你就給國公爺寫信，要一些過來賣給東泰，也算是向皇上表明成家的態度。」

「好。就按嚴大哥說的辦。」陳毓一副很是感激的模樣。「那咱們賣給他們多少？五千？不然一萬？嚴大哥放心，我岳父和大舅子最疼我了，只要是我說的事，他們沒有不答應的。」

原想著能替東泰敲過來一千就不錯了，沒想到陳毓如此大方，嚴釗心裡早已樂開了花，強壓下笑意，不動聲色道：「好，就依照你所說的一萬好了。不然，我這會兒把人叫過來？」

兩人商量完畢，各自歸座。很快，一同出去的鄧斌和吉春就從外面回來了，相較於邁著方步滿面春風的鄧斌，吉春明顯惴惴不安，唯恐陳毓再不管不顧的衝過來揪著自己打。

雖然也就是個文弱書生，可年輕人正值血氣方剛，那拳頭落到身上也不是一般的疼啊，自己這小胳膊小腿的哪受得了？

吉春躲躲閃閃的選了距離陳毓最遠的一個角落坐下，一副隨時準備跳起來往外跑的模樣。只要自己跑了，嚴釗再不濟，也總不至於眼睜睜的瞧著陳毓追著自己打吧？心裡更是煩悶不已，自己這幾年來在莒平威風凜凜的日子怕是自此要一去不復返了。

看兩人坐定，嚴釗先瞧向吉春，繃著臉道：「吉領事，既然是比武，又事先簽訂生死文書，自然應該依照陳縣令而言，生死各安天命，並依照文書約定，失敗者承擔最終結果。」

雖然早料到會是這樣，吉春的臉還是一下垮了下來。鄧斌依舊眼觀鼻鼻觀心，心裡早已樂開了花，這陳毓簡直就是東泰人的剋星啊，這才多長時間啊，就不顯山不露水的把東泰人攆走了大半。只要東泰武士離開了，剩下的那些手無縛雞之力的東泰商人怕是只有夾著尾巴走路了。

「當然，」嚴釗話鋒一轉。「陳縣令這般做並不是對你們東泰有什麼敵意，陳縣令心裡和東泰也是極為親近的。方才陳縣令同我說，他手裡有一批我大周最新打造的兵器，願意賣給你們。」

「什麼？」一句話說得吉春頓時雙眼冒光，聽說前些時日阮笙終於弄來五百把兵器，試用了之後，果然把把都鋒利得緊，把攝政王給高興的，當即獎賞萬兩白銀。他這會兒真能弄些兵器回去，不說多，要能有五百把，攝政王即便不獎賞自己，應該也不會怪罪了。

「那個，陳縣令……願意賣給我們多少？」這麼容易就能心想事成，吉春真覺得口乾舌燥，甚而田太義幾人的死已經完全不算什麼了。

旁邊的鄧斌臉色一變，意識到其中不妥，忙加以阻止。「陳縣令，兵者，凶器也，豈可作為交易之物？」

「沒事。」陳毓不在意的擺擺手，很是不屑瞧了眼巴巴看著自己的吉春一眼。「凶也是凶他們，於咱們何干？」

旁邊始終影子一般護佑在陳毓身側的趙城虎強忍著才沒有笑出來。

這句可是實打實的大實話，那些特意加了「作料」的兵器凶的還真是東泰人。這些日子以來，自己還有一個任務，那就是盡可能多「走私」一些特製武器給東泰人，可為了不引起對方懷疑，陸陸續續也就運進去幾百件罷了，哪像大人這般大手筆，直接賣過去上萬件，還是東泰人自己上趕著求的。

「真是沒見過世面的窮酸。」陳毓哼了一聲，神情更加不屑，用了一副打發叫化子的語氣道：「就賣給你們一萬件，對了，我有個條件，不要銀兩，全要糧食。」

「要糧食做什麼？」嚴釗心裡咯噔一下。不怪嚴釗如此，實在是領軍打仗的人最關心的可不就是兵器和糧草兩件事？

陳毓瞧著已完全把嚴釗當成了自己人，笑嘻嘻的以兩人才能聽見的語氣低聲說了一家商行的名字。「江南裘家。」

嚴釗迅疾了然，這件事自己倒是早已知曉，據說陳家之所以能夠在仕途上一路通達，一開始就是得了如今的第一皇商江南裘家的扶持。只再是皇商，但凡一個「商」字就難免讓人看輕，連帶對陳毓的評價又低了一層。

如今看陳毓的模樣，應當是江南裘家的商行正要有糧食方面的需求了。

鄧斌已是怫然作色，明顯對陳毓失望，只覺前面所有的好感都被陳毓眼前所為敗壞得乾乾淨淨，卻又無力阻止，終於氣得起身。「本官出去透透氣。」

說完也不理眾人，自顧自推開門就往外走。

陳毓暗想，這鄧斌倒是個可用之人，就是太圓滑了些。又很快把心思拉回來，盤算想該要多少糧食一把兵器合適。畢竟，按照歷史軌跡，明年九月兩國幾乎同時發生災荒，而東泰的災情更重，這才揮兵悍然西進，眼下來看，沒有比多敲些糧食更實惠的事了。

吉春早已高興傻了，要知道東泰今年大豐收，國庫裡什麼都沒有，就糧食最多！

第三十九章 備戰

一大早，莒平人全都換上新衣，幾乎像約好般走出家門，將將到城門口時才發覺城門處幾乎匯聚了上千人，還有無數的人正從四面八方湧來，河水一般流向城門。

城牆上、門洞中，甚而一旁樹上到處都是人，人人臉上都洋溢著笑容。興高采烈的模樣真是和過節沒什麼不同。

「多少年沒這麼心情敞亮過了？」一位老人喃喃著，眼中是晶瑩的淚花。

從來到人世到垂垂老矣，都記不清被東泰人禍害過多少次了。雖然每次朝廷最終都能把那些侵略者趕出去，可死去的親人再也不會回來。更別說朝廷這幾年對東泰人的態度，真是把他們捧上天了，在自己的國土上，周人根本不敢跟東泰人發生矛盾，不然必定是周人的錯誤，想要從朝廷那裡得到庇護，是作夢也不用想的。

也因此，仁義武館和東泰武士比武大勝的消息傳出，大家也不過興奮了一陣，很快陷入了擔心之中，唯恐朝廷緊接著就會下令把仁義武館給封了。

陳縣令雖說站在百姓這邊上，可能不能頂得住上面的壓力還在兩可之間，畢竟莒平縣之前不是沒有出過有風骨的好官，但在得罪了東泰人之後，就被摘了官帽打發回老家了。

以致莒平縣治下，昂首挺胸活得恣意無比的是這些東泰人，至於周朝自己的百姓則是典型的二等民。種種原因怎會不令得莒平百姓忐忑不安，既擔心陳毓頂不住壓力妥協，好不容易揚眉吐氣一次，結果反而要向東泰人低頭，把仁義武館的人交出去，以平息東泰人的憤怒；更擔心好不容易碰到陳大人這麼個好官，再因為這件事去職……

昨兒個卻接到消息，說是所有東泰武士今兒個就會在仁義武館和官府的監督下全都離開大周，而且今後都不會再踏上大周的土地。就是陳大人，也好好的在縣令任上，不會卸任。消息傳開，很多人當時就喜極而泣。

「快看，那不是仁義武館的人嗎？」一個眼尖的人忽然道。

人群潮水一般的往兩邊分開，眾人用崇敬的眼神向正滿面笑容大踏步而來的李家一眾人施以注目禮。

並肩走在最前面的正是李家少館主李英，和第一個在擂臺上大勝東泰武士的孫勇。雖沈寂了這麼多年，孫勇一戰成名，大家都直呼孫勇「拚命五郎」，昔日末路英雄終於重拾往日風采。

至於二人後面則是如今同樣聞名整個莒平的大英雄鄭慶寧。

人群中不時聽到有人呼喊鄭慶寧的聲音，叫好聲、喝彩聲更是波浪一般此起彼伏。

更甚者還有打探這位鄭相公可有了妻室的，不下十家大戶人家相中了鄭五爺。即便少了一隻手臂又如何，不妨礙五爺依舊是頂天立地的純爺們。

自然，眾人心裡還有一個最大的遺憾，那就是這樣的好日子，大家最想看的那位小英雄怎麼依舊銷聲匿跡？

好在已經打探出來，那叫鄭子玉的小英雄正是鄭五爺家的么弟，已經有媒人興奮的表示，鄭五爺有了妻室不打緊，能嫁給小鄭英雄更是求之不得，他們真的不挑的。

即便是當初在故土，鄭慶寧也沒有感受過這樣幾乎能把人淹沒的熱情，更不要說那麼多人崇敬的眼神，讓鄭慶寧堂堂七尺男兒也是眼睛發紅、心口發熱。

這些年來，先是四處漂泊，迫不得已落草為寇，雖是暫時有了個落腳的地方，可想到鄭家一世清白，子孫後代卻只能躲藏過日，每每思及此事，老父老母未嘗不垂淚不止，如何想到還有這樣萬民擁戴、備受崇敬的日子？

也因此，前兒個回去說了苜平縣之事後，鄭家老父當即讓人抬出香案，把潛逃時帶出來的祖宗牌位給供上，帶了一家老小朝著家鄉的方向連連磕頭。起身後更是教導鄭家兒郎，以後任陳大人驅使，但凡陳大人有所差遣，鄭家子弟必赴湯蹈火、萬死不辭！

而和苜平百姓相對照的，是排列整齊卻垂頭喪氣、惶惶若喪家之犬的東泰武士。當初是如何的趾高氣揚，這會兒就是怎樣的悽惶可悲。

可即便再如何不平，也只有接受現實。

本來刻在骨子裡的凶悍性子令這些東泰武士還想著大不了來個魚死網破，無論如何不能就這麼灰溜溜被趕回國內，不然，怕是不但自己，便是家族都會蒙羞。

哪想到剛露出這麼個苗頭，就被吉春察覺。更不可思議的是，眾人中最激進、最瞧不上周人的吉春，這會兒態度堅定，表示攝政王嚴令，所有東泰武士必須依照約定立即返回國內，其間絕不可生出一點事端。即便想要自裁謝罪，也必須離開莒平治下，如若不然，不但武士本人要接受律法處置，便是家族也會被株連。

這話怎麼聽怎麼覺得吉春的意思是想死也可以，可別髒了莒平縣的土地，不然就等著攝政王出手把他們老窩都給端了吧。

一番話出口，令得這群人頓時傻了。簡直不能理解，攝政王和吉春到底是東泰人還是周人啊？見過胳膊肘往外拐的，沒見過拐成這樣的。

也有人覺得有些不對味，半天才反應過來，這可不是之前周官處理東泰問題的態度嗎？但沒人敢拿吉春的話當玩笑，武士家族雖是在國內名聲頗響，也絕不敢和眼下的攝政王作對。

實在是攝政王為人處事最是鐵血無情，不然，也不會爬到現在這般高的位置上。真是礙了攝政王的事，家族被剷除還不是一句話的工夫？

因而這群東泰武士再嘔，也只得打落牙齒和血吞。

隨著旭日東昇，開城門的時間終於到來。被那麼多人用熱切的眼神瞧著，即便是守城門士兵都覺得無比的自豪和榮耀。

隨著兩扇沈重的大門轟然洞開，李英上前一步，對著低著頭自覺排成兩列的東泰武士道：「城門已開，依照約定，爾等即刻離開我大周境內，且此生不可再踏入我大周一步！若然違背此約，立殺無赦！」
一句話出口，四周頓時一片哄然叫好聲。
「好！」
「仁義武館威武！」
「陳大人英明！」
隨之便是一陣鑼鼓喧天的聲音，有百姓自發組織了舞獅隊，正敲鑼打鼓的從長街另一頭歡呼雀躍而來。一路走來，越來越多的百姓參與慶祝的隊伍，唱小曲的、扭秧歌的，簡直不能更熱鬧。
遠遠躲在人群中的吉春抿了抿嘴，眼中閃過一抹惡毒神色，這個大仇自己記下了。只眼下最重要的事是趕緊組織商人運來精米等上等的糧食，這些全是陳毓的要求。當時陳毓說：「敢拿不好的東西糊弄本縣令，那些兵器你們就不要想了，小爺我就是全拿來當燒火棍用也不放一件到東泰！」
吉春可不敢認為這陳毓是在開玩笑。好不容易攝政王不再追究自己的過錯，要是這件事再辦砸，自己連拿著這些年攢的銀兩回家當個田舍翁的念頭都不要想，妥妥的自裁謝罪的命。
也因此，吉春督辦起此事來，愣是比陳毓還要精心，差不多每一斗糧食都自己過目了。私下裡嘔得都要吐血了，卻不敢有絲毫不滿。

周人不是有一句話嗎？小不忍則亂大謀。眼下東泰什麼都不缺，唯一的短板就是武器了，只要武器上得去，想要收拾大周還不是跟玩家家一樣？

等大東泰武士拿著這些武器殺回來時，他要親自揀一把最鋒利的凌遲這陳毓！吉春不停的磨著後槽牙，一遍遍的在心裡念叨著，終於覺得心裡暢快了些。

「幾個糧倉全都滿了？」陳毓滿意的點頭，用力拍了下趙城虎的肩膀。「幹得不錯，保持和東泰的『友好』關係，繼續賣給他們兵器，切不可懈怠。」

「是。」趙城虎咧嘴一笑。坑人還能讓對方感激涕零，放眼大周，也是頭一分了吧？臨出去時又想起什麼。「依然讓他們用糧食換嗎？」

要自己說，讓他們送銀子不更簡單嗎？大人偏要糧食，難運不說，還得想法子讓對方不至起疑。要不是大人英明神武的形象已經在心裡牢牢扎根，自己都會懷疑狀元爺腦殼是不是壞掉了，不然，為什麼放著真金白銀不要，偏要那些勞什子糧食！

有此想法的可不止趙城虎幾個，苜平縣百姓何嘗不是也時常發出一樣的感慨？

自打秋收過後，陳大人就日日督促大家深挖河、廣建渠，本來大冬天在家裡待著多好，大人偏要大家都到外面來折騰，光深井都不知道又挖了多少口。

當然，後來大家也聽說這就是陳大人家為官的傳統，陳家老太爺，也就是小狀元的爹、眼下的那位伯爺，每到一地任官，最喜歡的也是挖溝建渠，鎮日忙著帶領百姓開墾荒地，說是有災防災、無災求利，反正有備無患。眼下狀元爺頗有乃父之風，倒也無可厚非。

更不要說苜平百姓求了多少年，才好不容易求來這麼個好官，隨狀元爺怎麼擺布，大家都樂得捧場，權當哄狀元爺開心了。這麼大點兒年紀，又如此精緻的容貌，光是看著，就讓人心裡止不住的發軟呢。

何況冬日裡不好找活幹，狀元爺可說了，但凡去服役的，飽飯管夠，家裡少了好幾雙筷子，省下不少糧食呢。

「李縣丞，你安排一下，我要去靖海關走一遭。」

陳毓邊走邊把縣衙公務交代李獻，待得走出縣衙，趙城虎早牽來了一匹棗紅色的駿馬。陳毓當先躍上了駿馬，帶著趙城虎幾個侍衛護著一輛馬車絕塵而去。

後面的李獻正好送出來，看到此景不由愣了一下，畢竟身為李家子弟，儘管功夫不是長項，身手卻也不弱，方才大人那飛身一躍，姿勢優美、身手矯健，怎麼看怎麼不像一個手無縛雞之力的書生。

更奇怪的是，大人怎麼每隔一段時間就要往靖海關去一趟？

聽說苜平縣令陳毓來訪，靖海關總兵郭長河第一個動作不是出迎，而是回身摘下掛在牆上的弓箭。

明明自己才是領兵多年的武將對吧？上一次偶然拉陳毓到校場上比箭，結果倒好，那小子竟然一抬手張弓就來了個百步穿楊，愣是把自己這神箭手給比了下去。敗在一個書生手裡，還是一個年紀這麼小的書生，郭長河覺得簡直是奇恥大辱，直把郭長河給鬱悶的。

雖然一再安慰自己，那小子也就是運氣好，才會有此神來一箭，可即便如此，依舊嚥不下這口氣，這會兒聽說人來了，自然還要再比上一局。

看郭長河揹著長弓勁弩走了出來，陳毓不由苦笑。

郭長河也是岳父的手下愛將，性情憨直之外，最是忠心耿耿。上一世就是因為這般，才會被嚴釗扔在靖海關，眼睜睜的看著他戰死，更把關隘失守的罪名按在他身上。

去年甫一蒞任苜平縣，陳毓便到靖海關走了一遭。

郭長河因知道陳毓成家女婿的身分，初時待陳毓頗為客氣，想著既是老國公和世子認可的人，自己好好護著便是，至於結交卻是不要想了，畢竟兩人背景懸殊，又一文一武，對方可是堂堂六首狀元出身，怎麼會瞧得上自己這等粗人。哪想到相處之後，對方性情非同一般的豪爽，兩人一見如故，大有知己之意。

「陳兄弟。」郭長河三步併作兩步上前，探手把住陳毓的手臂，興致勃勃道：「走走走，到校場去。」

「先別忙。」陳毓笑著道，又壓低聲音道：「先把這些好東西收起來。」

「好東西？」郭長河頓時眼睛一亮。除了第一次時空著手來，之後陳毓每一次來都帶著些這樣的「好東西」。

一開始郭長河還不知道好東西的意思是什麼，等到拿到手中，好險沒樂瘋，竟然全都是鋒利的兵器。

自古寶劍配英雄，身為武將，哪有不愛神兵利器的？之前倒是也收到朝廷中送來的兵器，可嚴釗太過寶貝，經過東峨州時直接截留了大部分，只給了自己一百件。就是那一百件兵器，碰到陳毓送來的這些，也都會被砍成兩截，直把個郭長河給樂得，若非陳毓躲得快，說不得真會被抱住啃一口。

郭長河後來才知道，這些兵器全是國公爺送給陳毓的「私房」，目的是裝備縣衙衙差，好讓陳毓安全無虞。聽陳毓的意思，這些兵器眼下也就自己這兒有，其他即便是坐鎮整個東峨州的嚴釗都別想見一見。

這話讓郭長河更開心，雖然同為成家軍，郭長河卻自來和嚴釗不和，這也是朝廷為什麼放心把東部交到兩個打著成家旗號的武將手裡。這兩人的關係決定了他們不可能團結一致做出什麼壞事來，又都同受成家約束，不用擔心他們真的會不管不顧、把彼此的恩怨擺到明面上以致影響政務。

看著興奮得原地打轉的郭長河，一旁的趙城虎止不住嘴角直抽，心說這郭長河性子還真是憨直，也不想想這麼幾大車兵器，都夠把靖海關守軍裝備一遍了，成家老國公再護短，至於送來這麼多給姑爺糟踐嗎。狀元爺那麼一說，這位還就真信了。

那邊郭長河終於檢驗好所有兵器，大手一揮，讓人全都抬到庫房裡去。好刀得使到刃上，平日裡弟兄們操練還是用那些破刀爛槍就成。

一邊哈哈笑著一邊拍著陳毓的肩膀。「好兄弟，謝了。你的心意，大哥心領了。」

陳毓抿著嘴笑了一下。這麼多新武器自然不會是送給自己裝備私兵的，全是朝廷送來給嚴釗的。只是來之前自己特意囑咐過，為防止被東泰人察覺，還是先送給自己，再由自己安排悄悄交給嚴釗便好。

事實上，拿到兵器後，陳毓把東西分成兩部分，一部分送到東夷山鄭家，另一部分則一股腦兒給了郭長河。至於嚴釗那裡，自然也是有分的——就是摻了特殊物質的那批。

雖然眼下兵庫司作坊混入了二皇子的人，但其實一切都在大舅子成弈的絕對掌控之下。

就在兩年前，有工匠偶然發現加入一種礦石，會令武器的殺傷力更上幾層樓，只礦石的添加必須依照嚴格的比例，多了或少了都會影響武器的質量。

不過但凡加入那種礦石，相較於之前的武器而言，依舊堪稱大殺器。這也是在送給嚴釗和東泰人後，這兩方高興得不得了的原因。他們不知道的是，這樣冶煉出來的武器但凡碰見嚴格按照比例添加礦石的武器，根本不堪一擊，百分百是被砍斷成兩截的命。

東泰人再凶頑，沒有了兵器那就等於一隻腳踏進了棺材裡！

不管對東泰人還是大周人而言，辛酉年都堪稱一個惡夢。

從三月直到六月，接連三月未下一滴雨。

請來多少神漢巫婆祈雨作法，老天爺還是一點面子都不肯給，每日裡依舊豔陽高照，以致東部大片莊稼枯死，說是赤地千里也不為過。

一片赤黃中，苜平縣原野上的點點綠色顯得尤其可貴。之前那些深挖的井渠這會兒終於起了作用，苜平百姓日常飲用之外，還能有足夠的水源灌溉土地，好歹收了一季糧食。

糧食運回家時，百姓紛紛湧向縣衙，齊齊向陳毓磕頭。

之前狀元爺帶領大家打井拓渠時，還想著是陳大人太任性，大家權當哄他開心罷了，哪裡想到回報竟然來得這般快？轉眼就成了救命的寶貝。若非陳大人英明，這會兒苜平百姓十之八九也要落到拖家帶口到處乞討，甚而賣兒鬻女的境地吧？

經此一事，苜平百姓紛紛傳言，狀元爺就是老天爺派來護佑苜平百姓的。還有人家索性在家裡給陳毓供了香案……

有人慶幸，自然就有人後悔，比方說東峨州知府鄧斌。

之前陳毓不是沒有提醒他，只說此處地形年年缺水，最好早作防範，若能令百姓安居，也算一大功業。

可惜彼時因為陳毓賣給東泰上萬件兵器的事惹得鄧斌大為惱火，哪肯聽他細說？又深覺自己現在的位置根本拿陳毓無可奈何，索性用對嚴釗的態度對待陳毓。以致陳毓每每登門拜訪總是撲空，無奈何只得留下條陳離開。

鄧斌雖看了，卻沒有太放在心上，沒承想轉年就能旱成這樣？

更可怕的是三個月未雨並不是結束，七月、八月、九月，依舊一滴雨也未下，如此百年難遇的旱情委實亙古也不曾有過，到得最後，便是儲水最多的苜平縣，地裡的莊稼也乾枯了大半。

陳毓已經接連幾日沒睡過一個囫圇覺了。

大災之後便是大戰，雖然記不清具體的日子，可應該也為期不遠了。聽說東泰形勢較之大周更為嚴峻，天災時發動戰爭藉以把災禍轉嫁到大周的頭上是東泰慣有的伎倆。

據斥候回稟，東泰確實有增兵邊關的跡象。

夜已經深了，陳毓又在縣衙裡踱步良久，待回到房裡，依舊心緒不寧，總覺得有什麼事情要發生。呆坐片刻，索性穿好衣衫，至院中牽了棗紅馬出來。

一直在外面守護的趙城虎嚇了一跳，忙不迭上前攔住。「都快三更天了，大人怎麼還不睡？」

「去靖海關。」說著也不管趙城虎，飛身就上了馬。

趙城虎愣了一下，忙不迭叫醒其他人，也打馬跟了上去。

拂曉時分，正好到達靖海關。待進了總兵府，郭長河正好起來，看到陳毓一行，不由大為詫異。「陳兄弟，你怎麼來了？」

陳毓一笑，剛要開口，一個副將打扮的人匆匆從外面跑了進來，瞧見陳毓怔了一下。

「陳大人。」

旋即轉身瞧向郭長河，臉色不是一般的難看。「東泰人叩關。」

陳毓心猛地一跳，唰地扭過頭去——就是今天嗎？

只是這一世，東泰人要用什麼藉口？

別看郭長河是個大老粗，最是心腸軟。上一世東泰賊人便是利用這一點，半夜扮作盜賊，進入靖海關附近的村落劫掠，逼得人群蜂擁而至關外。

彼時郭長河並沒有想那麼多，以為真是盜賊作惡，作主開啟關門，放了百姓入內，哪裡想到東泰人就緊跟著一擁而入。

虧得郭長河勇猛過人，拚死力戰，終於把東泰賊人趕了出去，自己卻身受重傷，再加上內無糧草之下又久不見援軍，終至戰死靖海關。

既然知道了上一世的緣由，這一世陳毓自然及早防範，一早就借大旱為由，把關外的幾個村落迎到苜平縣境內暫住，更是提早知會郭長河，就怕上一世的事件重演。

倒不知沒了百姓作藉口，這些東泰賊人又會找什麼樣的理由來叩關？

副將名叫楊興，乃是郭長河的心腹，跟陳毓也很是熟識，當下並不避諱。「一支東泰人的戰隊，約有一千人，說是昨日圍獵時有一個把總並七個士兵同時失蹤，他們一路追查最後得知，這八個人應該是混入了靖海關，為了防止生出不必要的事端，要求我們開關放他們進來搜查，不然……」

「簡直是放屁！」沒等楊興說完，郭長河就氣得猛一拍桌子，上面的杯子頓時蹦起老高。「這些東泰小兒想幹什麼？以為我們靖海關是什麼地方？他們想進來就進來？別說丟了八個，就是八十個，又跟我們什麼關係？」

「當然有關係。」陳毓嘆了口氣，一字一字道：「所謂尋人，不過是挑起戰爭的藉口罷了，東泰小兒分明是要開啟邊釁！」

該來的還是來了。甚而這一次，東泰人連遮掩都不曾。

稍微一想，倒也能推測出其中的緣由。去年一年裡，利用那批「神兵利器」，陳毓可沒少從東泰人手裡搶糧食。對方急於得到兵器，甚至不及從後方運，而是直接拿了軍糧來換。

不想來年就碰上大旱，相較於周人而言，東泰的旱情無疑有過之而無不及。國內一片哀嚎的情況下，能撥給邊關的軍糧有限，以致這些駐紮在兩國邊境的東泰軍隊終於忍不住要鋌而走險了。

郭長河只是一時沒想到東泰人大膽如斯，陳毓一說，馬上意識到事情的嚴重性，抬手摘下牆上長槍，匆匆往外而去。「陳兄弟你先歇息片刻，我去城頭。」

陳毓怎麼肯。「我和郭大哥一起。」

郭長河猶豫了下。他認定陳毓雖是箭法百步穿楊，畢竟還是個標標準準的文弱書生，待會兒真是有重大變故，怕自己不見得能顧得上他。真是讓陳兄弟有個三長兩短，自己可沒法子和國公爺交差。

「我護得了自己。」陳毓如何看不出郭長河的疑惑，當下也不多解釋，只扯著郭長河就往外走。

「罷了，待會兒不管發生什麼，你切記跟在我後面。」事情緊急，郭長河也不再囉嗦，兩人連袂匆匆往城牆而去。

待登上城樓，果然瞧見下面正有千餘人一字排開，遠遠瞧著確然衣裝襤褸、經過長途跋涉的模樣。

這些東泰人還真是可笑！真以為郭長河心軟到連他們東泰人也會可憐嗎？陳毓簡直不知該說什麼好。

郭長河往下看了一眼，當即一揮手，很快一排弓箭手出現在城牆上。「下面是什麼人，我喊三聲過後，你們速速退後，不然，別怪刀槍無眼。」

聽郭長河如此說，為首一個將領打扮的人不甘心，依舊想要靠近城門。「我們和大周互為友好之邦，那些逃兵包藏禍心，說不好還會——」

「一！」郭長河大喊一聲。

那東泰將領遲疑了一下，似是不相信郭長河真敢動手，驅使著五、六列先頭兵依舊向前。

陳毓突然目光一凝，此時正是九月天氣，又多月未雨，天乾物燥之下，走在最前面正逐漸接近城門的那些個士兵無疑穿得太厚實了些。

他忽然轉身往旁邊高大的弓箭臺而去。

要說靖海關最出名的，除了這道雄關險隘歷經千年風雲依舊屹立外，就是這平寇臺上的一把震天弓了。

震天弓乃是前朝第一猛將宇文通所有，據聞宇文通除了手中方天畫戟使得出神入化，手中一張震天弓，非力大無窮者絕拉不開。宇文通在世時便鎮守在這靖海關，僅是看見這巨弓，東泰人便不敢越雷池一步。

後來宇文通雖離世，前朝也灰飛煙滅，震天弓卻依舊被供奉在靖海關城牆之上。只是再也沒人能夠使用，連帶特製的八十一支雕翎箭也都寂寞了多年。

那邊東泰人依舊不信邪的往城門下移動，郭長河大喝一聲。「二！」

手也隨之高高揚起。

眼看著東泰人並沒有停下來的意思，郭長河臉色鐵青。「三！」

心裡更是暗自嘀咕，就是靠近城門又如何？待會兒萬箭齊發，保管你們全變成刺蝟。當下手重重一揮。「放箭！」

口中說著又忙轉過頭來，想要招呼陳毓快下城牆躲避，哪知不看還罷，這麼一看過去，身子頓時一踉蹌。

老天，自己看到了什麼？

那可是震天弓！自己也曾多次試過，也就勉力能把此弓拉開三分之一罷了。而此時，這張弓卻被人拉成飽滿的圓形，上面更是齊唰唰放了六枝特製的長箭！

而那個挺身站在弓箭臺上彎弓搭箭的不是旁人，正是震驚大周的六首文狀元陳毓！

還不及考慮陳毓拉開震天弓到底要做什麼，身旁便響起一陣驚呼聲。郭長河這邊話落，東泰人卻沒有停止前進的意思，反而卯足了勁兒朝城門衝了過來。

同一時間，遠處本是空茫寂然的田野上忽然傳來一陣號角聲，無邊無際的東泰士兵像從地底下冒出來似的，潮水一般的出現在遠處的地平線上。

「不好！」到了這個時候，郭長河哪裡還不明白，這些玩命似往城門處衝的東泰士兵必然有詐。

早已做好準備的弓箭手也在郭長河手落下的一瞬間張弓搭箭。奈何靖海關太過高大，下面的東泰人根本就在射程之外，所謂萬箭齊發也就是看著好看，威懾作用遠遠大於實際的殺傷力。

除了零零星星兩、三個東泰士兵中箭，其餘箭雨在半空中便沒了勁道，無力的萎頓在地上。反觀東泰人，因為距離城門越來越近，臉上不顧一切的瘋狂越來越清晰。

「衝啊！殺進靖海關，咱們就有糧食吃了！」

「對，一定要活捉陳毓那個妖人！」

那麼多的糧食啊，就生生被那陳毓給坑走了。

東泰人對陳毓除了他智多近乎妖的惶恐之外，更多的是飢餓煎熬下的仇恨。眼看著破城在即，後面的人越發急切，用力提起奔跑在最前面的六人，朝著城門擲去。

灼熱的陽光照在六人臉上，全是陳毓的熟人，正是那些曾經被驅逐的東泰武士中的幾個。

「哈哈哈——」那六人瘋狂的笑著，取出暗藏的火摺子。

「不好！」郭長河忽然驚叫一聲。

鼓鼓囊囊的身形，還有火摺子！對方懷裡揣的必然是火藥！

本來這些東西全是煉丹師鼓搗出來的玩意兒，並沒有什麼大用，可若堆在一起，能產生相當的威力。

看這六個東泰武士的模樣不用想也知道，他們身上八成綁了那玩意兒。真是任憑這麼六個人一起衝到關門前，說不好還真會把靖海關崩出個窟窿！

「楊興，快點齊人馬，咱們到城門那兒去！」郭長河倒拖著長槍就要往下跑。

楊興點了點頭剛要答應，忽然倒吸一口涼氣，猛地拉住郭長河。「大人快看！」

郭長河猛地一抽袖子。「都什麼時候了，看——我的老天爺！」

弓箭臺上的陳毓終於鬆手，六枝特製長箭急似流星朝著正飛撲而來的六名東泰士兵而去。

同一時間，那些東泰士兵已經打著了火摺子點燃了身上的衣衫，就在火苗濺起的一瞬間，六枝箭就倏忽而至，貫穿六人胸腹不說，更帶起六個人的身體朝後倒飛出去。而後方，正是瘋了般洶湧而來的東泰將士。

猝不及防之下，兩方正好撞到一起。

耳聽得轟隆隆一陣巨響，東泰人那裡頓時燃起了一大團火焰，刺鼻的火藥味中傳來陣陣鬼哭狼嚎的哭叫聲。那六人盡皆被炸為碎末，連帶旁邊的東泰士兵也死傷大片。

正興奮地發出癲狂叫聲的東泰人全都懵了。

這六個人不是說好了要為了東泰而玉碎嗎？結果人是真碎了，可同時被他們碎掉的卻不是周人的靖海關，而是東泰人自己的性命。

這血肉紛飛的情景實在太過驚悚，令得一眾狂熱的東泰戰爭狂人也都覺得有些心頭發冷、頭皮發麻。

這還只是惡夢的開始。

隨著靖海關的大門大開，郭長河帶領五千精兵隨之出現，可憐這些東泰人還沒有從突破關隘、殺死周人、搶奪糧食的美夢中清醒過來，就做了刀下之鬼。

雖然搶不到糧食餓肚子的滋味不好受，可直面死亡的威脅卻更可怕。更不要說又被方才血雨紛飛的情形給刺激到了，方才東泰人衝得有多起勁，這會兒逃亡得就有多賣力，好巧不巧，正好和援軍撞成一團，互相踩踏之餘，自然死傷慘重。

後面氣勢正盛的郭長河又緊跟著掩殺而來，雖僅有五千人，卻足足砍殺了對方足有一萬人，而周人除傷了一百多人外，無一人陣亡！

東泰發動侵略戰爭的第一戰——大周，大捷！

待得旗開得勝回到關內，郭長河來不及卸去染滿鮮血的鎧甲，就一把拉住迎出來的陳毓。「陳兄弟，若非你，老哥我真要成為大周的罪人了！」

「可不！」楊興摸了把臉上的血，瞧著陳毓的神情興奮之外更有著狂熱的崇拜。「陳大人，那震天弓真的是您拉開的，我沒有看錯對不對？」

不怪楊興如此，實在是即便是馳騁在戰場之上，楊興的眼前依舊時不時會閃現出陳毓挺身立在弓箭臺上，那般力挽強弓、弓如滿月的形象當真和神人相彷。

即便明知道那是成家的女婿，會有些功夫也在情理之中，但若再加上一個六首狀元的前提，也他娘的實在太玄幻了吧？陳大人無論文還是武都是頂尖的，方才那般沈著勇猛，比之當初馳騁沙場千里殺敵的成世子也差不到哪裡去了。

虧自己之前還想著國公爺怎麼轉了性，會要個文謅謅的小傢伙當女婿，就憑著他那張漂亮的臉蛋嗎？原來根本是自己有眼不識荊山玉，國公爺真是撿到寶了！

「郭大哥說哪裡話，這靖海關乃是咱們大周共同的靖海關，小弟方才不過盡了綿薄之力罷了，若非大哥和眾位將士勇猛，又怎麼會有這般大捷？」陳毓神情誠懇，絲毫沒有爭功的意思。「眼下當務之急，大哥還須趕緊寫一封給朝廷的奏摺，著人八百里加急送往京城，另外，還得趕緊派人去東峨州稟報嚴將軍……」

聽陳毓提到嚴釗，郭長河臉上的喜悅一下淡了下去。

這麼多年共事，自己怎麼不明白嚴釗的性子？最是好大喜功之外又不能容人，若然自己敗了就罷了，這次大捷，定然會令他不喜……

陳毓怎麼看不出郭長河的為難，當下慨然道：「郭大哥不必為難，去嚴將軍那裡的事就交給我和楊興。」

「你願意去？」郭長河愣了一下，旋即無比驚喜。

陳毓除了是縣令更是成家姑爺，憑他的身分，諒嚴釗也不敢置之不理。

天剛濛濛亮，陳毓幾人就進了東峨州城門。並一路輕車熟路的往鄧斌的府邸而去。

依鄧斌的行事風格，聽說陳毓來見，十之八九又會隨便找個藉口把人打發走。從前也就罷了，如今事態緊急，正需各方齊心協力，陳毓可不許鄧斌再對自己敷衍了事。

眼瞧著前面就是鄧家大門，也不著人通報，直接抬腿就往裡去。

那門房正在打瞌睡，見有人要往府裡闖，登時站了起來，待看清來人是誰，不覺蹙了下眉頭，怎麼苜平縣那個小縣令又來了？當即不等陳毓開口，就忙忙上前阻攔。「我們家老爺公務繁忙，這會兒並不在府中，還請大人見諒……」

陳毓一使眼色，趙城虎立馬上前，老鷹叼小雞一般揪住門房的後衣領，往他方才坐的椅子上輕輕一送，門房還沒反應過來怎麼回事，身子已經向後倒退了好幾步，然後好巧不巧，又「咚」的一聲坐回了之前的凳子上。

等再爬起來時，陳毓幾人早大踏步往內院而去。門房激靈靈打了個冷顫，慌得也跟著一溜煙般往府內而去，邊跑還邊大聲嚷嚷著。「陳大人，您這是要做什麼？我們老爺這會兒委實不在家……」

外面的喧鬧聲實在太響，正跟夫人用飯的鄧斌也被外面的動靜驚擾，蹙了下眉頭道：「何事喧譁？」

話音剛落，管家的聲音就從外面傳來。「陳縣令，這裡可是知府私宅，怎容得您如此放肆？」

鄧斌臉色沈了下來，心說這陳毓怎麼回事，再是國公府嬌客，名義上依舊要歸自己管轄，這般不管不顧的衝進自己的私宅，便是嚴釗也做不出來，陳毓此舉，未免也太猖狂了些。

當即起身推開門，冷眼瞧向已經來至院中的陳毓。

「大人——」不待鄧斌出言責難，陳毓已經搶上前一步，神情凜冽。「靖海關急報，東泰興兵入侵！」

「什麼？」驚嚇過度，鄧斌到了嘴邊的責難話語骨碌一聲就嚥了下去，有心詢問此言可真，轉眼就瞧見了滿身是血的楊興。

「陳大人所言句句是真，末將此來就是請大人和嚴將軍籌謀如何抗敵，並速發援軍。」楊興「撲通」一聲跪倒在地。

一大早就聽說這樣的事，鄧斌臉都白了，雖然靖海關號稱千古第一關，可也不是沒有被攻破的經歷，一旦靖海關破，首當其衝的就是東峨州。想明白其中的利害關係，鄧斌出了一身的冷汗，飯也吃不下去了，急匆匆吩咐下人。「快備轎，咱們去將軍府。」

想到什麼，又忙探身對陳毓道：「陳大人也坐轎吧。」

觀這小狀元的模樣，倒也是個一心為民的，就只是太過天真不懂世事，東泰人此次興兵，手裡兵器怕主要就是陳毓當初賣出去的一批。瞧見經自己手運出去的兵器卻轉而朝向大周將士，陳毓心裡也不知是何滋味。

鄧斌那般恨鐵不成鋼的眼神，陳毓如何看不出來，只低了頭並不為自己辯解。以嚴釗對東峨州掌控力之強，鄧斌的身邊說不好早安插了嚴釗的眼線。

好在上了轎，簾子遮擋了周圍人的視線，自己真有什麼舉動外面的人也看不清楚，當下從懷裡摸出一面金牌，徑直伸到鄧斌面前。

嚴釗雖是武將卻心性狡詐，難保不會利用鄧斌發難。鄧斌雖圓滑，為國為民的忠心卻是毋庸置疑的，這般事先透露身分，也是一份保全之意，省得待會兒面對嚴釗時，鄧斌會做出錯誤的選擇。

同樣有保全陳毓意思的鄧斌，也正思慮著如何幫陳毓減輕罪責。送了東泰那麼多兵器，平時也就罷了，戰時必然會擔上一個資敵的罪名，這可是叛國大罪，還是勸陳毓先寫一個請罪摺子？

「陳大人，待會兒——」

陳毓的手忽然伸過來，鄧斌一怔，下意識的看過去，下一刻卻「騰」的一聲就站了起來，虧得陳毓眼明手快，忙做了個噤聲的手勢。

也不知撞的還是嚇的，鄧斌徹底懵了，揉了揉眼睛，金牌上「如朕親臨」四個大字赫然入目！

不知呆坐了多久，鄧斌終於回神，咧了咧嘴想要笑。有這樣一面金牌在手，陳毓的身分已經呼之欲出，哪裡是什麼小小縣令，分明是皇上特派的欽差大人啊！他之前還疑惑呢，堂堂六首狀元，再不濟也不致淪落到這裡，原來皇上另有深意嗎？

鄧斌這般一想，不由出了一身的冷汗，好不容易擠出的一絲笑容又僵在了臉上，神情簡直比哭還要難看。

到了此時已經絲毫不用懷疑，陳毓哪裡是因為被皇上厭惡才來至此處，分明是作為皇上的心腹奉有特旨而來，但這樣問題就來了，什麼人能令得皇上如此殫精竭慮，這般大手筆的送出堂堂六首狀元、還是成家嬌客到這鳥不拉屎的地方來？

和鄧斌的惶恐不安不同，這會兒的嚴釗正樂滋滋的喝著小酒。

鄧府的事方才早已有人飛報而來，即便東泰的人並未前來通報自己，嚴釗也絲毫不懷疑此事的真假。

畢竟，東泰人悍然揮兵本就是二皇子計劃中的一環。如今朝局雖已對二皇子極為有利，卻依舊不足以令太子一派徹底失利。這般情形下，二皇子急需一大功勛，令自己萬眾擁戴、勢力更上一層樓，同時把太子逼入絕境，一舉奪得儲君之位。

而東泰人就是二皇子藉以殺太子的那把刀。

本來計劃裡還有一點不大完美，真是發生了戰爭，成家軍來請纓該怎麼辦？沒想到陳毓那般愚蠢，親手奉給東泰人大批兵器，更妙的是這些兵器還是成家全力提供。如今大敵當前，成家又早失聖心，皇上震怒之下，必然會嚴懲成家。

無論陳毓也好、成家也罷，都想不到他們資敵的證據如今正在二皇子手中，一旦東泰大周戰爭爆發，便會馬上上呈給皇上。

二皇子說得明白，成家倒了之後，曾經轄下的所有軍力會全交由自己掌控。

嚴釗追隨成家這麼久，眼下也不過一個四品將軍罷了，若然能接管成家軍，嚴家必然會一躍成為大周一流世家，這正是嚴釗這麼多年來作夢都想擁有的。

按照原計劃，兩國若是真正開戰，大周眼下最需要的是一場慘敗，不然二皇子如何能有足夠重的分量來說服皇上跟東泰講和，並把東泰翻臉的黑鍋扣在太子頭上？

這郭長河注定就是要替嚴釗背鍋的，所以鄧斌也好、陳毓也罷，都注定要失望了，自己無論如何也不會出兵馳援靖海關。

這般想著，嚴釗又大大的喝了口酒，然後執起酒壺隨手打翻，一時衣服、屋子裡全是熏人的酒氣。他回身床上，蒙被高臥，對外面的喧譁聲根本就充耳不聞。

若非陳毓和鄧斌來得太急，嚴釗這會兒更想回軍營中，到時候任這兩人折騰，也別想見上自己一面。

畢竟陳毓的身分放在那兒，怕是沒人攔得住他闖進來。

果然，嚴釗剛躺好，鄧斌的聲音就在外面響起。「嚴將軍、嚴將軍，出大事了！」

接著門「哐噹」一聲就被推開，撲鼻的酒氣頓時逸散而出。

最先衝進來的鄧斌頓時目瞪口呆，怎麼就這麼剛好呢，靖海關那邊十萬火急，嚴釗反倒喝了個酩酊大醉！

陳毓跟著跨入房間，眼睛中卻閃過一絲冷意，當下故作焦急，大踏步上前，用力推床上鼾聲大作的嚴釗。「嚴將軍、嚴將軍——」

嚴釗果然得到了消息。這般做派明顯就是故意拖延，畢竟明面上以靖海關駐軍和東泰兵力懸殊，沒有援軍根本就撐不了多久。

雖已經認定了嚴釗果然如上一世一般背叛成家，陳毓這會兒卻不能輕舉妄動。一則沒有確切證據，就此捉人必然難以服眾；二則沒有弄清楚到底哪些人是嚴釗的鐵桿心腹，便是捉了嚴釗一個，依舊後患無窮。

床上的嚴釗似是不堪其擾，一巴掌打開陳毓的手，翻了個身，繼續呼呼大睡。

「這……」鄧斌無措的瞧向陳毓，頓時急得六神無主。

陳毓眼睛轉了下。「事急從權。」

隨即令趙城虎打了一桶井水上來，提著進了屋後，抬手朝著床上的嚴釗就澆了下去。

澆完對趙城虎一招手。「再打一桶。」

那模樣只要嚴釗不醒酒，他就會一直澆下去。

鄧斌看得簡直目瞪口呆，這陳毓也太膽大包天了吧？

床上的嚴釗早已氣得七竅生煙。

雖說眼下正是九月天，天氣並不大冷，可這麼一桶冰冰涼的井水澆下去，還是令人受不了。更不要說這小兔崽子的意思分明是自己不醒他就會繼續澆下去！

「混帳！」嚴釗再裝不下去，一下從床上坐了起來，極力擺出一副宿醉未醒的渙散。

「嚴將軍。」陳毓抿了下嘴，上前施禮。「下官魯莽，還請將軍見諒。只靖海關急報，東泰人興兵犯我大周……」

話還沒有說完，卻被嚴釗冷聲打斷。「知道自己魯莽竟還敢拿水潑我？果然是國公府的嬌客，陳縣令好大的威風。」

鄧斌嚇了一跳，嚴將軍這是怎麼了，關鍵時刻怎麼忽然犯起了糊塗？陳毓可是成家女婿，嚴將軍則隸屬於成家軍，即便方才陳毓做事確然太過分了些，但嚴釗語氣裡也不該連國公府都給怨上吧？

更不要說陳毓的真實身分委在兩人之上，作為上官，別說拿水潑，就是甩一巴掌也當真不算是僭越。雖鄧斌平日裡對嚴釗不喜，可如今大敵當前，己方無論如何不能鬧出將帥不和的矛盾，忙上前一步，有心給陳毓解釋。「嚴將軍息怒，陳大人所言委實是真，現有靖海關守將楊興就在外面等候將軍召見，而且，陳大人的身分——」

剛要鄭重介紹，卻被嚴釗不耐煩的打斷。他瞧著陳毓陰陽怪氣道：「陳縣令又要玩什麼新花樣？從陳縣令上任就一再針對東泰，打死那麼多東泰人不說，還把東泰武士全部驅逐。那些武士本就凶悍，說不好被逼急了做出什麼過激的事。只那些小衝突，可不好胡亂誇大，謊報軍情的責任，別說是你陳縣令，就是本將軍也擔不起。」語氣裡一副根本不相信兩人話的模樣。

鄧斌愣了一下，心裡的火一竄一竄的。「怎麼可能！楊興說了……而且陳大人的身分——」

嚴釗心裡膩歪得不得了，這鄧斌怎麼回事，口口聲聲不離陳毓的身分。陳毓的身分他會不清楚？不就是成府的嬌客，外加一個小小的縣令嗎？

不等鄧斌繼續，他已然起身，毫不客氣道：「東泰是否興兵入侵，待會兒咱們一同去軍營中一趟，聽了斥候的回報再說。現在，我要換衣衫了，你們全都出去吧。」

鄧斌怎麼也沒想到嚴釗會突然翻臉，絲毫不掩飾對自己二人的厭惡，頓時手足無措。下意識的看向陳毓，發現這小狀元倒好，依舊神情平靜，心終於踏實了些。

哪想到嚴釗這一換衣服，就用去了足足半個時辰。一直到鄧斌心裡都急得冒火了，嚴釗才施施然從房間裡出來，冷著臉對二人道：「走吧，去軍營。」

幾人剛走了幾步，正碰見有下人上前，說是夫人熬了醒酒湯，正要親自送來。

嚴釗並沒有停下，擺了擺手就繼續大踏步離開了。

陳毓腳下微微一滯，視線往不遠處一條小徑後掃了一下，那裡正站著一個姿態娉婷的瘦弱女子。

那女子接觸到陳毓的視線，頓時有些慌張，陳毓微微一哂，然後加快步伐跟上鄧斌二人。

小徑上的女子臉色蒼白，瞧著漸漸遠去的三人背影，咬了下嘴唇。「把管家叫來。」

管家來得倒快，忙低頭拜見。「見過夫人。」

女子正是嚴釗的夫人華婉蓉，之所以會叫來管家詢問，實在是華婉蓉覺得方才那走在最後面的年輕男子眉眼有些熟悉，除此之外，對方方才的眼神不知為什麼總讓華婉蓉有種毛骨悚然的感覺。

「方才進府拜望老爺的都是哪些人？」

「前面的那個是知府鄧斌，後面的是苜平縣令陳毓。」

「陳毓？」華婉蓉愣了下，這個名字怎麼有些熟悉呢？

回頭走了幾步，華婉蓉霍地轉回身來，逼視著管家。「你說他的名字叫陳毓？」

「對。」沒想到夫人這麼大的反應，管家嚇了一跳，忙進一步解釋。「這陳縣令乃是去歲六首狀元，聽老爺說也是成府嬌客。」

「六首狀元？」華婉蓉臉色更加蒼白，甚而語氣都有些尖利。「老爺是否知道，此人除了文采驚人之外，還有一身出神入化的功夫？」

這輩子，華婉蓉都沒辦法忘記那一日被那叫陳毓的少年羞辱的情形，更在之後見到成家小姐成安蓉後，便被家人火速從顧府強制押走，塞進轎裡嫁給了嚴釗……

雖陳毓容顏相較於彼時變化太大，可結合文狀元並成家嬌客的身分，令華婉蓉認定此陳毓就是彼陳毓，更無端端的生出一種危機感。

「陳毓會功夫？」管家愣了一下。「不可能啊！」自己可是瞧得清清楚楚，那陳毓分明連馬都騎不好，選擇坐轎。

「快去想法子通知老爺，這陳毓怕是包藏禍心。若然老爺已經離開，你趕緊去三爺府裡，讓三爺快想法子。」華婉蓉急急道。

看華婉蓉言之鑿鑿，管家也意識到事態嚴重，忙不迭追出去，哪裡還有嚴釗的影子？倒是隱隱約約瞧見鄧斌的轎子，連忙轉身往嚴鋼的府裡跑去。

此時轎子裡的鄧斌這會兒也是熱鍋上的螞蟻一般，也不知道嚴釗突然發什麼暈，若說平日裡對自己傲慢也就罷了，怎麼連對陳毓也突然擺譜。

再瞧瞧自己身邊這位陳大人，明明亮出真實身分說不好就能遏制嚴釗這匹野馬，他倒好，始終老神神在在的。只這兩人，眼下鄧斌誰也得罪不起，再是心急火燎也不敢繼續建言，一時轎子裡的氣氛壓抑之極。

好不容易下了轎，走到軍營門前卻又被人攔住。

兩個五大三粗的軍漢手持明晃晃的大刀分列轅門兩旁，見著鄧斌幾人竟大喝一聲。

「來者是誰，報上名號！」

鄧斌嚇得一激靈，心裡更是暗暗叫苦，這嚴釗的氣性也忒大了些吧？此舉分明是對之前陳毓用水澆他的報復。自己也就罷了，陳大人可是欽差呀，尤其眼下大敵當前，要是兩人先打起來……

尚未想出個所以然，陳毓已是上前一步。「鄧大人，咱們報名便是。」

當下朗聲道：「苜平縣令陳毓求見嚴大將軍。」

鄧斌聽得心裡霍霍直跳，那些上位者總是被剝了面子越平靜，待會兒發作起來越可怕。只是自己現下實在不好說什麼，只得跟著道：「東峨州知府鄧斌求見嚴大將軍。」

兩名軍漢聞言一愣，方才大將軍可是吩咐，若然來人有丁點兒冒犯，只管狠狠的揍，不料來人這般聽話，無計可施之下，只得吶吶讓開。

鄧斌抬頭，不由叫了一聲「苦也」，兩名軍漢身後滿是刀槍劍戟，十八般兵器組成的一個兵器大陣，但見刀槍林立，殺氣騰騰，懾人的寒光之下，別說兩個文人，便是那些尋常武士怕也會膽戰心驚。

鄧斌偷眼去瞧陳毓，果然臉色有些僵硬。

第四十章　誅殺逆賊

嚴釗大馬金刀的居中而坐，看到一前一後進來的幾人，連站起身都不曾，神情嘲諷間還有著全然不加掩飾的得意。「兩位，我方軍力如何？有我嚴釗在此坐鎮，別說東泰小兒不敢進犯，即便來了，也定然叫他們有來無回。當然，你們兩人若是依舊心有疑慮，為防膽怯之下胡思亂想，只管住在我這大營便是，必可保你們平安。」

一語甫畢，堂上頓時傳來一陣哄笑聲。兩邊站了十多個甲冑光亮的將領，一個個笑得前仰後合，更有甚者，上下打量陳毓一番，眼睛中有審視還有著不屑。

「果然是文人，東泰人還沒怎麼著呢，就把自己嚇成這樣。」

「古人說杯弓蛇影，原來果有其事。」

「這般膽小，哪有半分男兒風範，得虧是個文官，不然……」

也有幾人，雖是陪著眾人哄笑，並不曾出言譏諷。

嚴釗皺了下眉頭，已暗暗把那幾人的名字記下。

同樣認真記下帳內諸將表現的還有陳毓。大敵當前，正是用人之際，但凡有一點可能，陳毓都絕不願把一員將領推到二皇子的陣營中去。

一直手按劍柄侍立在旁的趙城虎幾人早已連肺都給氣炸了。

嚴釗再是將軍又如何，相較於自家大人身分，依舊不值一提，眼下竟如此目中無人。

當下逕自過去搬來兩張椅子，送到陳毓和鄧斌身後，然後昂然向前，衝著嚴釗怒聲道：「嚴將軍這話什麼意思？我家大人什麼樣人？豈會做出謊報軍情之事？更不要說楊興將軍亦是將軍舊識，這般浴血而來，將軍權做未見嗎？」

一番話說得嚴釗登時變了臉色，乾指罵道：「你算什麼東西！我和你主子說話，哪有你插嘴的餘地？」

「大人慎言。」趙城虎神情森然，探身懷中摸出鎮撫司錦衣衛的腰牌。「在下鎮撫司轄下趙城虎，不知大人有何見教？」

「什麼？」正箕踞而坐、傲慢無比的嚴釗登時一愣。這趙城虎幾人不應是成家派來護佑陳毓的國公府鐵衛嗎，怎麼搖身一變成了鎮撫司的人？

但見到黑黝黝的腰牌後，嚴釗臉色一下變得難看，突然想到另一個可能。難不成皇上雖把陳毓貶到這裡，依舊不放心，才派了錦衣衛的人跟隨在側，以便從旁監視？

要是這樣，那可就糟了。

須知錦衣衛不論官職大小，自來有著他人難以企及的許可權，乃是可以直接上達天聽的人物，而且個個心狠手辣，比那些朝廷閣臣還要棘手。

若然真令他們把消息傳出去，嚴家勢必危矣。嚴釗這般想著，眼中猙獰之色一閃而過。兵燹之下，死些人自然也在情理之中，有官有民才更真實。

其他將領也是面面相覷，不是一個待罪縣令嗎？有成家護佑也就罷了，怎麼連錦衣衛的人都出來了？

倒是鄧斌不過怔了一下，旋即明白過來，陳毓可是奉有聖命在身的欽差，有錦衣衛隨侍在側也在情理之中。

陳毓在看到嚴釗眼中的猙獰之色後不覺一嘆，看來今天還是要兵戎相見了。之所以推出趙城虎，就是想借鎮撫司並皇上的威勢震懾嚴釗，若然嚴釗能知難而退，進而以民族大義為重，即便他之前曾做過錯事，自己也會想法子加以保全，奈何……

這般想著，瞧了一眼旁邊的楊興。

楊興早在旁邊等不及了。當下閃身出來，「撲通」一聲跪倒在地。「嚴將軍，東泰人犯邊之事千真萬確，據我方斥候回報，對方先頭部隊就有萬餘人，後續部隊更是不計其數。靖海關乃是我東邊門戶，絕不敢絲毫有失。郭將軍派末將前來時讓我轉告，即便是戰死，他也絕不會退出靖海關一步，只他死不足惜，靖海關絕不能丟，否則就是大周的千古罪人……還請將軍莫要再猶豫，速派人馬前往靖海關支援。」

一番話說得慷慨激昂，帳中諸將都陷入了沈默之中，都是戰場上廝殺慣了的熱血男兒，如何不瞭解戰爭的殘酷？便是郭長河，雖不得大將軍歡心，倒也確然是個漢子。那幾個鐵了心跟隨嚴釗的本想出言嘲諷，懾於大帳內凝重的氣氛，張了幾下嘴後又訕訕然閉上。

嚴釗冷眼旁觀眾人，最後視線定在陳毓身上，神情越發冷冽。「不是我不相信你的話，只是出兵之事，茲事體大，好在派出去的斥候這會兒也該回來了。」

口中說著，瞧向站在左手第一位的一員將領。「孫虎，你去看一下，若然斥候回返，立即帶來大帳見我。」

那孫虎目光閃爍了下，便即領命而出。

等了大約盞茶工夫，幾個斥候打扮的人便魚貫而入。「卑職等見過將軍。卑職等奉命前往東泰邊境打探，並未發現東泰人有何異動。」

「你胡說！」楊興騰地一聲就站了起來，上前一步劈手揪住那人衣襟，紅著眼睛道：「你真的去了邊境嗎？那裡屍橫遍野，就不信你們看不到。爾等身為大周斥候，卻如此謊報軍情，就不怕千夫所指，成為大周的罪人嗎？」

「住嘴！」嚴釗厲聲喝止。「你說我的斥候謊報軍情，我瞧著你才謊報軍情吧？東泰、大周本就是友好之邦，焉能因爾等之間的小小齟齬就橫生事端？到了眼下竟還敢狡辯，識時務些就從實招來，不然，別怪本將軍軍法處置。」

「你——」沒想到嚴釗竟然如此說，楊興頓時氣結，還沒反應過來，早有兩名將領飛身上前，虎視眈眈瞧著楊興，一副只要嚴釗一聲令下就會拿人的模樣。

鄧斌唬得登時出了一身的冷汗，暗道一聲苦也。

到了這個時候鄧斌豈能不明白，嚴釗表現諸多怪異，要說這裡沒有貓膩是根本不可能的。只是這人怎麼如此大膽，敢將軍國大事視為兒戲？

這個時候必當作出抉擇，鄧斌不過稍一思量就有了決斷，站起身昂然道：「嚴將軍切莫如此，事實到底如何尚未可知，不然咱們就同嚴將軍一道前往東泰邊境，以查真偽。」

「鄧斌！」嚴釗霍地轉過頭來，語氣裡是絲毫不加掩飾的冰冷。「你的意思是本將軍在說謊了？還是說，這本就是你們商量好的？」

一個「的」字落音，立時有幾個將領手按劍柄圍了過來，虎視眈眈的瞧著鄧斌並陳毓幾人。

「嚴釗，你——」四周寒氣逼人，鄧斌大驚失色，腿都有些發軟。

「我？我怎麼樣？」嚴釗冷笑一聲。「倒是我看錯了鄧知府，還以為你是一個有血性的文人，不料竟貪圖國公府的富貴，如此構陷於我。你和陳毓生事在前，又故意挑釁東泰人在後，以致開啟兩國邊釁，如此大罪，當真是萬死不足惜！可惜有本大將軍在，你們的陰謀注定只能是一場空！」

「你血口噴人！」萬沒想到不過短短一個呼吸間，嚴釗就給自己和陳毓鈎織好了罪名，鄧斌已是方寸大亂，求救似的瞧向陳毓。「大人——」

「大人？」嚴釗愣了下，這鄧斌嚇傻了吧，不然怎麼稱陳毓那麼一個毛頭小子為大人？還沒想通個所以然，就聽陳毓慢聲道：「果然是欲加之罪，何患無辭。嚴釗，有一句古語叫與虎謀皮，你當真以為放了東泰人入關，就可以成就你和你主子的大業？為了一己之私，令得天下百姓生靈塗炭，即便以後能夠身居高位，半夜醒來，你可心安？而且，你當真以為在這東峨州，沒有人能治得住你嗎？」

陳毓一振衣袖，掏出懷中金牌，高高舉起。「嚴釗，有本欽差在，還容不得你放肆！」

瞧著金牌上「如朕親臨」幾個大字，嚴釗整個人都僵在了那裡。

至於其他將領，更是無措至極。跟著嚴釗指鹿為馬是一回事，直接對上肩負聖命的欽差又是另一回事。世人哪個不知欽差乃是奉皇上之命而來，一言一行盡皆代表朝廷，又豈是嚴釗這樣一個邊關將軍可以比的？真是得罪了欽差，不獨自己會獲罪，說不好還會累及家人。

「大膽！竟敢冒充欽差！」眾人的怔忡驚懼盡落眼底，嚴釗也有些恍神。旋即心一橫，眼下已是箭在弦上，若然能制住這陳毓，說不好還有一線生機，真令他安然走脫，嚴家必然難逃滅頂之災。

這般想著，眼中早已是殺意凜然，整個人從帥椅上長身而起，宛若展翅大鳥般朝著坐在下首的陳毓突襲而至。

所謂擒賊先擒王，只要擊殺陳毓，自己帳下將領作為從犯，也只能選擇繼續聽命。至於陳毓帶來的那些人隨後緊跟陳毓的步伐死於「亂兵」手中，也是情理之中的事。

趙城虎幾人沒有想到在明知道陳毓是朝廷特派欽差的情況下，這嚴釗還選擇悍然拚死一搏。互相對視一眼，頗有默契的齊齊後退一步，把鄧斌護了個滴水不漏。

所謂上趕著找死，說的就是這嚴大將軍吧？若然他選擇的對象是鄧斌，自己等人說不好還真會手忙腳亂一陣，可這人直接衝著陳大人去了，這麼好的立威機會怎麼能錯過？

鄧斌嚇得激靈一下就站了起來。「快保護欽差大人——」

鄧斌真是感動至極，大變將生，幾位錦衣衛第一個想要保護的不是欽差而是自己，他決定了，從此之後再也不聞錦衣衛色變，更不會動不動想著彈劾錦衣衛了！

這下倒是抽出寶劍、凌空朝陳毓砍下去的嚴釗忽然覺得不妙，只陳毓已近在眼前，想要變招根本不及，就見眼前一道紫色的華光迎面劈來。

耳聽得「唠嚓」一聲脆響，嚴釗握在手裡的劍早被斬為兩截，甚而在嚴釗胸前劃開了一道長長的血口子。

同一時間，一陣急促的腳步聲傳來，嚴鋼一下衝了進來，口中還嚷嚷著。「二哥，小心那個陳毓，他身上有功夫——」

在瞧見鮮血淋漓、呆立當場的嚴釗後，嚴鋼一下傻了眼。

堂中響起一聲輕笑，陳毓正神情戲謔的瞧向嚴鋼。「你二哥已經知道了。」

嚴釗不敢置信的看向陳毓。「這不是殺死了田太義的那個什麼鄭子玉的武器嗎？怎麼會在你手裡？」

都說寶劍贈英雄，身為武將，嚴釗自然也喜愛各種神兵利器。自打知道仁義武館和東泰武士比試的擂臺上竟然出現這樣一柄神兵，嚴釗便心癢難耐的想要奪來。奈何那據說打敗了田太義的鄭子玉回老家侍奉父母，自此一去不復返，嚴釗無法，也只好望洋興嘆。

再沒想到，這把劍會突然出現在自己大帳中，還拿在陳毓手裡。

他忽然想到一點，不覺雙目圓睜。那個什麼鄭子玉根本就是子虛烏有，其實就是陳毓假扮的？

思及此，嚴釗不顧傷勢，身子猛地躍起，不要命的一撞之下，把營帳頂了個大窟窿。

「陳毓，你居心叵測，惡意挑撥大周和東泰關係。只可惜這是我嚴釗的軍營，容不得你在此猖狂，有我嚴釗在，你的陰謀休想得逞。」

嚴釗話音一落，又有四、五個將領跟著他從破洞中飛了出去。

餘下七、八人則是神情惶然，面面相覷之餘，不知要作何抉擇。

若然跟著嚴釗，真的殺了欽差，事發之後必累及妻兒家人，可若是從了這小欽差，前途也是一片昏暗，畢竟這裡可是嚴釗的地盤，即便能走出這帥帳，也不可能走出大營。

陳毓卻是大感欣慰，好歹這嚴家軍並非完全不可救藥，願意跟著嚴釗一條道走到黑的也就那幾個罷了。

明白餘下諸人的顧慮，陳毓當下站起身朗聲一笑。「諸位莫要擔心，這裡是大周的軍營，你們也是大周的將士，可不是他嚴家的私軍！嚴釗倒行逆施、叛國求榮，歸根究柢，是他一人的罪孽，所謂法網恢恢疏而不漏，嚴釗定會為他的彌天大罪付出應有的代價。」

對呀！鄧斌眼睛眨了一下，終於從「六首狀元陳毓突然變身武俠高手」的震驚中清醒過來，更想到陳毓的另一層身分。嚴釗之前一直以成家忠心下屬的面目示人，這所謂的嚴家軍，歸根究柢應該是成家軍才對呀！

其他人也明顯想到了這一點，緊張的氣氛稍稍緩和了些。

將領中有一位名喚姜成武的，猶豫了一下上前道：「據末將所知，這大營中有將近兩千人乃是完全聽命於嚴將軍……就是嚴釗……」

一句話說得眾人心裡又是一沈。

儘管帳中諸位除鄧斌外都是勇武之士，可畢竟雙拳難敵四手，真是直面兩千軍士，結局也必然要糟。

哪知陳毓絲毫不見慌張，反而微微一笑。「有勞姜將軍提醒，不過都這會兒了，應該也差不多了，咱們出去吧。」

眾人頓時聽得一頭霧水，什麼叫應該也差不多了？剛想發問，才注意到外面響起的廝殺聲，伴著廝殺聲還有一陣陣兵器斷裂的聲音及不敢置信的驚叫聲。

眾人疾步走出去，正好瞧見外面的情景，個個目瞪口呆。

外面的大片空地上，黑壓壓一片穿著周人將士服飾的人戰成一團，不過仔細看，還是能看出區別，那士氣正盛的一方個個胳膊上紮著紅布條。

更古怪的還是戰場上的情形，明明嚴釗的心腹全是軍中經過挑選最厲害的武士，甚而他們的裝備也最是頂尖，手中的兵器全是兵庫司打造的神兵利器，結果倒好，碰到對方手裡的兵器就跟紙糊的一樣，哢嚓一聲就被人砍成兩截。

沒了稱手的兵器，還打什麼打啊？可憐這些誓死追隨嚴釗的將士們，方才還是勝券在握的模樣，轉瞬間就只能任人宰割。戰爭開始得突兀，結束得也迅捷無比，兩千人很快盡皆成為俘虜。

指揮作戰的幾位將領也從馬上下來，連帶的還有幾個人被推推搡搡押過來，可不是方才誓死追隨嚴釗的那幾人？

幾人盡皆一臉塵土，狼狽不堪，哪裡還有之前在大帳裡的半點囂張？至於選擇向陳毓靠攏的幾人，則是驚嚇之外，盡皆心有戚戚然，虧得方才猶豫了一會兒，不然，這會兒也定然成為了階下囚。

「見過大人。」昂首挺胸走在最前面的是鄭家三子鄭慶明和一個英武不凡的將軍，兩人來至陳毓面前齊齊拜倒。「末將幸不辱命，逆賊已然盡數成擒。」

「慶明、吳越，快起來。」陳毓笑呵呵的伸手攙起二人，又回頭瞧向依舊呆若木雞沒醒過神來的姜成武幾人。「諸位和吳將軍應該也是老相識了，就不用我介紹了吧？」

姜成武幾人嚇了一跳，忙道不敢，紛紛上前拜見吳越。

吳越可是成家的鐵桿心腹，有拚命三郎之稱，自來和世子成弈如影隨形，有這位在，嚴釗已是注定了在劫難逃。

倒是鄧斌自來被嚴釗欺壓慣了，不見到嚴釗被俘終究放不下心來。「陳大人，是否要派人全城緝拿逆賊嚴釗？」

「不用那麼麻煩，嚴釗他跑不了。」陳毓篤定的搖頭道，忽然一頓。「那不是嚴大將軍嗎？」

眾人順著他的視線瞧過去，又有兩人緩步而入，正是仁義武館的孫勇和一個陌生男子。兩人推推搡搡的那名桀驁男子則是大家再熟悉不過的一個人，不是嚴釗又是哪個？

嚴釗雖已淪為階下囚，依舊是不馴服的模樣。「陳毓，你竟敢如此害我！國公爺面前，嚴某一定要討個公道！」

「害你？公道？」陳毓臉一沈。「嚴釗，你以為自己是誰？為了一己之私利意圖放東泰人入關在前，事情敗露意圖行凶、謀刺本欽差在後，到現在還口口聲聲要找成家主持公道，當真是無恥之尤！」

嚴釗臉頓時一白。「你胡說——」

話音未落，又一陣急匆匆的腳步聲傳來，趙城虎幾人把一疊信件交給陳毓。「啟稟大人，嚴釗通敵叛國的信件盡皆在此。」

嚴釗霍地抬首看去，臉上神情絕望之極。

畢竟放東泰人入關茲事體大，為防二皇子會推出自己做替罪羊，嚴釗才把所有的信件都留下來，沒想到會碰上錦衣衛這般抄家的祖宗，這麼快就給翻了出來。

有這些信件在，根本就是鐵證如山、百口莫辯！

「鄭大哥，辛苦了。」陳毓又轉頭衝站在嚴釗身邊那位彪悍男子道。

和孫勇一塊兒生擒了嚴釗的正是鄭家老大、東夷山的匪首鄭慶陽。

「老鄭，行啊你！」吳越也笑呵呵的走過來。先向陳毓深施一禮，又用力拍了下鄭慶陽的肩膀。

早在一年前，吳越就奉成弈之命，帶了五千精兵秘密來至東峨州，本來吳越還以為陳毓會把自己交給嚴釗，最不濟也是駐紮在苜平縣附近，到了才知道陳毓竟然讓自己上山為寇。

雖然彼時吳越心裡大為不滿，覺得這陳毓做事太過荒唐。只軍人的天職就是服從，加上吳越本就是成家家將出身，雖然現在已開府建衙，自成一體，依舊以成家家奴自居。從這一點來說，陳毓這個姑爺也算是自己半個小主人。以上種種，令得吳越只有認命。

待得上了山，難得的和鄭慶陽意氣相投，短短一年時間兩人便已親如兄弟，更對鄭慶陽佩服得五體投地，不止一次跟陳毓提起，鄭慶陽無論兵法還是謀略都高出自己不止一籌，委實是萬金不易的大將之才。

這一點陳毓比他還清楚，上一世鄭慶陽就是個猛人，不然，也不可能帶了幾百人就攪動了大周西部江山！

當然，這會兒讓吳越膜拜的還有之前總覺得嬌貴得不像樣的狀元姑爺。這位才是真正深藏不露的高人！誰能想到堂堂六首狀元的身手，連自己這個拚命三郎都得自嘆弗如？

更不要說這份心計，謀略和心胸，若不是親眼見得嚴釗這番作為，別說是自來對嚴釗頗為看重的國公爺，就是自己又如何敢相信嚴釗竟會做出這般背信棄義、喪心病狂之事？

鄭慶陽微微一笑。「吳兄弟客氣了。所謂知己知彼百戰不殆，這些年來，承蒙嚴大將軍照顧有加，鄭某才有家不能歸，到處漂泊流離，閒暇無事時說不得就要多思量一番如何回報嚴大將軍的深情厚誼，巧得緊，今兒個還真就用上了。」

承蒙自己多加關照？嚴釗聽得心神劇震，下意識的瞧向鄭慶陽，咬牙道：「你到底是誰？」

紅著眼睛跑過來的鄭慶明一腳將其踹翻在地。「奸賊，當初害我鄭家滿門時，可想過你也有今日！」

嚴釗哪裡受過這等罪過？疼得頓時蜷縮成一團，「鄭家」兩字也同樣在腦海裡炸響，掙扎著先瞧向鄭慶陽，又慢慢落在陳毓身上，神情怨毒之餘更有些詭異。

「鄭家，西昌府鄭家人？哈哈哈，沒想到我聰明一世，竟會被你們這群流寇並一個乳臭未乾的小子算計。只是陳毓，想要坑我你還太嫩了點，我會在黃泉之下等你來。說不好，你的家人或者岳家會先你一步來和我碰面，就當我收取的利息了。至於你，等到你也命喪九泉的時候，咱們再好好的算這筆帳！」

圖謀多年的事，竟會壞在一個之前根本沒看在眼裡的後進小輩手裡，嚴釗就是死也不甘心。不過陳毓即便再如何智計百出，也絕想不到自己會派華婉蓉作為信使。

弱女孀婦一路顛簸含冤逃亡京都，任皇上如何睿智英明，也不可能不為之所動，只要採信了隻言片語，就足夠陳家並成家萬劫不復。至於二皇子，本就是極為聰明的人，既知曉了此間情形，自然不會放過這麼好的時機，等二皇子奪了大位，別說一個小小的成家，就是太子又算得了什麼？自己要是僥倖不死，必然會被二皇子記一大功，即便就此身亡，也可保家族無虞。

陳毓一愣，旋即看向鄭慶陽。「可有走脫什麼人？」

鄭慶陽當即擺手。「軍營中並不曾走脫一人。」卻忽然想到一點。「方才嚴釗衝出來時，依稀有一隻鴿子盤旋而出，難不成……」

陳毓臉色頓時一變，急聲道：「派人嚴查各個路口，並速去包圍嚴府，查探可有人離開。」

鄭慶陽當即領命而去，至於趙城虎幾個則直撲嚴家。

在苜平兩年之久，幾人對嚴家早已是熟門熟路，也對嚴家的人口最為熟悉。幾人去得快，回來得也快。

一瞧見幾人的臉色，陳毓立即察覺到不好。「是不是那華氏——」

雖然華婉蓉不過一介女流，陳毓卻早在數年前就領教過此女的手段，若非大哥夫婦情比金堅，說不好和大嫂還真可能被拆散。

還有方才嚴鋼來得那麼快，明顯華婉蓉已經起了疑心……

趙城虎幾人果然有些喪氣，互相看了一眼，垂首道：「大人英明，嚴府果然走脫了華婉蓉並兩個侍衛。」

陳毓嘆了口氣，遙望邊關萬里藍天，果然是人力有窮盡，千防萬防，沒想到嚴釗還有此後招。眼下只能寄望自己的信使跑得夠快，不致落後太多，除此之外，皇上應該不會再和上一世那般偏聽偏信了吧……

京城，皇宮大內。雖是九月秋風起的時節，皇宮中依舊奼紫嫣紅，各種奇花異草次第開放。而花叢中，正有一個身形纖細的女子穿花拂葉而來。

若然陳毓在此，怕是定然會心旌搖曳，忍不住上前把人抱在懷裡。

可不是和陳毓睽違了年餘的成家小七？

遠遠的已能瞧見皇上御書房的一角飛簷，小七不由加快了些步伐，待來至殿門前，剛要著引路的小太監進去通稟，總管太監鄭善明就步履匆匆從裡面走了出來，一眼瞧見小七，忙不迭迎上前，語氣中是絲毫不加掩飾的惶急。「哎呀，成小姐可來了，快進去吧。」

「好。」看鄭善明的模樣，就知道皇上情形不妙，小七也不和他客氣，當下邊走邊低聲道：「你同我說說皇上這會兒的具體情形。」

「皇上他老人家，方才接連咯了幾口血。」鄭善明說著，已是涕淚縱橫。

「咯血了？」小七心裡也是一涼，皇上的身體已壞到了這般地步嗎？

待得進了書房，瞧見依舊強撐著坐在書案前的皇上，還有侍立在下首雙目赤紅的太子周杲。

周杲抬頭，瞧見小七，勉強擠出一個笑容來。「小妹來了，快來幫父皇瞧瞧……」

口中說著，已是哽咽難言。

小七早快步上前，探手撫上皇上的手腕，許是剛吐過血的緣故，皇上面如槁木，脈象虛弱，雙手依舊死死扣著面前一本奏摺，眼中全是絕望和不甘。

東洲告急、南平告急、藜南告急……

雪片般的告急文書從東部飛向京城，落在皇上的案頭，到這會兒已是足足十四州陷於走投無路的饑荒之中，大周眼下國庫空虛，當此大災，如何不捉襟見肘、支應不及？

聽御史奏聞，甚而已有地方發展到易子而食的地步。

皇上再沒想到，自己一手打造的盛世皇朝會凋零到這般地步。

再想到陳毓有關東泰興兵的推測，若是去年，皇上或許不信，可眼下這般時局，東泰人十之八九真會趁火打劫！

直到走出御書房，小七都有些神思不寧。

這麼些年來也醫治了不少病人，似皇上這般病入膏肓，求生意志依舊如此強烈的還是第一次見。

只可惜……

周杲嘆了口氣，皇上的心思自己能明白。從幼年登基到坐穩皇位，一路走來，可謂步步荊棘，最令父皇上驕傲的就是數十年辛苦終於換來大周的揚眉吐氣，甚而對東泰來朝那般看重，就是因將其當作自己曾經烜赫一生的一個佐證，如何能忍受一生心血換來眼前的一片亂局？

兩人從一個隱蔽的小角門一前一後走入東宮。

眼看著前面就將進入太子內院，小七終於站住腳，躊躇了半晌，低聲道：「姊夫，皇上怕是……至多只有兩個月的時間了……」

這樣殘忍的話本來不宜宣諸於口，只是方才出來前皇上暗示過，讓自己把他病重到何種程度告訴太子。畢竟是世家出身，小七明白，一旦皇上歸天，太子必須做好應對亂局的準備，甚而眼下就要做好諸般籌謀。

沒想到會聽到這樣一句話，周杲腳下一趔趄，差點兒摔倒，慌得小七忙探手扶住。「姊夫……」

一陣細碎的腳步聲忽然傳來，就見太子側妃潘美雲正把一個小女娃一把丟給旁邊的嬤嬤，自己則滿臉惶急的跑過來。「太子爺……」

潘美雲瞥到小七的動作後眼神中滿是怨毒之色。

近來成家二小姐出入宮闈太過頻繁，用腳趾頭想也知道，定然是她那個訂了親的未婚夫婿太不成器，讓這死丫頭起了不該有的心思。她也不想想，太子再怎麼好可也是她的姊夫，真是一點兒臉面也不要！更可惡的是，這成安蓉看到自己竟連拜見都不曾！當真以為她可以嫁進太子府，甚至位居自己之上嗎？

「妳做什麼？」潘美雲被一聲冷斥給驚醒，旋即被周杲推開。

「太子——」潘美雲愣了一下，神情惶恐，卻在看清太子的手背時臉色白了一下。周杲的手上有五個幾乎滲出血絲的清晰指甲印，這樣的指甲印潘測妃自然不少見，甚而潘美雲發起瘋來，連自己懷胎十月生下的女兒也不能倖免。

潘美雲嚇得當即跪倒，一下抱住盛怒之下轉身就準備離開的太子的腿，連連磕頭。「太子，您饒了臣妾，都是那成家小姐知道您在臣妾心裡如何重要，故意巴著太子爺您，才令得臣妾失儀……」

「閉嘴！」周杲沒想到潘美雲竟會說出這樣一番話來，氣得抬腳就把潘美雲踹翻在地，神情也是猙獰無比。「賤人，一派胡言！」

眼下東部勢危，妹夫陳毓不知處於怎樣的艱難境地之中，這女人怎麼就敢把這麼大一盆污水潑在小姨子身上？更何況小姨子和陳毓之間當真稱得上情深意重，真是有不好的風聲傳出去，自己可怎麼對得起為了大周和自己那在蠻荒之地勉力支撐的妹夫？

不但被踹翻還被這般喝罵，潘美雲太過意外，一下傻在了那裡。從沒有人敢如此當眾讓她沒臉，再加上被踹了一腳的地方委實有些疼痛，潘美雲惡狠狠的視線恨不得把前面太子的身影灼穿，她不管不顧的膝行幾步大聲哭叫道：「太子，您怎麼能如此糊塗？即便您把那成安蓉當作心頭肉一般，可你們倆畢竟是姊夫和小姨子的身分，真是傳出去……」

旁邊被嚇呆了的嬷嬷看情形不對，也跟著跑了過來，聽潘美雲竟說出這般大逆不道的話，嚇得魂都飛了。「側妃娘娘慎言。」

周杲霍地轉回身，氣得渾身都在打顫，瞪著眼睛喊道：「鄭青、鄭青！愣著做什麼，還不快把這瘋婦堵了嘴巴拉回去？即日起，沒有本宮詔令，絕不許她出房門一步。」

鄭青是太子府的內院管事，聽太子氣得聲音都直了，頓時嚇得臉色煞白，忙不迭帶了幾個粗壯的僕婦衝過來，摁住潘美雲，又拿手巾堵了嘴巴，就想往院子裡拖。

這時又一陣驚呼聲傳來。「大姊姊，您這是怎麼了？」

「狗奴才，快放開我嫂子！」

敏淑公主和潘雅雲正一前一後進入院子，瞧見裡面的情形，兩人都是一愣，潘雅雲快步跑了進來，邊探手想要去扶潘美雲，邊含羞帶怯的瞧向太子。「不知姊姊做了什麼錯事，惹得太子爺發這般大的脾氣？只看在姊姊這些年鞍前馬後，一顆心全在太子爺身上的分上，太子爺也好歹多擔待些才是……」

口中說著，已是珠淚紛紛，美麗的容顏更添了幾分我見猶憐的嬌弱。

敏淑的視線卻在朝著太子妃院落的方向時定了一下，看得不錯的話，方才遠遠瞧見的那個纖細身影可不正是成家二小姐？

再聯結潘美雲恨得發狂的模樣，敏淑立馬猜出，這一場衝突十之八九和成安蓉有關。當下怒氣沖沖道：「成安蓉，是不是妳搗的鬼，故意挑撥我太子哥哥和嫂子的關係？好好一個大家閨秀，怎麼生得這般蛇蠍心腸？」

她還要再說，被周杲給厲聲喝止。「敏淑，如此大呼小叫，這就是妳的皇家禮儀？妳的嫂子只有一個，那就是太子妃！哪個嬤嬤教得妳這般胡言亂語？身為皇家公主，一言一行莫不代表朝廷尊嚴，怎可如此肆意妄為？」

又看一眼渾身哆嗦在旁待命的鄭青。「傳旨內務府，給敏淑公主換一批新的教養嬤嬤來！」

一句話說得敏淑公主頓時臉色慘白。「太子哥哥，你不能這般對我——」

敏淑雖養在宮中潘貴妃膝下，平日裡最親的還是從小侍奉她的幾個嬤嬤，太子此舉無疑是對敏淑最嚴重的懲罰。瞧見周杲鐵青的臉色後，又把下面的話給嚇了回去，摀著臉哭著跑了出去。

潘雅雲也完全被盛怒中的周杲嚇呆了，任憑鄭青令那些僕婦半攙半拖著把潘美雲送進了內院。

一直到外面再沒有一點兒聲響，小七才走出內院，步履有些沈重，猶記得阿毓離開時，一字一句的告訴自己「一生一世一雙人，此生執手白頭不相離」。彼時情熱，尚來不及思索其中深意，這會兒再次憶起，卻止不住想要落淚。

待小七坐上車子，思索片刻，輕聲交代大哥特意撥來的隨身護衛道：「阿九，這幾日加派人手多注意潘雅雲的動向。」

有姊夫在，潘美雲應該無虞，而身處皇宮，敏淑想要做什麼壞事也不是那麼方便，唯有潘雅雲，此女最是詭譎多謀，還是防著點好。

旬日後，阿九呈上了一張女子的畫像，說是潘雅雲從城外帶回。

小七看了一眼，是一個衣衫襤褸的女子，剛要放下，卻覺得不對，實在是那雙眼睛太過熟悉，忙又拿回來細細一看，騰地一下站了起來。

這女人不是嚴釗的夫人華婉蓉嗎？

看華婉蓉的模樣，明顯發生了什麼變故，可真有什麼的話不應該跑來求成家庇護嗎，怎麼反而和潘雅雲在一起？

「華婉蓉去了潘家？」一身疲憊的成弈甫一到家，就聽到了這樣一個消息。

「絕不會錯。」小七點頭，心情不是一般沈重。近段時間以來因東部頻頻告急，嚴釗鎮守東峨州也隨之成了整個朝堂的焦點。

之所以如此，除了東部災情之重遠超眾人預料之外，更因為東峨州緊鄰東泰的特殊地理位置。如今的大周已經禁不起一點兒風吹草動，勉力救災之外，怕是再無法扛起一場戰爭。

好在至今為止，東部還算平靜。除了旱災之外，再沒有不好的事情上報。

現在華婉蓉突然出現在京城，還是以著那般狼狽的模樣，更不可思議的是竟然和潘家攪在一起！

須知華家也好、嚴家也罷，可全是依附於成家的小世家！

除非，東峨州發生的大變故和成家有關……或者更進一步說，和陳毓有關。

「不會的。」成弈搖頭。「嚴釗跟隨我多年，毓哥兒又是成家姑爺，他們兩人怎麼可能鬧出什麼矛盾來？」

一番話說得小七也有些糊塗。

陳毓的本事可不只智計百出、胸有謀略，別人都以為他是手無縛雞之力的書生，不曉得他還是一位功夫絕頂的高手，更兼自己用藥浴一遍遍的錘煉之下，說他是百毒不侵也不為過，想來應該沒人害得到他才是。

這般想著，終於放下心，乖乖的回房休息了。

小七前腳離開，成弈後腳就把剛脫去的外衣重新穿好。

方才還有一句話他沒明說——華婉蓉會出現在潘家，除了會害陳毓之外，還有可能害的是成家。

若是兩年前，成弈根本不可能會這般揣測嚴釗，而今之所以會生出這般想法，和一直以來對陳毓的瞭解有關。

因事關最疼愛的小妹的終身大事，成弈自然派人把陳毓從小到大的事情調查了個遍。

如果說陳毓能殺死拍花的脫身只是偶然，那之後的偶然無疑太多了些。

偶然迷路，就能救回姨母；偶然救了一個女人，就能製出新品綢緞；偶然到西昌府，就能趕上百年難遇的洪災……

而洪災那一次，也是令得成弈疑心大起的一次——當年成弈趕到時，悲痛欲絕的小七不止一次哭訴，說陳毓本就不許她涉足西昌，是她不聽話，偏要跑過去，若非受她拖累，陳毓也不會落入水中生死不知……

所謂言者無心，聽者有意，成弈當時就覺得有些不對勁。現在想來，若然一切都是運氣使然，那小妹夫的運氣未免太好了些。

再看嚴釗的事，未嘗沒有先兆。

之前離開京都前往苜平時，陳毓言談中對嚴釗便頗不以為然。說是他結拜大哥顧雲飛曾跟他說起過此人，最是個好大喜功之輩，自己當時只以為是兩家曾在西昌府發生矛盾，彼此有些齟齬也是自然，兩人都是識大局的人，倒不用擔心他們會鬧出什麼事來。

可之後接到暗地派去陳毓身邊的吳越的信件，說陳毓把他們安置在了東夷山上，和一群山匪混在一起。自己當時就覺得古怪，現在想來，難不成是陳毓未雨綢繆？

華婉蓉既進了潘家，搶出來是根本不要想了，為今之計，還是趕緊布置一番，和太子想個應對之法。

同一時間。

潘家家主潘仁海正死死盯著攤在桌案上的一封血書。說是血書，不過是從衣服下襬上撕下來的一片布罷了，上面正有著兩行刺目的血字。

陳毓挑撥，東泰入侵，成家資敵，我軍大敗。

太過激動，饒是見慣了大風大浪的潘仁海呼吸都有些粗重。不得不說雖是寥寥數十字，可這些字合在一起，意義卻不是一般的重大。

陳毓也好、成家也罷，分明全是太子一脈。而東泰人來朝全是二皇子的功勞，眼下朝廷最怕的，不就是東泰人挑起戰爭嗎？

而戰爭果然來了，導致戰爭的源頭還就是太子的妹夫和岳家，更妙的是周軍還迎來了一場慘敗。雖然這本就是之前計劃好的，潘仁海卻沒想到幸福來得如此容易。畢竟那可是兩軍對陣，郭長河此人又不受二皇子控制，真是要策劃一場大周的完敗，中間一個環節都不能有差錯。

而嚴釗竟然辦到了！

更讓人驚喜的就是嚴釗的這封血書，以及嚴釗派來告狀的人選，華婉蓉這樣的女流之輩無疑是最讓人心軟又最能取信於人的。

不要說嚴釗和華婉蓉的身分，放眼朝廷哪個不知嚴家、華家本就是成家附庸，由這兩家出面首告，效果可不是極妙?!

本安坐在下首的華婉蓉看到潘仁海的情緒變化，翻身再次跪倒在地。「想我夫君這麼多年來鎮守邊陲，為國為民、精忠報國，卻被奸人所害，眼下生死不明。還請大人為我夫君作主，將此事稟明皇上，並委派將領前往東部邊陲，去得快了，說不好還能救下我夫君一條命來……」說著又開始流淚不止。

「哎呀，這如何使得。」潘仁海忙親自把華婉容扶了起來，語氣中頗多感慨。「也只有妳爹那樣的忠義之人才會教出妳這樣的節烈女子。放心，明日一早老夫就著人送妳去朝中面君，然後選派精銳將士，儘快趕往東峨州。至於妳，立下此等大功，老夫自會為妳請封，等朝中事了，妳在我家中住下便可。老夫膝下女兒雖多，卻沒有一個能及得上妳這般聰慧明理的，妳若願意，便認到老夫膝下如何？」

華婉蓉臉上頓時掠過一陣驚喜。

這一路逃來當真是受盡苦楚，除此之外，更加煎熬的卻是前路的迷茫。

沒想到幸福來得這樣快！不但可得敕封，更能成為頂尖世家潘家的義女。有潘家在，自己還用怕什麼成家？

華婉蓉當下哪裡還猶豫，再次盈盈拜倒，口稱「義父」。

「好女兒，快起來。」潘仁海頓時笑得合不攏嘴，忙忙吩咐侍立在旁邊的潘雅雲。「快帶妳姊姊下去休息……」

臉色又忽然一肅。「義父的身分所限，暫時還無法把妳留在府中，說不得明日一早還得讓女兒受些委屈。」

皇上自來乾綱獨斷，容不得旁人往他眼裡揉半點兒沙子，而成家、潘家不和乃是眾所周知，若是由自己把華婉蓉帶過去，怕是效果會大打折扣。

「女兒省得。」華婉蓉柔柔道。「若沒有雲妹妹出手相救，說不好女兒早成了一縷亡魂。讓義父受累了。只望女兒以後能常盡孝於義父膝下，以還報今日大恩。」

「姊姊說哪裡話來，是咱們大周要謝謝姊姊才是。」潘雅雲抿嘴一笑，上前攙住華婉蓉的手臂。「姊姊，咱們走吧。」

目送兩人離開，潘仁海在房間裡轉了幾圈，喊了心腹來。「去，速請二皇子過府。」

僕從領了命，匆匆消失在暗沈沈的夜色中。

二皇子來得很快，實在是這一段時間以來周樾的日子也不好過。

要說周樾也是憋屈得緊，瞧著自己一手促成東泰人來朝，明顯立下大功，在朝中聲勢之隆已經穩穩壓了太子一頭，可父皇除了口頭嘉獎之外，並沒有給自己實際的好處；相反，倒是太子那裡不聲不響的，手下的人先後佔據了好幾個重要職位。

周樾有時候甚至懷疑，是不是一直吃那種藥丸子，把父皇給吃傻了？不然怎麼做事越發讓人捉摸不透？眼下自己唯一可依仗的也就只有東泰那邊了，結果嚴釗也沒半分消息傳來。是以聽說岳父急事相請，周樾就急忙忙的趕了過來。

待潘仁海推過來那封血書，周樾呼吸都要屏住了，自己所期待的時刻終於到了！

「皇上……」看著幾乎沒動過的早膳，鄭善明「撲通」一聲跪倒在地，擎起一個盛滿雞絲米粥、香味四溢的小碗，想要流淚又勉強忍住。「好歹瞧在太子爺和小殿下的面上，皇上您再用幾口吧。」

粥是方才東宮送過來的，說是太子親手揀的米，至於雞肉則是皇太孫丟進去的，一大一小還守了足足一個時辰有餘，才熬出這麼一碗粥來。

皇上的眼神果然軟了一下，接過粥，一口一口的慢慢吃了起來。

好不容易用完粥，外面小內侍躡手躡腳的進來，說是太子正在外面等候召見。

鄭善明忙不迭迎了出去。

兩年來，皇上和太子間的感情越發好了，處理公事之餘，彼此相處時越發和民間父子相仿，尤其是得了小皇太孫後——

猶記得皇太孫降生的那日，太子一時激動，又不知跟何人分享自己的喜悅，最終跑到了皇上這裡，大哭了一場，最後哭累了，還在皇上身邊睡著了。鄭善明本來還想著趕緊著人把太子送回東宮，哪想到等叫來人，卻瞧見皇上正輕手輕腳的把太子扶到龍床上躺下，還親手給蓋好被子，那般溫馨的情景瞧得鄭善明都止不住眼睛發熱。

皇上喝完最後一點粥，瞥了看見自己手裡光了的碗後明顯開心不已的太子一眼。

「嗯，我那寶貝小皇孫的手藝當真不錯，賞。」

太子的臉色一下子垮了下來。「父皇，那個臭小子會什麼，還不是我這個當爹的教得好……」

逗得皇上一下笑了起來。

「真真臉皮越發厚了，都多大個人了，還有臉跟個小娃娃爭寵。罷了，也賞你一件東西吧，省得你待會兒回去找我小孫兒的麻煩。」

後面的鄭善明瞧得也是忍俊不禁，很多時候，鄭善明止不住的懷疑太子身後是不是藏著一位高人？實在是太子近兩年來的表現委實太可圈可點了，所謂高處不勝寒，皇上身為至尊的時間長了，雖是龍威日盛，私心裡最渴望的未嘗不是兒女親情。

二皇子之前會受寵，正是抓住了皇上這一心理，撒嬌賣乖之下，掙去了多少好處？倒是太子，一直跟個木頭似的，令得皇上越發不喜。

那邊太子已然笑嘻嘻的上前，接過皇上遞過來的匣子。「兒臣謝父皇恩……」「典」字還沒出口，太子臉卻一下變得煞白，撲通一聲跪倒，雙手舉起盒子。「這份恩典，兒臣萬萬不敢要，還請父皇收回。」

鄭善明心裡激靈一下，雖未抬頭，也能感到大殿內的凝重氣氛。眼角的餘光微微掃了一下太子手中的匣子，又快速收回來，已驚出了一身的冷汗。

看來自己以後對太子要再更恭敬些了。

那匣子裡的東西正是調動皇宮大內並京畿九城的令符。有此兵符在，意味著整個京城都在掌握之中，便是皇上的安危也盡皆握在手中。

皇上輕輕一笑，眼睛一眨不眨的盯著伏在地上、身體都有些顫抖的周杲，沒有收回匣子的意思。「父皇都不怕，杲兒怕什麼？」

「兒臣不要。」太子終於抬起頭來，直視著皇上看不出情緒的眼睛，用力搖頭，眼神中是絲毫不加掩飾的痛苦和依戀，不獨沒有回答皇上的問題，反而喃喃道：「以前是兒臣糊塗，不能體會父皇的心，好不容易兒臣懂事了……」又倏忽頓住，死死咬住嘴唇。「反正兒臣就是不要。」

皇上嘆了口氣，眼睛中有黯然，更多的卻是欣慰，甚而還有一絲愧疚。自己想要當一個好父親，可多年的帝王生涯卻決定了自己無法做一個純粹的好父親。

鄭善明這樣的人精，也是頗多感慨。都說天家無真情，太子方才實實在在是真情流露啊！難不成，自己以為的高人根本就不存在？太子本就是至情至性之人，只是之前對皇上太過敬畏罷了？

周杲心裡亦是複雜難言。

這種父子間的疏離試探太久沒有體會到了，心酸之餘卻也有些茫然，是自己有哪些地方讓父皇不滿了嗎？更多的卻是對陳毓的感激。早在兩年前，太子就知道了陳毓的另一重身分，名滿天下的大儒柳和鳴的關門弟子，也是之前自己在鹿鳴山下錯過的那位青年才俊。

彼時陳毓離開時，太子也曾就和父皇的關係跟陳毓問過計，結果就得了這樣幾個字——

依從父子天性，謹守臣子本分。

這十二字箴言和之前東宮僚屬建議的順序恰好相反，效果卻出奇地好。而隨著和父皇關係好轉，周杲也越來越能體會到暮年時的父皇內心的孤獨寂寞。若非陳毓的建議，別說尋回父子親情、重拾父皇的信任，怕是現在依舊和父皇相見兩相厭……

待皇上收拾完畢，父子倆各自上了鑾輿，一前一後往金殿而去。

行至殿門前，太子搶先一步，下了鑾輿，剛要上前扶皇上，二皇子周樾的聲音隨即響起。「父皇。」

他小跑著上前，堪堪搶在太子前面扶住皇上。

待皇上站穩，周樾這才鬆手，轉頭衝太子一笑。「數日不見，太子的氣色越發好了……」

只是那笑容裡怎麼瞧怎麼有志得意滿和示威的意味。

太子蹙了下眉頭，雖說兄弟倆自來不睦，可周樾這麼明顯的挑釁還是第一次，又憶起昨夜成弈的話，不覺警鈴大作。

待走進朝堂，迎面正看見同樣滿面春風的潘仁海，倒是立於武將之首的成弈肅著一張臉。

皇上察覺到下面的暗流洶湧，眼睛掃視一圈，剛要開口，就聽見殿外一陣騷動聲，京兆尹魏萊的聲音在外面響起。「皇上、皇上，大事不好……」

「什麼人在殿外喧譁？」鄭善明刻意壓低的聲音隨之響起。「還不把人趕出去……」卻被另一個有些蒼老的聲音打斷。「狗奴才，本王要見皇上，你也敢攔嗎？」

鄭善明「哎喲」了一聲，明顯有些吃痛。「啊呀，老奴不知果親王到了，還請果親王恕罪。」

果親王？除了潘仁海幾人外，朝中大臣都怔了一下。

果親王周慬乃是皇上堂兄，也是皇室中年齡最大的親王，皇上自來敬重，只近年來漸漸老邁，已有數年不曾上朝，怎麼今日突然來了？

正自狐疑，周慬已大步入內，身後還跟著兩人，一個是京兆尹魏萊，至於另外一個是衣衫襤褸、形如乞丐的女子。

便是皇上也不覺愣了一下，剛要開口詢問，就見女子撲通一聲跪倒在地，手中隨即高高舉起一份血書。「吾皇萬歲萬萬歲，小女子嚴門華氏，泣血狀告國公府成家私通東泰在前，縱容乃婿陳毓勾結宵小暗算夫君嚴釗在後，以致靖海關破，東峨州數萬百姓生靈塗炭……」

第四十一章　鳴冤京城

成家勾結東泰?!

六首狀元陳毓乃是幫凶?!

靖海關破?!

一個接一個駭人聽聞的消息在人們頭頂炸響，本是平靜的朝堂頓時炸了鍋一般，所有人瞧著跪在中間的女子，神情震驚。

成家可是大周柱石，六首狀元陳毓也算是一時傳奇人物，靖海關更是大周東邊門戶。自東部大災，這些日子以來皇上及眾臣盡皆殫精竭慮，最怕的不就是東部兵事嗎？本來有成家在，即便東泰揮兵入侵，好歹還有成家幫著扛，現在倒好，成家竟然和東泰是一夥的，這還怎麼玩啊！

皇上「騰」的一下站了起來，寬大的龍袍拂過御書案，上面的一疊奏摺嘩啦啦掉了一地，臉色也變為不正常的潮紅。「靖海關城破？妳一個內宅女眷，如何知道這類軍國大事？」

厲聲叱問之下，驚得華婉蓉一下趴伏在地，下意識的就想把求救的眼神轉向新出爐的義父潘仁海，卻又強行忍住。

趴在地上重重的磕了個頭，用力過猛甚至將額頭磕破，頓時有鮮血順著臉頰淌下，襯著華婉蓉憔悴的模樣，讓人止不住心生憐惜。「皇上明鑑……奴家的夫君是東峨州主帥嚴釗。那日奴家正在府中安坐，外面卻是一片喧譁，奴派人打聽後才知道，卻是靖海關一位叫楊興的將軍打馬進府，那將軍滿身是血，一路上嚷嚷著東泰人入侵、靖海關城破……」

「楊興、楊興……」皇上喃喃了兩句，身子猛地一晃，「噗」的吐了一口血出來，身子晃了晃，突然就栽倒在龍案之上。

「皇上——」

「父皇！」

鄭善明本來正彎腰撿拾奏摺，聽動靜不對，忙抬頭看去，正好瞧見皇上吐血的一幕，唬得魂都要飛了。

太子更是變了臉色，剛要搶上前，卻被人一下擠到一邊。「惺惺作態的偽君子，若然父皇有個好歹，莫怪我不講兄弟之義！」

二皇子周樾狠狠的推開周杲，然後踉踉蹌蹌的跑過去，一把抱住皇上，早已是聲淚俱下。

「御醫，快傳御醫！父皇、父皇，您醒醒啊！」

「全都退開！」又一聲厲喝傳來，錦衣衛指揮使李景浩鬼魅般出現在朝堂之上，腋下還挾著個身著御醫服飾不住翻白眼的人，可不正是太醫院院判蘇別鶴？

「父皇怎麼了？什麼時候能醒來？」周杲雖是方才差點兒被周樾給推倒，卻根本沒心思和他計較，只緊張的瞧著蘇別鶴。

「皇上怕是中風了。」蘇別鶴猶豫了下，終是小聲道。太子身體頓時一踉蹌。蘇別鶴還想要再說什麼，待看清太子灰敗的臉色，又吞了口唾沫，把餘下的話嚥了回去。

沒有人比自己和小七更清楚皇上的身體狀況，本就是來日無多，需要好好將養，偏偏一則被毒物掏空了身子；二則正逢大周多事之秋，公務煩累，如此內外交困之下，身體本就糟到了極致，方才又受了極大的刺激，這次昏迷，再醒過來的機會怕是渺茫……

「中風了？」周樾眼神中暫態滑過一點喜色，又很快消失，下一刻掩面痛哭失聲。「父皇、父皇，都是兒臣不孝，沒有事先看破奸人陰謀，才令得父皇被那些大奸大惡之人氣成這般模樣……」

果然是天助我也。

若然父皇神智清明，華婉蓉還不見得能過關，誰知父皇突然暈厥，而且看蘇別鶴的神情，情況並不樂觀。只要父皇多昏迷幾天，自己就有足夠的把握取太子而代之。當然，若父皇就此直接仙去，自己不費吹灰之力就可讓太子和成家以及他的追隨者們萬劫不復。

周樾雖有此想法，卻絲毫沒有表露出來，反而痛哭流涕，捶胸頓足之餘更是真情流露，令得朝中大臣也不由跟著唏噓落淚，紛紛淚灑衣襟，至於太子周杲，則明顯被孤立了。

太子本是國之儲君，近年來參與朝政，也頻頻展現出儲君的風采，即便有二皇子與之爭鋒，卻始終穩居上風。甚而二皇子挾收服東泰的大功而歸，都沒有威脅到太子的儲君地位。

可那只是從前，所有人都明白，若然方才華氏的指控成立，太子再不可能登上那至尊之位。

「事情真相到底如何還未可知。」太子如何不明白周樾明顯是在造勢，這會兒沒心情跟他掰扯。「眼下最要緊的是趕緊把父皇送回宮中，宣……所有御醫給皇上診治。」

太子心裡最想找的自然還是小七，話即將出口卻又噤了回去。

「就怕父皇的寢宮，眼下也已變成了虎狼之地！」周樾一下打斷，瞧著太子的眼神又是諷刺又是痛恨。「太子怕是忘了父皇昏迷的原因，本皇子記得不錯的話，別說皇宮，便是皇城的安危也俱在成世子的掌控之中吧。」

一句話既出，所有人都瞧向成弈。

周杲臉色越發難看，周樾的意思再清楚不過，就是要逼著自己對成弈出手，甚而想要進一步派人取成弈而代之。

不待成弈開口辯解，周樾已轉向果親王周慬，垂淚道：「父皇病重，朝中又有奸人當道，如今禍害未除，時局不穩，大周江山怕是危在旦夕，果親王乃是皇室長者，自來德高望重，還請果親王暫時主持朝局，拿個章程出來才是。」

周慬也沒想到會有此變故，早已出了一頭的冷汗，這會兒也終於緩過神來，想了想道：「眼下最要緊的是皇上的龍體。蘇別鶴，你快想個法子怎麼穩妥的把皇上送回寢宮。另外，馬上著人宣所有太醫去皇上寢宮待命。」

看周樾哭得悽惶，又道：「樾兒你也去，至於太子，還得顧著些前朝的事，比方說成家和陳家……」

這話說得委婉，所有人卻都明白果親王也對太子起了疑心，表面說得冠冕堂皇，分明是根本不許太子靠近皇上的意思。

「至於你。」周慬冷臉看向成弈。「東泰入侵，事關國體，著即刻收押大理寺，另遣重兵看管成家並陳家，事情沒有查明之前，不許放走一人。」

「果親王英明。」周樾含淚道謝，若非大庭廣眾之下，真恨不得跳起來慶祝一番。

沒了成家，太子等於被砍去了左膀右臂，更因為和成家的關係而背上一個忤逆不孝、圖謀不軌的罪名。眼下這般，怕是想做什麼都心有餘力不足，再不可能掀起絲毫風浪。

待得進了皇上寢宮，一眾御醫早已靜候一旁，一個個輪流上前，待診了脈後，個個面面相覷，如同鋸嘴葫蘆一般。

周樾強忍著內心的喜悅，把人都趕了出去，說是讓他們好好商量，定要寫出一個萬全的脈案來，至於父皇身邊有自己小心伺候便可。

待所有人都離開，周樾先是在皇上枕頭下摸了一遍，神情有些失望，又站起身，細細搜索了房間各個角落。記得不錯的話，那號令整個京城的令符就放在父皇寢宮之中。看御醫們的模樣，父皇明顯凶多吉少，若然能拿到那令符，無論父皇能否醒過來，自己都勝券在握。

哪裡想到一番搜索卻一無所得。周樾又回到床前，想了片刻，終是爹著膽子伸出手，在皇上身上翻檢起來，冷不防腰帶忽然被人扣住，然後一陣頭暈目眩，再睜開眼時，已經跌落殿外。

周樾疼得大叫一聲，又驚又怒的瞧向寢宮中，一下手足冰涼。

門神一般守在父皇身前的，可不正是鎮撫司指揮使李景浩？難不成自己方才所為全落入了李景浩眼中？

周樾頓時有些心虛氣短，又怕李景浩看出什麼來，硬著頭皮怒道：「李景浩，本皇子不過查看父皇病情，你怎麼敢這般犯上！」

只是眼神撞上李景浩彷彿洞察一切的冰冷眼神，他頓時一滯，只得悻悻道：「念你一片忠心護主的分上，本皇子暫時不和你計較。」

說著，徑直拐進了旁邊正在商量醫案的御醫們的所在。

好在帶著御醫回轉時，李景浩倒沒有表現出什麼異常，卻也不離開，始終木頭一般杵在皇上床前，凡有內侍奉來湯藥，必先親嚐。

周樾提著的心稍稍放下了些，可有李景浩這樣的一個門神杵在那裡，終究再找不到機會靠近皇上。轉念一想，自己近水樓臺尚且無法拿到令符，那背負著忤逆父皇、把父皇氣中風罪名的太子就更不要想了。

待到周樾晚間出宮門，潘仁海早已在皇子府內候著了。

「皇上這會兒如何？那令符……」

「看御醫的樣子，父皇的情形怕是不好。」周樾強壓下心頭的喜意，雀躍的眉眼洩漏了心底最真實的情緒，但說到令符卻有些喪氣。「令符……不知被父皇藏到了哪裡。有李景浩守著，怕是沒有機會了。」

「無妨。」潘仁海似是早有預料，畢竟那樣事關重大的東西，皇上又本性多疑，藏得嚴實也在情理之中，退一萬步說，即便沒有號令京城的符契，二皇子也已穩立於不敗之地。

太子那裡既沒有兵符，更沒有了成家這個有力臂助。

「倒是那果親王——」潘仁海話題一轉，語氣間明顯有些惴惴。

說起今日的事來，潘仁海也不知是幸運還是不幸，須知果親王周慬並不在自己的計劃之中。本來想著讓華婉蓉以逃難者的身分驟然出現在京兆尹魏萊眼前就好，誰知道好巧不巧，竟然會撞上果親王？

當然，也只有周慬那樣的身分，才能壓制得了太子一脈，果斷收押了成弈。

哪裡想到周慬直接拍板把人交給了大理寺。

若是之前的大理寺卿還好，偏新換上的這位蔡明義從偏遠州府而來，剛剛蒞任月餘，二皇子之前倒也起過拉攏之意，略略接觸了下，對方興致缺缺，對二皇子的邀約推拒了事。

白日裡潘仁海著人去大理寺打探過，根本不得其門而入，即便去的人身分頗高，蔡明義根本不買帳，只說事關大周安危，到底問出了什麼、要如何定案，除非是果親王大駕親臨，不然皆不可外洩。來人無法，退而求其次詢問華婉蓉的情形，蔡明義早已不耐煩，直接就甩臉子端茶送客。

聽說蔡明義如此不識時務，周樾臉色不愉，半晌咬牙做了個殺頭的手勢。「不然就找人……」

俗話說遲則生變，這樣的良機自然不能耽擱，不拘是成弈或蔡明義，弄死一個，就可以打開缺口。

「不可。」潘仁海一下否決。派去的人能成事還好，但凡洩漏一點兒形跡，這麼多年的籌謀怕就要功虧一簣，眼看大事可成，自然還是穩妥些好。

周樾並不蠢，很快就想明白了這個道理，只還是有些不放心。「我只怕那華氏會扛不住。」

再怎麼說也只是個弱女子，萬一驚慌無措之下露出破綻就該糟了。

潘仁海搖了搖頭。「那華氏也是個狠的，此女絕非凡人。」

當女兒把人帶到自己面前時，潘仁海可是親見華氏一雙腳如何血肉模糊。

一個能對自己都如此狠心的女人，被她視為仇人的成家和陳家想不惹上麻煩都難。

「先暫時按兵不動，想法子把兵權握在手中，那麼多人上奏，明日朝上，果親王必會宣布成家、陳家通敵一案的處置方法，若有不妥，再動手也不為遲。」

潘仁海最後一句話說得狠戾，俗話說無毒不丈夫，眼下贏面極大，如果能不費一兵一卒就扳倒成家自然最好，不然……自己不介意來一場兵諫！

「也好。」周樾點頭答應。

因心中有事，周樾一夜都輾轉難眠，襯得人越發憔悴，倒沒有人起疑，反而更讚了幾句「純孝」。行至勤政殿前臺階下，正好碰見太子周杲，周杲神情萎靡，一雙眼睛也是通紅，明顯備受煎熬、一夜未眠。

周樾心裡大定，擦肩而過時冷笑一聲，連招呼都不打，就昂首進了大殿。

周杲也不理他，依舊站回自己的位置。很快，果親王就在一眾大臣的前呼後擁下進了大殿。

因皇上病重，龍座之上自然空無一人。果親王這兩日雖備受抬舉，依舊謹守臣子禮儀，只肯站在太子下首。

「王爺。」一看眾臣都到了，阮筠搶先上前一步，當先衝著周慬一拱手道：「如今東泰人入侵，大周朝局動盪，只所謂攘外必先安內，內賊不除，國不可安。逆賊成家及陳家到底該如何處置，還望王爺早早拿出個章程才好。」

話音一落，頓時一片附和聲，至於那些東宮僚屬則盡皆垂頭喪氣、沮喪之極。

果親王微一頷首，抬頭目視眾人。

「成家叛國，茲事體大，本王已同大理寺一干官員商議過，午時過後，所有三品以上官員齊聚大理寺，公審成、陳兩家通敵一案。」

公審？周樾心裡一喜，幸好沒有輕舉妄動，果親王的意思是要辦成鐵案嗎？這麼多人瞧著，太子也不可能再妄想弄鬼。

在有心人的刻意宣揚下，成家叛國、六首狀元陳毓為虎作倀放東泰人入關的消息很快傳遍了上京。

戰爭的陰雲頓時籠罩了整個皇城。

上自官場權貴，下至販夫走卒，盡皆陷入惶恐之中。

靖海關都破了，那不是意味著東泰人可以長驅直入了嗎？說不好要不了多久就會兵臨都城。

街頭巷尾議論紛紛，紛紛指責成家怎可如此喪心病狂。一時叱罵者有之，不信者有之，更多的人則是直接跑到成家及陳家府門外，看到的卻是府門外黑壓壓的士兵，一副嚴陣以待，不許任何人靠近的模樣。

有消息靈通的人透露，說是兩家家主已然鎖拿入大理寺，女眷也盡皆羈押入獄，這下連之前不信的人也傻眼了，難不成朝廷證據確鑿，成家確然叛國？

待到午時，又一個驚人的消息傳開。

朝廷委派果親王為主審，三品以上官員陪審，要在大理寺公開審判成家及陳家一干人等。

一眾皇子以及果親王並一干重臣，先後駕臨大理寺。饒是那蔡明義也算老成持重之人，可眼見得這麼多大人物齊聚，此時此刻也不禁有些惶恐。

待得午時，各人俱皆就座。蔡明義清清嗓子，扔了一個權杖給堂下差人。

「帶成弈等人上堂。」

很快，一陣沈重的腳步聲響起。眾人循聲望去，一時神情各異。

說是公審成、陳兩家，但成家男兒只餘成奕，成家老國公成銘揚人在邊關。至於陳家因僅有陳毓一子，此刻身在東峨，雖有詔令宣召陳清和入京，一時半刻也到不了。此刻只有成家世子成弈一人，緩步行至堂前。

眾人倒不是太關心，大家心裡都清楚，相較於成家這樣的大老虎，陳家真是連蚊子都算不上！如果成家都倒了，陳家還不是可以任意擺布？

自從成奕出現，遠遠的百姓就開始議論紛紛。

「那位就是成家世子嗎？」

「什麼世子，亂臣賊子還差不多！」

「成家從來忠心，應該不至於做出這般事來吧？」

「人心難測啊，誰知道呢。」

正說著呢，有眼尖的瞧見一個瘦弱女子坐在軟床上被衙差抬入大堂，人群中頓時就有些騷動。

「那就是嚴夫人嗎？」

「嚴夫人是誰？」

「就是那個智勇雙全、探悉成家陰謀後，晝夜不息趕來京城首告成家的嚴夫人啊。聽說她的夫君就是鎮守東峨州的嚴釗嚴將軍。嚴將軍已經被陳毓給殺了，也就嚴夫人自己跑出來，這一路晝夜疾行，攔在魏大人轎子前就剩了最後一口氣，到現在還不能走路呢。」

「啊呀，竟有這樣的奇女子嗎？當真是巾幗不讓鬚眉啊。難道真是背負天大的冤情，不然嚴夫人怎麼會如此拚命？」

「可不，都說知人知面不知心，這成家說不好真有問題。嚴將軍也好、他的這位夫人也罷，聽說家族都和成家關係好得緊！若非真做了喪盡天良的事，會連自己人也看不下去？」

「虧得朝廷對成家恁般恩寵！真該千刀萬剮！」

議論聲音越來越大，若非有兵士攔著，那些百姓差點兒就要衝進來。

果親王見狀蹙了下眉頭。「著人再徵調些兵士過來。」

百姓如此憤怒，怕是會做出什麼過激的事來。

「果然民心可用啊。」潘仁海卻是不住感慨，搖頭晃腦道：「有這樣愛國的百姓，那些東泰小兒又何足為懼。」

他特意叫住那名往外走的將官，殷殷叮囑，只管告訴百姓——「憑他是誰，膽敢背叛大周，朝廷都必會嚴懲！」

「嚴華氏。」蔡明義拍了一下驚堂木，目視華婉蓉。「妳狀告嚴家叛國，陷害夫婿嚴釗，可有什麼證據？」

華婉蓉在軟床上福了福身，軟聲道：「小女子行動不便，還請大人見諒。」

接著眼睛一紅，落下淚來。「事情要從一年多前說起……彼日陳毓當場答應會給東泰準備上萬件上好的兵器，奴家的夫君自然不肯，百般勸阻，陳毓卻一意孤行，又說一切自有成家和他陳毓擔當。夫君氣怒不過，回去還大病一場。本還僥倖想著，既然陳毓說會知會國公府，以國公爺的忠心和睿智，必不會做出這般資敵之事。一直到楊興將軍浴血而來，才知道東泰人賴以攻破靖海關的可不就是咱們大周兵部剛打造的上好兵器？可憐那麼多好兒郎，生死在咱們大周自己的兵器之下……」

說到最後泣不成聲。

「妳告我成家資敵，依據就是那上萬件兵器？」成弈瞧著華婉蓉，語氣不可置信。「妳親耳聽到楊興說，東泰人攻破靖海關，靠的就是我成家送出的那批兵器？」

推測出嚴釗許是投靠了二皇子後，成弈不是不擔心的，畢竟自己一直視嚴釗為自己人，這世上還有什麼比被自己人捅刀更狠的？

沒想到，華婉蓉死死咬住成家的依據是那些刻意送入東泰的兵器。

至此成弈已經完全確定，除了東泰人入侵這件事是真的，其他諸如城破、百姓生靈塗炭全都是假的，嘴角止不住的微微上翹。

他一時不免有些心潮起伏，自己那小舅子委實太妖孽了。聽華婉蓉的話，那些之後送過去的真正的神兵利器，嚴釗根本連毛都沒見到一根！又想到彼時陳毓可是千叮嚀萬囑咐，無論什麼好東西都要先送給他，現在想來，定然就是防著嚴釗了。

只是打了這麼多年交道，連自己都被嚴釗給騙過去了，陳毓又是如何發現嚴釗的真面目？還一下掐住嚴釗的死穴……難道，小舅子真能未卜先知?!

同樣激動得氣息都有些不穩的還有太子，華婉蓉一開口，太子就明白這一局自己贏定了。

旁邊的潘仁海會錯了意，以為太子是太過恐懼所致，不由越發怡然自得。

華婉蓉心裡也得意得緊，這世上還有什麼比說話半真半假更能取信於人的？至於說靖海關破，乃是嚴釗血書裡所寫，自然無可置疑。

看成弈一副不可置信的模樣，華婉蓉強自抑下內心的興奮，咬了一下嘴唇，神情痛苦又矛盾。「奴家知道對不起國公爺……想嚴家、華家自來蒙國公爺多番照拂，吩咐下來的事本應萬死不辭，只是國家國家，自來都是國在前、家在後，事關大周安危，夫君也好、奴家也罷，如何也不能再聽國公的命令行事。所謂忠義難兩全，成家雖犯下這般彌天大罪，終究於嚴、華兩家有恩，世子若然心懷不忿，奴家就把自己的這條性命也賠給您吧……」

華婉蓉珠淚紛紛，朝著成弈的方向連連磕頭請罪。這番表白，無疑令她的話更添了幾分真實性，一時讓很多蒙在鼓裡的人不由都肅然起敬。

刑部尚書朱開義也是主審官之一，本來一直沈默不言，這會兒終於開口。「成弈，對私自偷運大周兵器入東泰這項罪名，你可認？」

「認又怎麼樣？不認又怎麼樣？」成弈已經完全放下心來，神情自然輕鬆無比。

早就知道刑部尚書朱開義是二皇子的人，這也是為什麼兩人請果親王定要把案件留在大理寺而非報交刑部的原因。

「狂妄！」朱開義勃然大怒。「真是不到黃河心不死！」

說著從桌案上抄起一疊東西，朝著成弈就扔了過去。「既然你不願意說，本官就替你說——六月二十二日，你從兵庫司私自取走兵器兩千件……九月初十一千件……直到十一月十九日，又取走四千件，至此共取走兵器一萬八千零九十二件，鐵證如山，你還敢狡辯不成?!」

哪知道成弈哂然一笑，毫不在意道：「不就是這兩萬件兵器嗎，不錯，正是經我手送往東峨州，並由我那妹夫陳毓想法子運往東泰的。」

這麼大一件功勞，妹夫委實厥功至偉！本來想坑的也就東泰人罷了，哪裡知道二皇子這麼急不可耐的也要往裡跳。

「識時務的，就……」朱開義面現得色，把阮笙塞入兵庫司果然是明智之舉，眼下可以說是證據確鑿，不怕成弈抵賴，成弈再不招，就用大刑威逼。不怕他不承認，就怕他承認得太快來不及用刑！正想著用什麼刑好，哪想到成弈這麼爽快就認了？朱開義一時張口結舌。

「你、你承認了？」

「不錯。」成弈爽快的點頭。「大丈夫敢作敢當，這件事本就是我和太子殿下及陳毓商量後決定，有什麼不敢認的？」

朱開義不敢置信，把叛國案釘死在太子身上，本就是之前商量好的，之前設想過，要撬開成弈的口怕是得大動干戈，想不到一切如此輕而易舉！

這般想著，他茫然看向二皇子及潘仁海。

兩人也有些無措，尤其是潘仁海，不覺生出一種不好的預感，偏又不知到底哪裡出了差錯。

果親王則疑惑的瞧向太子。

「果親王恕罪。」太子微微一笑。「並非本宮刻意隱瞞，實在是此事乃朝廷機密，父皇也知曉的。」

說著，從心腹手中拿過一疊文書來呈上。

果親王接過，神情愕然至極，失聲道：「皇上的印鑑？」

旁邊的大臣也忙探頭去看，待看清楚上面的物事，頓時面面相覷。這一疊關於成弈私運武器的文書，上面的時間和朱開義方才所說一般無二，只上面蓋有皇上的私印，顯然並非朱開義所說的私運。

「一派胡言！」二皇子終於回過神來，上前一步，指著太子憤怒至極。「你日日守在父皇身邊，想要偷蓋父皇的印鑑還不是輕而易舉！父皇什麼樣人，焉能做出這般自毀長城之事？說不好父皇就是洞悉了你和成家的陰謀，才會氣得中風臥床不起！如此不忠不孝，本皇子恥於和你做兄弟！」

旁邊的華婉蓉也回過神來，哭著衝成弈道：「奴家知道世子不甘心，可覆巢之下焉有完卵？求世子看在一眾無辜百姓的分上，莫要再混淆是非才好。那些將士可也曾經是世子麾下之人，世子就忍心瞧著他們死不瞑目？」

華婉蓉心裡有些慌張，又想到只要咬死了東泰攻破靖海關這件事，保管叫成家百口莫辯。

下面百姓明顯傾向於相信二皇子和華婉蓉的話，畢竟東泰人入侵大周已是不爭的事實！再加上東部門戶失守，戰爭的陰雲籠罩在眾人頭上，令得人們恐懼之餘也急於找到一個發洩的地方，一時紛紛對成家叱罵不已。

二皇子提著的心終於放了下來，便是潘仁海等人也鬆了一口氣。正想著下一步該如何做，遠遠的街口處忽然響起一陣騷動，一個明顯有些疲憊卻響亮的聲音倏地傳來。「靖海關楊興求見各位大人！」

「楊興？」

眾人第一個感覺就是——這個名字怎麼有些熟悉？

啊呀呀，嚴夫人方才可不是再三提到楊興這個名字嗎？再加上「靖海關」三字，眾人頓時紛紛倒抽一口涼氣，邊關來人？

華婉蓉臉色一白。

邊關吃緊，身為將領，楊興不應該留在邊防前線戰鬥嗎？即便有人來報信，也應該是官府中人，怎麼楊興本人會突然來到？

潘仁海嘴角耷拉著，心情也不大好。轉念一想，楊興來了也不見得全是壞事。瞧成弈的模樣，分明對私運兵器資敵一事胸有成竹，怕是還有什麼自己不知道的底牌。可不管成弈說什麼，只要能證實靖海關破的消息，就可以拿來大作文章。畢竟險關被破、東泰人入關，怎麼也要找一個承擔罪責的。

思量已定，衝華婉蓉微微點了點頭，示意她只管咬死之前說的話。

又回頭給二皇子使了個眼色。即便沒有令符，成弈的左翼前鋒軍統領一職可不正由二皇子的人暫代？這京兆還是在自家掌控中。

外面的人群也反應過來發生了什麼事，當即呼啦啦向兩邊分開，一陣隆隆的馬蹄聲旋即響起，連帶的一個滿身風塵的漢子駕著一輛四匹大馬拉的馬車疾馳而來。

眾人眼珠子頓時跌了一地。

都說邊關戰事急如星火，這位楊將軍竟坐了輛馬車來，還真是有夠悠閒的啊。若非身上染血的甲冑以及滿面的風塵，還真以為這人是出來遊山玩水呢。

馬車穿過人群，徑直往大理寺正堂而去。

待得來到堂下，楊興一眼就看到一眾身著罪囚服飾的成家人，神情頓時一凜，不覺握了握雙拳。

果然和陳大人預料的一樣，二皇子他們真真畜生一般！

楊興強忍下心頭的怒氣，打開車門，拉了一個人下來。階下站的耆老距離馬車近，車門打開的一瞬間，只覺一陣涼氣撲面而來，剛要細看，楊興已甩上車門，扯著剛下來的人就往前走。

只是剛走了兩步，就被那文吏打扮的男子推開，男子忽然趴在地上劇烈的嘔吐起來。

「喂，你有完沒完啊？」楊興明顯有些不耐，壓低聲音衝那人吼道。

「我……」男子想要解釋，哪知一張嘴又吐了出來，好半晌才直起頭，神情蒼涼。「楊將軍，我、我也不想啊！」

男子一想到這幾日的糟心日子，真真生不如死啊！任憑是誰，和這麼一車子東西待在一起怕是都不會好了！以為誰都是那些軍營裡的糙漢子嗎，若非自己不會駕車，不然怎麼也要鬧著當車夫啊！

楊興橫了男子一眼，咬牙上前揪了人繼續大踏步向前，到了堂上也不理眾人，朝著成弈的方向躬身拜倒。

「靖海關守將楊興見過世子，末將來得晚了，讓世子您受苦了……」

堂上頓時鴉雀無聲，潘仁海的臉色更是一下變為鐵青。楊興此舉，比自己所能設想的最壞情況還要糟糕。

被楊興拉得跌跌撞撞的男子無比憋屈的抹了把臉。早知道這些當兵的都是性情中人，可放眼堂上，全是赫赫權貴，自己可不敢跟他一樣率性妄為。

當下拚命掙脫楊興的手，顫顫巍巍在中間跪下，衝著堂上眾人道：「東峨州知府衙門書辦肖明亮，見過各位大人。」

「肖明亮？」潘仁海最先接話。楊興的模樣分明對成家死心塌地，還是不要讓他有開口的機會好，當下順著肖明亮的話頭道：「是鄧斌派你來的？既從邊關來，那裡現在情形如何，咱們大周有幾座城池被毀，百姓可有安置？」

連珠炮似的發問，把憂心朝局的忠臣形象演繹得淋漓盡致。

其他人也紛紛看向肖明亮，至於成弈和楊興則明顯被忽略了。

還是第一次見到這麼多貴人，肖明亮有些無措，半晌才道：「邊關啊，那裡一切都好。百姓也好著呢……」

話沒說完，就被潘仁海打斷。「昏聵！什麼叫一切都好！東泰人攻破靖海關，兵臨城下，百姓怎麼會好！」語氣裡是絲毫不加壓制的慍怒。

肖明亮吃了一嚇，伏在地上不住磕頭，一句話都說不出來了。

這時旁邊響起一個洪亮的聲音。「這位大人身居京城，知道得倒是清楚。只是，誰說靖海關破了？」

楊興聽潘仁海如此說，早氣不打一處來。虧得他們兄弟在邊疆浴血奮戰，這些達官貴人不出一點兒力不說，還陷害功臣，連靖海關被攻破這樣的謠言都放出來了，如此空口白牙說瞎話，還要不要臉了。

「楊將軍，靖海關被破不是你之前親口所言嗎？」華婉蓉一口銀牙幾乎咬碎。夫君嚴釗血書中所言怎麼可能是假的？怪不得楊興會來京城，明顯是來跟自己打擂臺的，也不知那陳毓用了什麼手段，哄得楊興如此聽話！

「楊興！」潘仁海也臉色一沈，怒斥道：「你是大周的臣子還是他成家的私兵？東泰人擁兵犯邊，邊關正是用人之際，你不思保家衛國，卻私自跑回京城，本來念在你好歹也曾為國效勞，不予追究也就罷了，竟如此放肆，為了維護成家就胡言亂語，這般妄為，可對得起那些和東泰人血戰的將士，可對得起依舊在東泰鐵蹄下哭號的一眾百姓？」

其他人聽得越發糊塗，這幾人吵來吵去，到底靖海關守住了還是沒有啊？

果親王蹙了下眉頭，臉色已經沈了下來。怪不得皇上會氣得中風，原來朝政已然亂成了這般模樣嗎？

「啊，那個……大人，」肖明亮也終於完全回過神來，終於意識到自己回來是幹什麼的，抹了一把汗忙不迭道：「你們是不是弄錯了，靖海關真沒破啊！不但沒破，咱們軍隊還取得了大捷呢！咱們狀元爺厲害著呢，一眼瞧破了東泰人的詭計，還拉開了震天弓，唉呀呀，東泰人頓時被嚇破了膽……」

畢竟是文人，肖明亮描繪得那叫一個栩栩如生，說到激動處，甚而開始手舞足蹈。

潘仁海氣得頭上的青筋都迸出來了。靖海關大捷？還拉開了震天弓？拉弓人竟是陳毓?!還有比這更扯的嗎？

本以為這肖明亮好拿捏些，倒好，比那楊興還會胡說八道！

朱開義也好險被氣樂了，用力一拍驚堂木道：「閉嘴！」

力氣太大，那驚堂木一下蹦了起來，又「噠」的一聲落在地上，正凝神思索的果親王抬頭，不悅的看了朱開義一眼。

朱開義頓時有些訕訕。「王爺恕罪。實在是這廝也太會編了！六首狀元陳毓的威名誰人不知，只再怎麼厲害也改變不了他是文狀元的事實，這肖明亮竟說他拉開了震天弓，明擺著在說謊啊！」

「說謊？」楊興已是不耐煩再和這些貴人老爺糾纏下去，當下冷笑一聲。「虧得陳大人有先見之明，早想到你們定然會胡攪蠻纏不肯認罪！你們看，這是什麼？」

說著，返身回馬車旁，探手從裡面拽出兩個大麻袋來，伴隨著麻袋跌落的還有好幾塊碩大的冰。

楊興一手提了一個袋子，朝著二皇子、朱開義並潘仁海面前扔了過去。「你們自己看！」

麻袋「咚」的一聲墜下，發出一聲悶響，嚇得幾人身體猛往後一縮，顫聲道：「這裡面……這裡面是什麼東西？」

「你們自己瞧啊。」楊興一哂。「怎麼，連這個膽子都沒有？」

「好。老夫倒要看看，這裡面是什麼東西！」朱開義脹紅著臉道，說著一指阮筠。「阮大人，你去相驗一番。」

到底是什麼東西，能證明楊興的話！

阮筠雖也有些心驚膽顫，卻不敢不去。只得來至堂下，吩咐差役上前拆開麻袋，探頭往裡面瞧了一眼，只一眼，便嚇得面色煞白，「哎呀」一聲跌坐在地。

那幾個差人也看到了裡面的物事，雖沒有阮筠那麼誇張，也個個面無人色。

「真是膽小鬼！」楊興哼了一聲，上前倒提起麻袋，手一翻，裡面的物事完全傾倒出來。待看清到底是什麼，包括果親王和太子在內，全都站了起來。

竟然全都是人的耳朵！

這下不獨一眾離得近的百姓紛紛驚呼失聲，往後邊躲避，堂上諸位大臣也驚得眼睛都有些發直。

最慘的則是華婉蓉，那堆小山似的耳朵，可不就在她的軟床旁邊？楊興也不知是有意還是無意，抖動麻袋時好巧不巧掉了五、六隻耳朵，正好落在華婉蓉身上，饒是華婉蓉再心思詭譎，也被嚇得魂都飛了，偏又行動不便，無法移動，頓時嚇得大聲尖叫起來。

「到底怎麼回事？怎麼會、怎麼會這麼多耳朵？」潘仁海最先控制不住，直著嗓子道。

一陣笑聲忽然傳來，眾人齊齊回頭，可不正是成弈，瞧著地上堆在一起的人耳朵喜笑顏開、開心至極。連方才還滿臉惱色的果親王臉上也露出微笑，神情中更有些急切。

「楊將軍，這些全是東泰人的？」因為太過激動，果親王忍不住屏住呼吸。

自大周開國以來，和東泰人也打了有幾十仗了，雖說各有勝負，可每次即便取勝也是險勝，不然皇上也不會聽說東泰來朝便那般激動。

眼下瞧著堆在地上的耳朵怕不只有一、兩千隻，若然真是東泰人的，可真算是一次大捷了。

「不錯！」楊興驕傲的一挺胸脯。「九月十四日破曉時分，東泰人悍然叩關，先是派出捆著火藥的士兵妄圖炸毀我靖海關城門，被狀元公陳毓一眼識破，震天弓下，東泰賊子盡數倒飛入己方陣營之中……郭將軍身先士卒，酣戰將近兩個時辰，當場殲滅東泰賊人一萬三千零二十六人……」

說著神氣的一指地上的那些耳朵。「這些不過是其中的一部分罷了！」

楊興口中說著，對陳毓越發佩服得五體投地。

知悉嚴釗的奸計後，本來鄧知府的意思是立即派人飛馬京城，怎麼也要搶在華婉蓉前面趕到才好，卻被陳毓制止。當時陳大人說「人心險惡，不可不防」，又說「國難當頭，怎麼能再放任那些宵小任意妄為？」

然後就讓人快馬加鞭趕回靖海關，運了這些耳朵回來。

楊興原想立即回靖海關，也被陳毓攔住，只說「一事不煩二主」，還說「京城那裡怕是早已得聞楊興的名字」，令他只管前往京城就好。楊興還想著，京都這些大人物怎麼會知道自己的名字呢？誰知道那華婉蓉口口聲聲用自己的身分來誣陷成、陳兩家。

虧得楊興來了，不然，外人怕是真會信了這個女人。

只是陳大人也太神機妙算了吧，事情的發展和陳毓預料得一分不差。不過自己人都來了，那些貴族老爺們還有臉口口聲聲指責他說謊！楊興決定了，他們要是再敢嘰嘰歪歪胡言亂語，他就把這些耳朵塞到他們嘴裡去。

「殲滅東泰一萬三千多人？」果親王喃喃著，簡直不敢相信自己的耳朵。

這個數字可不比之前兩國發生戰爭時殲敵數量總和的一半還多？

「那我軍呢，我軍傷亡多少？」

果親王的語氣有些急切，一下站起身，手也不自覺的攥緊。只要我軍陣亡人數控制在萬人以內，那這一戰確然算是一場大捷了。天知道眼下正處於風雨飄搖中的大周，有多需要一場大捷，皇上昏迷不醒，要是再來一場敗仗，必然民心潰散，朝局混亂之下，真不好說會發生什麼可怕的事。

聽果親王問起這點，楊興更加驕傲，挺著胸脯道：「我軍傷一百七十六人，無一人陣亡。」

說著從懷裡掏出一份受傷將士名單，雙手呈給果親王。

果親王彷彿傻了一般，竟是一直僵立在位子上，瞧著楊興兩眼發直。

殺了那麼多東泰人，大周將士竟然僅僅付出一百餘將士受傷的代價？

楊興就是再遲鈍，也立即明白了果親王的想法，咧著嘴一笑道：「別說王爺聽了不信，我們當時清點完之後也不敢相信自己的眼睛呢。那震天弓果然是一把神弓，王爺您不知道，陳大人那麼幾枝雕翎箭射出去，東泰人直接嚇懵了，他們自己互相踩踏而死的怕不就有五、六千人……」

以致大周將士衝殺出去，簡直如同虎入羊群，殺得那叫一個酣暢淋漓。

「好！」一陣叫好聲忽然響起。

楊興聲音極為洪亮，不獨近處耆老聽得清楚，便是遠處簇擁在街口的惶恐百姓也全都聽了個正著，人群頓時激動之極。

「啊呀，聽到了沒？靖海關沒破！」

「可不，東泰小兒犯邊，結果卻自己燒死了自己！」

「被咱們殺了一萬多人呢！」

「還想殺到咱們京城，有陳大人和郭將軍在，保管叫他們吃不了兜著走！」

也有那沒聽清楚的覺得奇怪，那什麼郭將軍一聽就是守邊大將，陳大人又是什麼人？

不問不打緊，一問那些轉述的人就更來勁。

「兩年前的六首狀元陳毓還記得不？陳大人就是咱們這位狀元爺啊！這次靖海關大捷，就是狀元爺先拉開了震天弓，一箭射出去，哎呀，你不知串了一串多長的糖葫蘆……然後郭將軍大喝一聲，東泰小兒速速受死……」

聽的人只覺得目眩神迷、神情迷醉，恨不得親自跑到靖海關看一眼才好。

「那這個女人是怎麼回事？」又有人指著癱在堂下的華婉蓉道。

「是啊……」人們興奮的神情減退了些，這個女人之前可口口聲聲說陳毓勾結東泰人，更放了東泰人入關。

「這女人是個瘋子吧？」

「什麼瘋子啊，我瞧著她才是東泰人一夥的吧？不然怎麼紅口白牙，把這麼大一盆髒水潑到英國公府和陳家身上？」

「可不，若非楊將軍到得及時，說不好國公爺和陳大人的家族都得被治罪。」

「要是知道自己在邊關浴血奮戰，家族和岳家卻被按上叛國罪的罪名，陳大人該得多傷心啊！說不好就會影響戰局呢。」

「這女人好毒的心腸！也不知收了東泰賊人多少好處，要這麼禍害忠良。」

「打死這個賤人！」

「打死都是輕的，千刀萬剮還差不多！」

人們激動之下，越來越義憤填膺，虧得之前徵調過來足夠多的兵士，不然，怕華婉蓉真會被當場打死。

華婉蓉哪見過這等陣勢，兩眼一翻就昏了過去。

二皇子周樾的臉陰得能滴出水來。

難不成嚴釗背叛了自己？所以才故意設這麼一個圈套讓自己往裡跳？

潘仁海則是頻頻的給周樾使眼色，眼下最要緊的是無論如何先終止這場公審。

他眼珠轉了下，臉上已堆滿笑容，站起身，清了清嗓子道：「原來是一場虛驚。多虧了楊將軍這樣的勇武將士，不然，真是讓那東泰小兒破關而入，後果不堪設想。老夫代表大周百姓，向楊將軍和所有的邊疆戰士表示感謝，楊將軍，辛苦了。」

接著看向果親王。「果然是咱們魯莽了，原來是一場誤會，只楊將軍千里奔波，必定疲累不堪，還有國公府和伯爵府，必然也受盡驚嚇，不然，咱們今兒先回返……」

「是啊，潘太師言之有理。」二皇子也附和道。

在場沒有一個人附和，而是有志一同的齊齊看向太子。

在座的沒一個傻子，到了這般時候如何看不出來，成、陳兩家洗刷了叛國的罪名，又有陳毓這樣一個立下奇功的連襟在，太子的地位將再也無可動搖，所謂棋差一著，二皇子怕是要自求多福了。

二皇子臉色越發蒼白。

周杲早已來至堂下，親手解了成弈的束縛，又搬了張椅子令成弈坐了。待一切安頓好，周杲才轉向果親王並其他大臣。「忠臣義士自來人人敬仰，眼下成、陳兩家忠心為國，卻被人這般陷害，若然不能給這兩家一個交代，豈非寒盡天下賢良之心？難得有這麼多見證人，這場公審自然須得有個結果才是。」

果親王毫不猶豫的就答應了。「就依太子。」言詞間恭敬無比，待得太子重新歸座，果親王才跟著坐下，其他臣子更是時刻注意著太子臉色，一個個小心翼翼。

被無視了的潘仁海氣得臉都青了，和二皇子對視一眼，微微點了下頭。罷了，虧得他準備了第二條路，大不了拚個魚死網破。

「來人，取水來，把這女人潑醒。」蔡明義猛一拍驚堂木，哪想到一語甫畢，一陣濃煙忽然從遠處升起，眾人悚然回頭，不由個個大驚失色，那濃煙陣陣的所在，可不正是皇宮內院方向？

「父皇！」二皇子第一個站起身，厲聲道：「皇宮走水，五城兵馬司的人何在？」

話音一落，一陣蹋蹋踏踏的腳步聲傳來，遠處街口一個武將打扮的人正帶了數千名兵士匆匆而至。「五城兵馬司指揮使劉大勇前來效命。」

「好。」二皇子頓時心下大定，劉大勇既然及時趕來，說明其他地方的安排也全起了作用，這般想著，瞧向太子的臉色逐漸冷了下來。「太子乃是儲君，果親王和諸位大臣也全是國之股肱，皇宮救火的事交給本皇子就好。」

只要他到了皇宮，自然可以挾天子以令諸侯，至於太子等人，有他的親信看著，還怕他們再掀出什麼浪花嗎！

怎料一個蒼老的聲音忽然從後面響起。「交給你？好讓你親眼瞧瞧，朕是不是真的被燒死了嗎？」

明明聲音虛弱無比，周樾頭上卻彷彿響起一道炸雷。

周樾霍地轉回頭去，待看清來者是誰，好險沒暈過去。可不正是中風昏迷的父皇?!他的身邊還有鎮撫司指揮使李景浩和成安蓉相陪。

「父皇。」太子也看清了來人，驚喜至極，慌忙上前扶住皇上。

皇上神情感慨不已，安撫性的拍了拍紅了眼睛的太子的手背。

周樾身子晃了晃，下一刻已是目眥欲裂，只覺眼前這幅父慈子孝的畫面極為刺眼，半晌仰頭哈哈大笑。「父皇，您真的疼過我嗎？」

平日裡惺惺作態，一副最寵愛自己的模樣，可真疼自己的話，為什麼不願把自己最想要的儲君之位送給自己？若然他肯廢了太子，自己如何會走到今天這一步？

他指著皇上等人瘋狂的吼道：「該死，你們全都該死！劉大勇，現在，把這些人全都給我殺了！」

「二皇子，不可！」朱開義嚇了一跳，忙要阻止。

跟著二皇子想要謀個從龍之功是一回事，眾目睽睽之下殺父篡位又是另一回事，便是潘仁海也跟著踟躕了起來。

「不可？」周樾吃吃的笑了。「朱開義，不是你說本皇子注定要做大周聖君，怎麼這會兒又怕了？還有你、你……對了，還有我的老丈人、貴妃娘娘……」

「瘋了，真是瘋了。」潘仁海嚇得臉都白了，雙腿一軟，撲通一聲就跪倒在地，其他被點名的大臣也全在地上不停磕頭。

「怎麼，你們全都怕了？可惜，晚了！劉大勇——唉呀！」

他身後的劉大勇忽然目露凶光，抓住周樾的胳膊用力一擰，三下五除二就把人給綁了起來。

周樾吃痛，身體猛地一踉蹌，一下坐倒在地，待到抬起頭來時，正對上皇上冰冷的眼睛……

第四十二章　治世能臣

辛酉年注定了是大周歷史上最多跌宕起伏的一年。

九月十四，東泰擅起邊釁，靖海關大捷。

十月二十五，公審叛國案，周樾及潘家伏誅。

十一月二十七，景帝崩殂，周杲繼位。

十二月，世子成弈親披戰袍，又上戰場，和六首狀元陳毓聯合，大小十多場戰事，盡皆獲勝，成家赫赫聲威再次傳揚天下……

東泰朝廷徹底崩潰，朝中內閣為了表現自己真心懺悔，設計活捉了發動戰爭的攝政王吉正雄，作為此次戰爭的罪魁禍首移交給大周，前來求和的使者團絡繹不絕地趕往大周京都……

好消息一個接一個的傳來，令得京都百姓一直壓抑的心情終於舒展開來。

只和百姓的興奮不同，朝廷之上依舊是烏雲密布。

東部災荒，前幾日終於有大雨傾盆落下，也只是緩解了災情，眼下依舊有數十萬百姓流離失所；天災兵禍不斷，大周的國庫已是幾乎要空了。

「皇上，這些都是衙門裡的好手精心核算出來的結果，微臣又親自帶領精於計算的幹吏核查過，委實不能再少了……」

戶部尚書魏明堂哭喪著臉，邊說還邊下意識的揪著下巴上亂糟糟又參差不齊的鬍鬚。

魏明堂是進士出身，年輕時就是個美男子，即便這會兒年紀老邁，依然是個帥氣的老頭，尤其魏明堂一把鬍鬚，更是為他增色不少。擱在平時，魏明堂也是愛惜得緊，不獨沒事時總愛拿小梳子梳一下，還不時用各種上好的藥物保養，平時最是水光潤滑，這幾日卻生生被撚斷了不知多少根。

實在是作為管錢糧的戶部尚書，魏明堂還是頭一次過得這般憋屈。

偌大一個國家，帳面上滿打滿算竟還不到十萬兩銀子，至於糧食，呵呵，誰知道那是什麼東西？

別看戰爭結束了，可魏明堂心裡明白，不打仗了怕是會比打仗時還更需要錢糧。戰爭時人們最關心的就是怎麼收拾那些不長眼的敵人，即便受了些委屈，國難當頭之下，還是能分清孰輕孰重的。一旦戰爭結束，外部矛盾沒有了，內裡說不好就會開始鬧起來了，比方說那數十萬流民，若不能好好安排，說不好就得出大事。

大周眼下滿目瘡痍，可是絕禁不起第二次戰爭了。

可巧婦難為無米之炊呀，魏明堂這般好面子的人，為了讓皇上幫著多籌措些糧草，甚而連打滾撒潑、一哭二鬧三上吊這些市井招式都用出來了。

看到一個頭髮花白、鬍子邋遢，模樣還算周正的老帥哥就這麼淚眼曚曨、楚楚可憐的瞧著自己，皇上雞皮疙瘩都顧不得起了，站起身只管往宮內疾走。「朕內急，須得更衣。」

很快人影就消失不見了，都過去半個時辰了也不見回轉，魏明堂傻眼了。

皇上也太奸詐了吧，竟還尿遁了！

皇上正躲在後宮長吁短嘆，要是父皇還在就好了，自己還可托個懶，眼下卻只得一力支撐，被難為到了這般地步……

「皇上。」自先皇駕崩後就蒼老了不少的鄭善明忽然道：「說不好有一個人能想出法子來。」

「誰？」皇上正自走投無路，聽鄭善明如此說，立即有了些精神。「是不是父皇給你託夢了？」

「啊？」鄭善明驚了下，嘴巴半晌都合不攏，嚥了口唾沫道：「先皇臨終時說過這樣一句話，文有陳毓可安邦，武有成弈能定國……」

皇上一下坐直了身子，高興的朝著大腿狠狠的拍了一下。「果然是忙昏頭了，朕怎麼把父皇的遺言給忘了？」

陳毓可不只是文章做得好、打仗在行，記得不錯的話，他們家的生意也十分興隆，說是日進斗金也不為過，之前還聽人提起，陳毓家鄉的人都說他是善財童子下凡呢。也不求陳毓讓自己發什麼大財，能讓自己過了眼前這個難關就好。

「快、快，擬旨，八百里加急，讓陳毓火速返京！」

「皇上，老臣上吊的繩子都準備好了，這會兒還在懷裡揣著呢。」

「皇上，您再不出來，老臣這鬍子沒薅光，就打個結把自己勒死罷了！」

「就是，老臣也準備了好幾把匕首，想著再弄不來錢糧就抹脖子算了。」

都說會哭的孩子有奶吃，六部掌印官自然個個不落人後，團團把一處所在包圍了起來。

一片擾擾攘攘中，一個身姿挺拔、眉目俊朗的青年，在兩個內侍的引領下緩步而來，明明是威嚴肅穆的皇宮大內，青年愣是走出了閒庭信步的悠閒。

「前面這是？」青年站住腳。不怪他心裡疑惑，這兒是皇宮吧？怎麼倒像是市場？自己不是來覲見皇上的嗎，怎麼把自己領到了這裡？

畢竟，再如何富麗堂皇，也改變不了前面是個茅房的事實。

沒想到又有人來，被擠到人群外急得團團轉的鄭善明頓時就有些沒好氣。

「去去去，皇上這會兒不見外——」

話還沒說完，在看到男子容貌的第一時間就呆了那裡，下一刻幾乎是熱淚長流。「我的狀元爺哎，您老可回來了。」

鄭善明以著不可思議的快捷速度，一下衝了過來，唯恐人跑了似的，緊緊抓住陳毓的手腕，拐過頭來直著嗓子道：「皇上哎，陳大人、狀元爺，回來了……」

茅房的門應聲而開，皇上一下從裡面探出頭來，卻猛一踉蹌——躲得太久了，身體都要僵硬了。

六部長官盡皆一愣，心說這是誰到了，怎麼皇上一瞬間就這麼神清氣爽了？瞧那小眼神，好像兩個眼睛都發光呢，難不成，是天上救苦救難的菩薩來送銀子送糧食了？

這般想著，也跟著皇上一起探頭往遠處瞧去。

待那人越來越近，終於看清對方俊美逼人的容顏，眾人齊齊做了個「咦」的口形。

那般耀眼的容貌，真是想要忘記都不可能，可不正是當初才華震驚四座，如今更是名震大周的六首狀元陳毓？明明是文狀元出身，偏偏有著武狀元的身手，徒手拉開震天弓，令得東泰人聞風喪膽；之後又聯合成弈，打得東泰人無還手之力，六首狀元陳毓的名字早已傳揚天下，威名直逼成家世子。

之前還有人酸，說陳毓有什麼本事，不就是靠一張臉長得俊才能巴上國公府嗎？再看眼下，哪還有一個人好意思說這種話？眾口一詞紛紛稱讚成家慧眼識珠，一早就盯住了這麼好一個金龜婿。

至於那些之前曾對成家小姐嘲笑不休的京城閨秀，眼下哪個不是眼紅得不得了，單憑陳毓眼下立的大功，一過門怕是就得封個誥命夫人。而陳毓眼下才多大？簡直不能想像這人以後的青雲之路會走多遠！

正自五味雜陳，陳毓已行至近旁，先疾走幾步，翻身就要跪倒。「微臣見過皇上——」

只剛跪了一半，就被皇上一下扯住，幾乎是含著淚上上下下瞧著陳毓。

「小毓啊，你可回來了！」

那含情脈脈的樣子，令得陳毓雞皮疙瘩都要出來了。數年不見，怎麼皇上的風格變化這麼大？

皇上手一轉，指著魏明堂幾人，一副生無可戀的模樣。「你要再不回來，朕可真是被他們逼得跳水的心都有了。」

幾部尚書連說不敢，只語氣中並沒有多少誠懇之意。

陳毓又跟眾人依次見禮，各位老大人雖都是年紀一大把了，卻沒有一個拿喬的，對陳毓全都客氣得緊。

若是三年前，有人告訴自己六首狀元陳毓這麼快就能站到他們這群人中間，大家一定會呸他們一臉，就是白日作夢也沒有這樣的美事。眼下卻不得不承認，現在在皇上心裡，這個年輕人的分量並不比他們輕，沒有任何一個人敢認為他是幸運。

「好了。」還是皇上出言阻止了他們繼續客套。「看你們的樣子，也算互相熟識，那朕也就不兜圈子了，你們不是鎮日感慨巧婦難為無米之炊嗎，朕今兒個就送給你們一個能為你們掙來錢米的人。六部眼下人手都不齊，戶部、兵部、吏部還有三個侍郎出缺，你們考慮下，誰願意把陳毓這樣的好米給弄到自己鍋裡去？」

二皇子謀逆一事即便沒有擴大株連，可隨著潘仁海落馬，交代出越來越多令人髮指的罪行，還是有十多位重臣跟著栽了進去，拔了蘿蔔帶出泥，六部空了不少位置出來。

「啊？」六人齊齊一驚，侍郎，那可是三品的官啊，早知道陳毓會升官，可即便建有奇功，升得這麼快是不是也太玄乎了？畢竟也就軍中升職會有這種特例。眼下可是朝中六部，陳毓才多大點兒，六部的事情又知道多少，就能做到這麼高的位置了？

轉而又想到另外一點，皇上的話裡可是大有深意啊！須知陳毓可是皇上的心腹，真把這麼個主弄到自己手下，說好聽點兒是高官厚祿以酬功臣，說難聽點兒就是給自己找個皇上的眼線啊。這人沒本事了就得跟在後面給他擦屁股，真是有本事了，說不好什麼時候，就得把屁股下的位置讓給他做了。

還好米呢！真是弄自己鍋裡了，一準兒是紅彤彤的火炭，燒手著呢！

看六部尚書都傻了眼，皇上終於覺得暢快不少，教他們平日裡難為自己！皇上斜了眼看著幾人。「朕可是醜話說到前面，能弄來錢糧的人給你們找來了，要是你們自己不稀罕，以後可不准再來堵朕的門！」

不然，真的就要便秘了啊！

口中說著還特特看了魏明堂一眼。「尤其是老魏你！」

魏明堂心裡一梗，好險沒有老淚縱橫。以為他就想嗎！戶部和其他幾部不同，那可真是個需要大量錢糧的地方啊，其他幾家或許可以想其他法子籌措，唯有自己這戶部，皇上真是撒手不管的話，自己可真就得上吊抹脖子了。

半晌魏明堂嚥了一口老血，艱難的道：「陳大人，就來我這戶部吧。」

陳毓要是沒什麼本事，自己就把他供著，到時候拉著他一塊兒找皇上哭就成！

「好。吏部快些擬了票任上來，朕這就行印。」皇上一副唯恐魏明堂變卦的模樣，又看了看其他幾個明顯鬆了一口氣的堂官，悠悠然道：「可要記得，人是你們自己不要的，以後不許再來騷擾朕。」

說著，邁著方步無比愜意的離開。

蒼天啊、大地啊，今兒個終於可以好好的吃頓飯、好好的睡個覺了，再也不用擔心會被人堵茅房裡出不來了！

看皇上都走了，眾人再留下去也沒什麼意思，便也相偕往宮門外而去，途中不時憐憫的瞧一眼魏明堂。老魏以後的路怕是更難了，這老胳膊老腿的，也不知道受不受得住？

幾人一路無話，待得來到宮門外，正想告別，不知誰往旁邊瞧了一眼，忽然就睜大眼睛。

老天，這百十車糧食是怎麼回事？

只愣怔不過片刻間的事，下一刻六部尚書「嗖」一下就竄了出去，那般矯健的模樣，哪裡像五、六十的老頭子？分明比二十歲的年輕人還索利。

沒看見方才還是黑漫漫一群人的宮門外，這會兒就剩下目瞪口呆的陳毓一個了！

「老夫不要多，先拉走十車就好。」不愧掌管著兵部，尚書周禮嚴動作最快，一下子撲到第一輛糧車旁，解開一包糧食，探手就抓了一把，興奮得眼睛一下瞇了起來。

哎喲呵，皇上還真是深藏不露啊，往日裡只說山窮水盡，不料還藏著這麼好的糧食。隨便打開一包就是上品的粳米，瞧瞧頂個晶瑩剔透的模樣，都快要趕上往年的貢米了。

心裡噼哩啪啦的就開始換算起來，這麼好的糧食不拘是拿來換錢或者兌換成止飢的粗糧，都可以救一陣急，真能從皇上手裡摳過來十車，自己的日子也不致太過悽惶……

周禮嚴算盤打得叮噹響，其他尚書也不遑多讓，最賊的要數吏部尚書崔逑了，已經一迭連聲的喊手下過來幫忙推糧食。

就這麼點兒糧食，不定多少雙眼睛盯著呢，所謂先斬後奏，還是先弄到手裡再說，就不信皇上還能翻臉不成。

「喂、喂，」魏明堂卻不幹了，臉紅脖子粗的跟這個吵完跟那個吵。「分管錢糧的是我戶部的職責吧？你們即便想要，怎麼也得等戶部登記完畢再說吧？如何可以做出這般強盜行徑，直接就往自己衙門裡拉的？」

大家看到糧食光顧著興奮呢，哪有人願意跟魏明堂扯皮。等戶部重新分配？開什麼玩笑！誰不知道眼下僧多粥少，戶部真是拿走了，最後分到自己手裡的還能有多大點兒？

魏明堂氣得拽完周禮嚴，又去抱崔逑，只好漢難敵四手，如何能顧得過來？

正急得冒煙，忽然想到自己不是還有個副手嗎？剛剛新鮮出爐的戶部侍郎陳毓可是個文武雙全的主，還攔不住這幾個老東西嗎？

魏明堂這樣想著，忙氣喘吁吁的一把揪住崔逑的腰帶，又回頭衝著陳毓聲嘶力竭的嚷道：「陳毓啊，還愣著做什麼呢，快過來攔著點兒！」

沒看老傢伙累得都快背過氣去了，他倒好，還沒事人似的，無比清閒的站在那兒。

魏明堂這一嗓子，也讓周禮嚴幾個回了神。幾人被魏明堂拽得官帽也歪了、玉帶也鬆了，甚而崔逊的鞋子都被魏明堂踩掉了一只，看魏明堂竟然喊人，喊的還是連震天弓都能拉開的陳毓，頓時也個個急了眼。「喂，老魏啊，你這人忒不地道，皇上不是已經把那麼好的『米』都給你了嗎？你還這麼不要命的跟我們搶什麼啊？」

「就是、就是。」其他人也紛紛附和，團團把魏明堂圍在中間，陳毓是顆好米，可是皇上親口所說，既然戶部都有「好米」了，自然就失去了跟他們搶這些米的資格。

眼下這車上的糧食自己等人可是要定了。

只幾人想得雖美，守糧車的人可不讓。「各位大人，這可不行，沒有我家老爺同意啊，憑他是誰，都不能帶走一顆糧食籽兒。」

「合著這糧食不是皇上的，還是有主的？」周禮嚴眼珠滴溜溜打了個轉，跟守衛在糧車旁的僕人商量。「這樣，你把你們家老爺叫來，就說兵部尚書周大人有請。」

「還有吏部尚書崔大人……」

「禮部姚大人……」

這麼一溜兒的報下去，連帶著送出來的小黃門眼睛都快瞪脫窗了。

這是哪家糧商，這麼有本事又有心機，這一把糧食拉到宮門外，可不立馬就抱了好幾條金大腿？有了六部掌印官的面子，以後做起生意來想不順風順水都難。

那家僕往一處指了指。「這倒不用，我們老爺早就已經在了啊。」

早就在了？

既然不是皇上徵調來的，待會兒抓住主人，威脅也好、利誘也罷，怎麼著也得讓他把糧食全都留下。只是諸位尚書在看清那家僕指的人後，全都傻了眼。

可不正是方才那個大家紛紛往外踢的燙手山芋陳毓？

被這麼多雙眼睛瞧著，陳毓攤了攤手。「各位大人見諒，眼下時局艱危，各位大人的心思在下也能理解，只自來是戶部主管錢糧，這些糧食還是先由我們戶部帶回去妥善處置得好。」

說著又瞧向同樣目瞪口呆的魏明堂。「魏大人，您以為如何？」

「啊、啊，好！」魏明堂這才回神，頓時樂得合不攏嘴。「崔老頭，你的人還傻站在這裡幹什麼？快讓他們回去吧，省得擋著糧車的道。」

又止不住大力猛拍陳毓的肩膀。「哎呀，老夫果然小瞧你了，怪不得皇上說你是好米，現下瞧著，果然是好米，再好不過的米啊，哈哈哈……」

俗話說手中有糧心裡不慌，相較於大周眼下的困局，這一百多車糧食雖是杯水車薪，可好歹能救救急！

至於崔沭幾個，則好險沒哭出來。皇上誤我！只說陳毓是顆好米，沒說這顆好米後面還綴著這麼多車呢！但凡皇上提個醒，又如何能讓魏明堂專美於前？也不知道這會兒再拐回去跟皇上要人還來得及嗎？

倒是周禮嚴反應快，眼珠一轉，臉上頓時堆滿笑容。「啊呀，老夫怎麼忘了？陳大人可是從邊關來，難不成這些糧食全是咱們大周兒郎的戰利品？」

既是戰利品就和兵部有關，就不信他們好意思一車糧食不給，全拉去戶部。

其他幾人暗罵周禮嚴奸詐，卻也無可奈何。打仗怎麼說都是兵部出人出力的多，要求分一杯羹還真就名正言順。

「不錯，這些糧食確然全是從邊關運回，也都是來自東泰。」陳毓點了點頭。「只要說是戰利品……有些不貼切。」

「何解？」周禮嚴好不容易想了個理由，又如何允許陳毓就這麼糊弄過去，梗著脖子非要陳毓說個清楚不行。

「那我就長話短說。」陳毓倒也不準備瞞他，又瞧了眼其他幾位同樣等著自己解惑的大人一眼。「各位還記得之前華氏指控在下叛國資敵之事嗎？」

「啊？」幾人愣了下，明顯沒鬧懂陳毓怎麼忽然扯那麼遠。華氏不是已經伏誅嗎？又關華氏什麼事？

「這就是在下『叛國』的回報。」陳毓呵呵一笑。

那兩年裡坑蒙拐騙，用盡心機和手段，可沒少從東泰那裡倒騰糧食，令得兩國即便開戰這麼久，軍糧都沒出現匱乏，還惠及了災荒特別嚴重的部分百姓。
人群一片靜默。所謂成、陳兩家資敵叛國一案，隨著楊興的到來自然早已洗雪冤屈，至於說送給東泰的武器，朝廷也親自做了演示，全是些空有著花架子的廢品罷了。
朝廷可是早就防著東泰人會出什麼么蛾子呢，彼時眾人只覺得佩服得五體投地，一方面對皇上及太子還有成家膜拜不已，這是怎樣睿智的眼光啊！另一方面也對具體去做此事的人大為佩服，畢竟東泰人既不要臉又陰險奸詐，要送這樣的特製兵器給他們怎麼想都太難了。
當時也有人猜測此人應該就是陳毓，卻又很快被眾多懷疑的聲音給否決，畢竟年齡閱歷在那兒放著呢，陳毓如何會有那等翻手為雲、覆手為雨的手腕，把東泰人給耍得團團轉？
可現下陳毓卻直剌剌的說出來，這些糧食全是他「叛國」的回報，那豈不意味著陳毓確然就是大家背地裡傳的那個幕後操盤人？
而且這麼多糧食，合著東泰人不獨歡天喜地的把那堆廢銅爛鐵給抬了回去，還上趕著送了這麼好的糧食來？話說咱們的六首狀元才是東泰人的真愛吧？不然，如何肯這麼大手筆的成全他？
瞭解了前因後果，即便幾人臉皮再厚，也不好繼續糾纏，無奈何，只得眼睜睜的瞧著魏明堂與高采烈的指揮著人把糧食拉往戶部庫房去了，留下幾位老大人風中凌亂……
「這才多大點兒糧食？」眼睜睜的瞧著魏明堂還真就一顆糧食籽都沒給自己剩下，周禮嚴悻悻的道：「瞧著吧，過不了兩天就沒了，到時候看那顆好米怎麼辦？」

還善財童子呢，真以為銀錢是大風颳來的嗎？這麼多糧食作為敲門磚，固然可以最快的速度令陳毓的地位穩固下來，可若想真的站穩，僅靠這些糧食哪裡夠？須得再盡快拿出真金白銀來才成。

其他幾人氣不過，也紛紛附和，個個咬牙切齒，直說若非看在皇上面上，非得找人拿麻袋把陳毓蒙了揍一頓不可。

只前腳剛說過這話，後腳就暗搓搓派人去打聽陳毓和成家小姐的婚期了。

雖然眼下還看不出來什麼，可陳毓那小子好像真有兩把刷子啊。還是別想那些有的沒的，趁早想法子交好吧。

六首狀元陳毓被皇上特旨連召催回皇城的消息，很快傳遍整個京都，就在大家紛紛猜測以陳毓所建功勛，皇上會提拔他做什麼官時，驚人的消息傳來了，陳毓連升三級，一躍成了炙手可熱的戶部侍郎。

再加上前不久忠義伯陳清和被賜以侯爵，人們紛紛咋舌，更是無比清醒的意識到，以陳家眼下的發展勢頭，必會成為大周又一家新貴。

陳毓甫一進戶部就送過去百車糧食的事，也有很多人私底下猜測，說不好就是皇上為了給陳毓撐腰而特意演的雙簧。沒瞧見嗎，那位陳大人年齡雖小，可在戶部衙門卻正經是人上人，威風絲毫不亞於戶部尚書魏明堂。

對於這個說法，體會最深刻的要數譚芩了。

作為主管東部地區錢糧奏銷事務的譚芩，自大災和東泰、大周戰爭接連發生以後，就成了整個戶部除尚書大人外最忙碌的一個了。

這本就是譚芩的分內職責，加上譚芩老家就在東部的平州，他也想盡最大努力幫家鄉人謀些福利，比方說錢糧方面盡可能多傾斜些……

可巧，平洲府吏周雲峰這幾天被知府委派，蹲點兒京城要救濟的，接連到譚芩家中拜望。自從聽說戶部新近得了一大批糧食，還是陳毓押運回來的，譚芩就上了心，忙著人通知了周雲峰。

周雲峰這會兒也正等得心急火燎。

譚芩的性子他瞭解，人雖然迂腐了些，卻不是那喜歡吹牛的。可一大早到了這兒，都坐了將近兩個時辰的冷板凳了，還是沒見著譚芩的影子。

「周大人的事還沒成嗎？」和周雲峰離得挺近的一個胖乎乎的男子道。男子四十多歲的模樣，一雙小眼睛精明無比。

此人名叫金萬福，乃是南城府的首富，和周雲峰這個「要飯」的不同，金萬福是來討債的。

前些時日戶部強行租借了金家並其他南城府富人家總共數十艘大船從南方往北方緊急運糧，結果在接近北地時卻發生了一個大烏龍，北方大旱之後水位太淺了，這些大船全都擱淺了。

戶部的人沒法子，急忙找車把糧食卸下來，一來二去之下，對那些大船就疏於管理，等還回去時，一大半已是不管用了的。

別說戶部眼下根本就沒錢付租金，就是付了帳，人家也不樂意的啊。地處南方，到哪兒去離得了船啊？更何況生意往來走水路可比陸路簡便得多了，這些船又全是各家精心打造的，當初可是實打實用真金白銀換回來的。

倒好，借用一下就毀壞了這麼多！這些富戶頓時就不幹了，立即選出幾個精幹的人作為代表來和戶部交涉。

而金萬福就是這些人中領頭那一個。

金家也算名門望族，家族裡做官的人不少，祖上還曾出過尚書那般高官，便是眼下的戶部尚書魏明堂聽說也是金家的門生故舊，金萬福的底氣自然不是一般的足。

這會兒相較周雲峰的坐立不安，金萬福就顯得自在得多，一隻手裡捏著塊點心，另一手裡提溜著個小茶壺，裡面裝的是泡好的碧螺春，不時喝口茶吃口點心，小日子過得那叫一個滋潤。

別說周雲峰，就是其他戶部官員瞧著都眼饞得不得了。

皇上一再下詔節儉，群臣自然跟著響應，不獨肉食之類的要少吃，就是點心之類的零嘴也不大買了。

金萬福沒有這些顧忌，又帶了氣想要折騰一下戶部這些人，日日裡只管帶了最好的茶葉、最好的點心，看那些官員們羨慕妒忌恨的神情，心裡才覺得舒坦些。

這會兒看他發問，周雲峰也不好不理，當下勉強點了點頭含糊道：「不好說……誰知道呢？」

說著起身，就想往外走，差點和一個人撞個滿懷。

「抱歉。」周雲峰嚇了一跳，待看清來人模樣時，不覺蹙了下眉頭。

一個兩手各提了個紙包的年輕人，瞧穿著打扮家境應也不俗，可是提的那兩個碩大的紙包以及怎麼也掩不住的撲鼻香氣，像是哪家上門送飯的店小二。

「喲呵，老劉家的八寶鴨，還有鴨舌、鴨架、鴨腸……」金萬福吸了吸鼻子，一下就站了起來，上前就要去接，一邊嘴裡還咕噥著。「好傢伙，哪位大人這麼大的面子，能讓你們主動送貨上門？」

老劉家的八寶鴨乃是京城一大招牌菜，從來都是供不應求，哪會出現上門送貨這樣的好事？

那年輕人沒有把手裡的東西遞過去，而是有些疑惑的看了一眼金萬福。「我來見魏大人。」

「魏大人？戶部尚書魏大人嗎？」金萬福拖長了聲音道：「那就對了，你只管把東西交給我就好。」

來了京城這麼些日子，可每次來要帳都吃閉門羹，根本連魏明堂的影子都別想見著，金萬福發了狠，怎麼也要攪個事，鬧到魏尚書跟前才是。當然，以金萬福的精明不會真鬧出什麼大事來，索性就把主意打到那些戶部郎官身上，比方說他們家僕來送飯時，金萬福會接了，然後自己吃。

只是吃了幾次都沒什麼效果，沒想到今兒個這麼幸運，能截了魏尚書的午飯。

年輕人眨了眨眼睛，沒有因為金萬福的話就把手裡的紙包遞給他，反而抬腿準備走。

「不用，我拿給魏大人就好。」

「你——」金萬福沒想到這小子年紀不大，心眼兒還挺多，氣得一拍桌子道：「這戶部衙門也是你想闖就能闖的？把手裡的東西給我，你該去哪兒待著就去哪兒待著吧。」

金萬福聲音太大，附近其他當值的戶部官員聽到爭吵聲也趕了過來，聽說是魏明堂的東西，當下就有人腳底抹油去喊尚書大人了，也有人對金萬福早有意見，不悅道：「這是什麼地方？也敢這般大聲喧譁？」

金萬福越發膽氣十足，看這些戶部官員的模樣，明顯不認識這個年輕人，自己的判斷自然也就無誤了。至於魏明堂要來，可不是正合自己的意思？當下冷笑一聲，不陰不陽道：「戶部果然財大氣粗，都有錢吃這麼金貴的東西了，怎麼就欠著我們的血汗錢不肯歸還呢？」

老劉家的八寶鴨可不是普通的鴨子，全是精心餵養的上等貨色，中間的處理過程更是繁雜得緊，這麼一套鴨子、鴨脖、鴨舌等下來，可不得一、二兩銀子！

一番話說得戶部眾人面面相覷，卻又沒辦法反駁。

倒是那年輕人「噗哧」就樂了。「這位大叔你是不是弄錯什麼了？這些東西是送給魏大人的不假，可掏錢的卻是在下。」

一句話出口，那些戶部官員忙不迭後退，一副我們什麼都沒聽見的樣子。

即便幾兩銀子沒什麼，可這麼公然承認想要賄賂尚書大人是不是不大合適啊？

金萬福也有些鬱悶，瞧這年輕人長得挺好的，怎麼本性卻是個棒槌啊。自己是想激魏明堂出來，可並不想跟他結仇啊。

正想把話圓過去，就聽得一陣嘈雜的腳步聲，忙看過去，見魏明堂正匆匆而來。

金萬福登時一激靈。不會吧？他想了那麼多法子都沒能見到這老滑頭，這一搶他的吃食就把人給逼出來了？難道這魏大人也是同道中人，是個吃貨？

年輕人也瞧見了魏明堂，當下排開眾人上前幾步。「魏大人。」

魏明堂神情激動，一把拽住年輕人的胳膊。「哎呀，你可算來了！」

他一副急不可耐的模樣，這下不單金萬福，就是周雲峰並其他戶部官員也都傻了眼。不會吧，魏大人這是幾天沒吃飯了，餓成了這般模樣？

「讓大人掛念了。」年輕人很是溫煦有禮，正好瞄到站得最近的譚芩，當下就把手中的紙包遞過去。「麻煩這位大人讓大夥兒嚐嚐這味道怎麼樣？要是大家都覺得好，我就去再訂些，到時咱們戶部官員人手一套，就當在下的手信了，等咱們齊心協力度過難關，到時候再陪各位一醉方休。」

手信？還齊心協力共度難關？

看眾人都傻眼的樣子，魏明堂「噗哧」一聲就樂了。「還愣著幹什麼啊，沒聽到陳大人的話嗎？啊，對了，忘了給你們介紹一下了。」

說著一指陳毓。「這位就是咱們大周的六首狀元，也是咱們戶部新任侍郎陳大人。」又要笑不笑的瞧著金萬福。「你的事以後也直接找陳大人就好。」

六首狀元？新任侍郎陳大人？

眾人一下驚成了木雕泥塑，下一刻卻是歡聲雷動。早聽說新任侍郎陳大人家資豐厚，沒想到還是個這麼善解人意的。要知道大家這些日子嘴裡可都能淡出鳥來了，陳大人真是太貼心了，不但沒要大家的賀禮，反而當先送上手信，還是這麼實惠好吃的東西！

至於金萬福更是傻眼，直到魏明堂和陳毓的影子消失不見，還在不停咕噥著。「這怎麼可能？他不是賣八寶鴨的嗎？怎麼一會兒就成狀元爺了？」

「你還真是會收買人心！」聽到後面的歡呼聲，魏明堂瞪了眼陳毓，心裡卻是暗道可惜，話說自己也嘴饞了好嗎？

話音剛落，陳毓就變戲法似的又從衣袖裡拿出一個紙包。「大人，這裡還有包鴨舌呢。」

魏明堂毫不客氣的接過來。「算你有心。」

「那明日的假期……」除了來戶部衙門走一趟外，陳毓還有另外一件重要的事，那就是請假。

要說陳毓心裡也是苦得緊，本來第一天回京就想去看小七的，結果直接被皇上賣給了戶部，第二天更好，一大早就把自己宣進宮中。昨天好不容易辦完事後著人往成家遞了拜帖，成家人雖是客氣，卻沒有讓自己進去。說是國公爺就要回來了，成家正忙著打掃修飭，請姑爺後天再來。

魏明堂沒說准也沒說不准，半晌只嘆了口氣道：「咱們戶部之前多風光，再瞧瞧現在，那可真是缺人缺銀又缺糧啊，那些要債的，都要把戶部的門檻給踩平了……」

陳毓嘴角抽了抽，話鋒一轉。「大人還記得若干年前曾經轟動京城的那位神醫嗎？」看魏明堂有些懵懂，又進一步提醒道：「讓京城名門閨秀瘋搶的靈犀雪肌丸就是出自她手。」

「你說那位神醫啊！」魏明堂雙眼頓時開始發光，要說那位神醫當真算得上是有史以來最神秘的，只知道和蘇院判師出同門，可到現在為止，沒一個人知道他是誰。

不過靈犀雪肌丸京城權貴倒熟悉得緊，不但美容養顏還可延年益壽。聽說明郡王家還有數粒，外人出一粒五千兩的價格他都不肯轉讓。

「這裡有三十粒。」陳毓從懷裡摸出一個小瓶子，鄭重遞給魏明堂。「所售銀兩可以先打借條，什麼時候戶部充盈了，再還給那位神醫。」

「好，你的假我准了。」魏明堂非常爽快的應了。「一天夠不夠？」

陳毓去戶部上任的第一天就拿出了三十粒靈犀雪肌丸幫戶部解燃眉之急。

陳毓送了所有戶部同仁一人一副八寶鴨全套。

陳毓把戶部的帳務全扛了起來。

隨著一個個消息傳播，其他幾部官員紛紛跌足長嘆，至於各部尚書更是鬱悶之極。果然是平白放走了一個聚寶盆，更要命的是還在皇上那兒打了包票，既然不讓陳毓進自己衙門，也不許再去打擾皇上。面對著傳說中曾經水深火熱的戶部如今的滋潤生活，何止一個羡慕嫉妒恨了得。

轉念一想，不能纏皇上，可以去纏魏老頭啊，好歹戶部眼下有銀子也有糧食。

也有那思慮長遠的，總覺得陳毓眼下所為雖是有些成效，可也不是長遠之計，東泰的糧食也好、神醫的藥丸也罷，全是無源之水、無本之木，說沒就沒了，真想改變眼前的窘狀，還是要另謀他法才好，所謂源遠才能流長。

只是合眾人意見尚且不能拿出一個萬全之策，卻把這麼厚重的希望寄託到陳毓身上，真的可行嗎？

陳毓這會兒卻沒心思揣摩這些權貴們的心理，他現在極為緊張，手心不住冒汗。

當初定親時老岳父正身在邊疆，兩家成功定下婚約，完全是大舅子成弈子代父職。陳毓這個毛腳女婿到現在還沒有見過英國公的金面，再聯想到前天出師不利，登門拜訪卻被拒之門外，越發忐忑，岳父大人是不是對自己不喜啊？

正自徘徊，一陣馬踏鑾鈴的聲音在背後響起，陳毓回頭，是一個身材高大、雖年逾六旬依舊精神健旺的老者，老者身後還跟著威風凜凜的兩排護衛。

看到負手站在門前的年輕人，老者目光一凝，居高臨下審視著陳毓，加上他身後的兩排騎士，一種上位者的凜然殺氣頓時撲面而來。

陳毓心裡一突，忽然覺得有些不妙。管家前兒個說國公爺今兒個就會回返，不會那麼巧，正好讓自己給碰著吧？

老人給旁邊侍衛使了個眼色，那護衛當即心領神會，從馬上下來衝著陳毓大喝一聲。

「什麼人，竟敢擋了我們老爺的路？」

護衛口中說著，不管三七二十一探手就要去拽陳毓的衣襟。心中卻有些疑惑，主子平日裡最厭煩和書生打交道，更別提為難那些讀書人，怎麼今兒個連問都不問就讓自己出手揍人？看這年輕人生得一副小白臉的模樣，自己可別把人給打壞了才好。

這樣想著，手中勁道便卸去了幾分。讓他飛出去，跌個狗吃屎，狼狽些也就罷——了?!

那年輕人不但不躲，還身形一錯，抬手朝著自己就拍了過來。

「找死！」護衛簡直要氣樂了，瞧著長得挺俊的，怎麼是個沒腦子的啊？

一念未畢，兩掌已然撞在一起。

護衛臉上得意的笑容瞬間僵住，下一刻更是風乾成無數的碎片，人也隨即倒飛回來，好巧不巧又落回了馬背上！那馬受了驚嚇，頓時「赤律律」一陣嘶鳴，前蹄隨之高高揚起。

護衛勉強摟住馬脖子，只覺腦袋一片轟鳴，尤其是方才和年輕人對掌的那條胳膊更是根本沒了知覺。

現場立時一片沈寂，所有護衛均臉現戒備之色。這年輕人是什麼來歷，竟然一出手就震飛了鐵衛？

老者忽然哈哈大笑起來，撚著鬍鬚點頭。「好身手！奕兒倒是沒有看走眼。」

到了此時，陳毓也再無疑慮，恭恭敬敬上前一步拜倒。「陳毓見過岳父大人。」

「好，不錯。」成銘揚下了馬，臉上神情滿意至極，又上下打量片刻，咕噥了句。「就是太白了些……」

一句話說得陳毓哭笑不得，果然老丈人就是來挑刺的……

後面那兩排護衛也回過神來，紛紛跟著下馬，齊齊施禮口稱「姑爺」。

至於那護衛，瞧著老國公的眼神簡直幽怨無比。有這麼坑手下的主子嗎？眼前這人可不僅僅是姑爺，還是能拉開震天弓的奇人啊！

英國公府裡，成夫人和小七也正哭笑不得，她們的對面，正坐著一個外表瞧著仙風道骨卻一臉心虛的老道。

「師父，您都多大年紀了，怎麼還這麼……」總算想到對方「師父」的身分，小七又把到了嘴邊的「調皮」兩字嚥了回去。

作為皇后的娘家，成家自然第一時間就知道了陳毓回返京都的消息。

成夫人本就瞧這個女婿順眼，加上陳毓前些日子又幫成家洗刷了叛國的罪名，令得老夫人自然更加殷切。原想著陳毓安排妥當後理應第一時間就到府中拜訪，哪想到左等不來、右等不來，今兒個早上偶然聽下人議論，說是姑爺前幾天就來過一次，被管家打發走了。

母女倆當即就氣得不行，把管家嚇得夠嗆，趴在地上一把鼻涕一把淚的表示，他真的沒做過這樣的事。

還是虛元看管家嚇成那個樣子頗有些不好意思，終於承認之前不過是他的惡作劇。

這會兒瞧見徒弟埋怨自己，老道臉上就有些掛不住，木著臉道：「果然是女生外向，女大不中留……」說著憤憤然起身拂袖而去。

「哎，師父……」母女倆慌忙追出去，哪裡還有虛元的影子？

只剛追下臺階就齊齊怔住。

「老爺？」

「毓哥哥！」

驚呼出聲後還是成夫人先反應過來，嗔怪的瞪了成銘揚一眼。「老爺回來，好歹讓人先跟家裡說一聲……」

「虛元道長還沒到嗎？」成銘揚愣了一下，本來自己派有信使，是道長說交給他就好……

一句話出口，令得成夫人也哭笑不得。怪不得道長方才溜得那麼快，原來光顧著捉弄女婿了，連正事都給忘了。「走吧，老爺趕路這麼久，定然也累了，還有女婿也是。」

成夫人回轉頭去，輕輕的咳了一聲。

一雙眼正眨也不眨瞧著小七的陳毓終於回神，忙上前見禮。「岳母大人。」

小七一張臉早紅得滴血似的，轉身就往後院疾步而去。

「小七——」陳毓抬腳就想跟過去，成夫人一下更激烈的咳嗽起來，陳毓頓時訕訕然。

老國公慌得忙上前攙住她一條胳膊。「夫人怎麼了？可是染了風寒？」

百忙之中不耐煩的衝陳毓擺了擺手。

自己許久未歸，對老妻可也是想念得緊，女兒都走了，女婿還是識趣點兒，不要在這裡礙眼了。

陳毓頓時感激涕零，身形幾個起伏，輕而易舉就攔在小七面前。

小七只覺眼前一花，腳下意識的一頓，下一刻就看見了一張無數次午夜夢迴時，令自己淚濕枕巾的俊朗面容。

三年不見，陳毓的身形益發高大，邊城戰火的洗禮之下，整個人都多了股不怒自威的氣勢，如同藏於匣中的寶劍，雖極力收斂，依舊有著讓人移不開眼的璀璨光華。

偏那一雙冷凝的眸子，這會兒如同淬了火般燙人，即便這麼靜靜瞧著，小七都覺得渾身滾燙，連帶腳下也有些發軟。

「小七……」陳毓低喚一聲，唯恐把人嚇著了，更擔心自己聲音大了，會打破眼前如此美好的畫面。

花葉扶疏，姹紫嫣紅，天下諸般美景再比不得眼前清麗少女一笑一顰，渾身上下叫囂的思念，讓陳毓再不是兩軍陣前那個指揮若定、泰山崩於前而色不改的大周六首狀元，所有自持的鎮定都在這一刻土崩瓦解。陳毓長嘆一聲，大步上前，探手把小七緊緊抱在懷裡，用力之大，恨不得把人揉碎在自己懷抱中似的。

「小七，我回來了，咱們成親吧。」

「定了五月初六的喜期？」

陳秀正和李靜文說話呢，聽了這個消息不覺一怔。

距離成婚的日子滿打滿算也不過六個月了，一方是侯府、一方是國公府，需要安排的事多著呢，定了這麼近的日子會不會太趕了？

當然，這只是明面上的理由，陳秀更擔心，即便到了五月裡依舊餘波未平，國庫尚且空虛的情況下，兩家大操大辦會惹來物議。可若不隆重些，怎麼都覺得對不起弟弟和未來弟妹，就是成家怕也不答應啊！

李靜文搖了搖頭，兒子的心思自己這個當娘的最是清楚，若非考慮到國喪，怕是趕在節前就想把安兒那丫頭給娶進門呢。「妳弟弟說了，到時候定然不會委屈了安兒。」

知道陳毓從小就是個有大主意的，陳秀倒也不再多說，只是有些奇怪。「都快要成親的人了，怎麼毓哥兒反倒不在家了？」

自己來了幾次了，除了第一天陳毓特意留在家裡等候自己，這幾日便再見不著人影。

「誰知道他在忙些什麼。」李靜文也有些無奈。「每日裡只說忙……倒是裘家那小子還跑來請過幾次安。」

李靜文口裡的裘家小子不是別人，正是眼下大名鼎鼎的裘家家主裘文雋。

「裘文雋也來了？」陳秀不由大為奇怪，裘文雋正經是大周排名第一的大皇商，生意遍天下，什麼時候跑來京城了，還有閒心不止一次到家裡來？

「好像是要買什麼，路？」李靜文想了想，有些困惑道。

路有什麼好買的，怎麼兒子像是往外兜售什麼價值連城的寶貝似的？

有這個疑惑的不只李靜文，眼下戶部大堂裡，大周有名的商人正齊聚一堂，核心問題只有一個——六首狀元陳毓說，他想要賣路。

第四十三章　康莊大道

「陳大人果然是年輕，敢想敢幹啊！」說話的是金萬福，矜持的笑容下擺明是嘲笑。什麼敢想敢幹，分明是癡心妄想。

朝廷果然窮得狠了，學起了山賊的那一套？難不成再喊一聲「此路是我開，此樹是我栽，要從此路過，留下買路財」嗎？泱泱大國，卻做出這等剪徑的賊人行徑，傳出去可真真貽笑大方了！

不過管他呢，自己之所以會出現在這裡，可不是為了買路而來。畢竟，南城可是南方水域中心，水路四通八達，家族或出門或生意往來，何須往陸路上靠？和水路比起來，那些官道不下雨的時候風沙多，下了雨就一片泥濘，可真是一點兒優勢不占！

之所以會來捧場，所為目的不過一個，那就是跟著這位陳侍郎要帳，順帶再乘機瞧些樂子，比方說，看是不是真有那樣的蠢蛋出來買路的。等回到南城，也好當成稀罕事說給旁人聽。

抱著這種看熱鬧心態來的人可不止一個。

「敢想敢幹是好事，可也得分幹什麼。」相較於金萬福，這人說話就不大客氣。此人名叫蘇源。「我府裡事還多著呢，希望陳大人別把我們留太久才是啊。」

蘇源本身是皇商，背後又有明郡王做靠山，連帶的宗族裡人也爭氣，在朝中為官的並不少，說話自然就硬氣得多。「朝廷真是缺銀子的話，咱們各家真拿出萬八千兩也不是什麼難事……哎呀，真是該打嘴，在下怎麼忘了，裘爺和陳大人乃是老鄉，這鄉里鄉親的，自然是要來捧場的。」

話鋒突然轉向一直靜默不言的裘家家主裘文雋，這話分明就想將裘文雋一軍。

要說這麼多年來，蘇源最看不順眼的人非裘文雋莫屬。

相較於後起之秀的裘家，蘇家可是老牌皇商，壓根兒就沒把裘家看在眼裡過，如何能想到，當初那個遠遠見到自己就得見禮的年輕人，短短幾年之內竟然就能取得和蘇家分庭抗禮的地位？到了現在，更是隱隱有超越蘇家的勢頭。

可即便再不舒服，蘇源也不得不承認，別看裘文雋年紀小，眼光之毒辣、判斷之精準，當真讓人望塵莫及，每每買人所不願買，偏是連老天都幫他，到得最後，凡是他相準的東西一準兒熱銷。

眼下將了裘家一軍之外何嘗不是一種試探？

其他人果然也都看了過來，眼中有著掩不住的好奇和探究，畢竟早聽人說裘家和陳家關係頗好。

裘文雋微微一笑。「和諸位相比，文雋委實是後生小子，就不貽笑大方了。只朝廷多能人幹吏，有什麼深謀遠慮也未可知。」

這些話可是裘文雋的心裡話。

要說裘文雋這輩子最佩服的人是誰，那可真是非陳毓莫屬。

自從坐上裘家家主的位置，裘文雋的確從未失手，凡是他判斷後經營的生意無不盈利甚豐，但要說最賺錢的買賣，還是陳毓指點的幾次，以致裘文雋私心裡對陳毓有些盲目的崇拜，更是不住慶幸，自己那麼早就跟這個兄弟訂立同盟，不然，這商場哪有自己立足之地？

裘文雋說得實心實意，外人聽在耳裡，只覺得此子瞧著年輕，卻是老奸巨猾，只管打著哈哈，對裘文雋的話根本不信。

蘇源更是直接出言擠兌。「喲呵，聽裘爺的意思，還真想買路了？」

裘文雋還未答話，外面響起一陣腳步聲，魏明堂在前、陳毓在後，正在一大群戶部官員的簇擁下大踏步而入。

和數日前愁眉不展的模樣相比，魏明堂眼下精神多了，瞧著陳毓的神情更是滿意無比。

自己果然撿著寶了，再不用和從前一般，每日苦哈哈蹲在茅廁旁等皇上賞點吃用——啊呸，怎麼這話有點古怪？

只魏明堂心裡得意之餘又有些發苦，算是體會到當初皇上的糾結了，實在是那個被眾人圍在茅廁裡的人變成了自己，虧得抱了陳毓這隻會下蛋的金雞！

感覺到魏尚書火辣辣又含情脈脈的眼神，陳毓淡定的揉掉了身上的雞皮疙瘩。沒辦法，每日裡被尚書大人和同僚們這樣熱情的圍觀，早從原先的恨不得躲起來到現在可以直接無視了。

眾人依照次序坐好，魏明堂和下面的大商人寒暄幾句，直接就點了陳毓的名。

「到底要如何做，讓陳大人給諸位介紹一番。」

陳毓也沒有推辭，環視堂下眾人。「各位盡皆成功之人，於商道一途自然比本官所思更多。想我大周地大物博，南城的珍珠米、荔枝香；東胥城的水晶果、人心果；華安城的石榴、鮮味羊；豐雲一帶的元蘑、榛蘑、猴頭蘑，無一不是天下美味，世人追捧。可惜很多時候，除了身臨其地，能吃到的人當真是少之又少。

「此者何也？道路遙遠，艱困難行，所謂四通則八達，於商家而言，一條能供馳騁、不懼風雨的道路不用本官說，各位也能明白意味著什麼。」

意味著什麼？眾人眼睛都是一亮。再沒有人比這些商人更能體會道路對於他們而言的意義，同樣的商品早一日運到，利益便會增加好幾倍。

「請大家移步。」陳毓當先站起身，眾人雖有些懵懂，也跟著紛紛起身。

跟著陳毓往後一轉，只見戶部大院內多了一條黑乎乎卻平坦的路，只是這路不知為何，有些刺鼻的味道。

一眾大商人哪個不是家資萬貫？嗅到這樣的味道自然紛紛掩鼻，魏明堂等人的神情有些尷尬，倒是陳毓不以為意。

本來陳毓的意思是想把京城的主要街道都弄成這樣的，只朝廷眼下用錢太急，不得已，就在戶部這一畝三分地上修了條簡便的路。也虧得魏明堂早放過話，只要陳毓能弄來銀兩，就任憑他折騰，不然，好好的一條花間路改成這樣不倫不類的樣子，還真讓這些平日裡自詡清高的讀書人不能忍。

「朝廷眼下要修的，就是這樣的路。」陳毓彷彿沒有瞧見眾人古怪的眼神，對旁邊早已經等候的十多個小廝使了個眼色。

那些小廝當即各自提起身邊的水桶，把裡面的水全都倒在路面上，這麼多桶水倒上去，路面沒有絲毫變化。

待得半炷香的工夫，又一輛空車過來，上面放著幾個繡墩。

「哪位願意上來？」陳毓環視眾人。

裘文雋當先撩起衣袍登上車去，金萬福笑嘻嘻的跟著上去，然後又有幾個人上了車。待車上坐滿了人，車夫一揮鞭子，馬兒輕快的跑了起來，不過片刻間就到了路的盡頭，再看那條路，依舊是平坦如砥。

不懼水？有些門道啊……

一眾大商人互相瞧了瞧，部分人已是有些意動。

「還請陳大人具體介紹一下朝廷打算把這路怎麼個賣法，也好讓我等有個準備。」

陳毓一頷首。「朝廷準備明年一年之內先修建兩條，以京城為樞紐，途徑南平、徐泰……這只是開始，以後還會再修數條這樣的大道。」

隨著陳毓的述說，早有小廝展開一幅圖紙，兩條大道正好橫貫大周，所經更全是富庶繁華之地，尤其是一些世人嚮往的富裕地方，全在大道所經之處，看了當真讓人眼熱。

「只是這樣的路若然修成，須得大量的人力物力，想要用的話，除非官府公事，不然任何人經過都必須繳納一定的費用。」

「那要是走官道，不走這路呢？」有人質疑。

陳毓倒也不以為忤。「除了這樣的路繳納費用，其他官道依舊不收取分文費用。」

「具體怎麼個賣法呢？」蘇源心裡開始盤算，真是便宜了就買一段，就是不知這路能用多久？

陳毓點點頭。「大家稍安勿躁。今日朝廷除了賣路之外，還有一事。眾所周知，朝廷眼下時局艱難，財力有所不足，所以皇上和魏大人商量之後，決定一事——」

說著視線一一在眾人身上掃過。「若然願意出資和朝廷一起修建道路的家族，可享取一定的特權，例如可以免費使用朝廷現在並將來修建的所有道路，更可以按照一定比例，分享朝廷收取的費用……」

「願意修路的話，得出多少銀兩？不願出資修路又如何？」又有人問。

「願意出資的話，最少一份是二十萬兩。」陳毓微微一笑。「若然想要使用朝廷將來修建的所有道路，眼下的費用是十萬兩；若然只想使用其中一條道路，則每條二萬兩……其他還有分年分月的……大家可以去對面牆上一觀。」

天，二十萬兩買路？還只是一條？

即便大家都是頗有身家，聽到這個數字還是紛紛咋舌，頓時議論紛紛。

「這麼多銀兩，朝廷還真是獅子大開口啊！」

「張老你準備出多少？」

「還是等路修好了再說吧。」

「就是。怎麼想怎麼像是空手套白狼。」

「裘爺以為如何？」

越來越多的人瞧向裘文雋，裘家的影響可不只是江南一地，更是擴及整個大周商家，甚而很多人以為，凡是裘家投資的生意，大家只管跟從，定然能有所斬獲。

「裘爺方才還說朝廷深謀遠慮呢，現在瞧著果然有先見之明。對了，不知裘爺準備出資幾何？」裘文雋尚未搭話，蘇源已然哂笑道。

「讓蘇爺見笑了。」裘文雋沒有絲毫惱意，伸出一個指頭。「裘家出資一百萬兩。」

一百萬兩？蘇源僵了僵，不敢置信。「多少？」

現場早已是一片寂靜，當真掉根針都能聽見。

「一百萬兩。」裘文雋面帶微笑，微微提高了些聲音道。

一時間不獨蘇源，便是戶部眾人也倒抽了一口涼氣。老天，還以為自己耳朵壞掉了呢，真是一百萬兩？

魏明堂一張老臉早笑成了菊花一般，其他戶部官員更是興奮得直搓手。有了錢的戶部那才叫戶部，沒有錢的話，根本就是叫化子一般啊！想想前段時間水深火熱、到哪裡都要夾著尾巴過的日子，簡直是不堪回首啊！

若不是習慣了內斂，眾人簡直想要湧上去，給這位裘爺一個火熱的擁抱。

「一、一百……一百萬兩？」蘇源簡直都有些口吃了，早知道裘文雋會出手，卻料不到竟然這樣豪闊！「裘爺，真不是開玩笑？這樣不靠譜的……」

一句話未完，又覺得不妥，下意識的抬頭，魏明堂為首的戶部官員神情果然有些發冷，蘇源下面的話立馬嚥了回去。

裘文雋倒也沒有在意，早有戶部小吏上前，手中是一張蓋有玉璽和尚書印鑑的書據，裘文雋提筆在數額上鄭重寫下「紋銀一百萬兩」的字樣，又簽了名，用了私印，最後摁上手印。

及至看到那明晃晃的玉璽印信，眾人終於沒有裘文雋和陳毓商量好了演一齣雙簧糊弄大家的疑慮，畢竟有皇上在上面壓著，裘家要真敢不遵守書約，怕不得把裘家都給抄了。

一時眾人面面相覷，若是為了巴結一個人，就付出一百萬兩銀子的代價，裘文雋也太蠢了吧？畢竟，裘家再是豪富，要拿出這麼一筆巨銀也必然傷及根本，對於商人而言，利益才是至關重要的。所謂無利不起早，裘文雋這樣的商界巨擘，又素有能名，肯投入這麼大的血本，怕還真是有利可圖。

蘇家能發展到眼下這個地步，自然也不是蠢的，再加上蘇源來之前便得了明郡王的囑咐，說是眼下時局艱難，今上又是新登基，需要花錢的名目頗多，朝廷既然邀請了一眾商家去，那就得給朝廷顏面，或多或少得出些銀兩。

起碼朝廷不是強要，還有個賣路的名頭在。相較於商場新貴裘家而言，蘇家無疑名聲更顯，眼下裘家率先拿出一百萬兩，蘇家怎麼也得有所表示才是。

蘇源這般想著，也要了一張書據，選了紋銀二萬兩的數字填上去。

在場眾人也都不是傻子，心中也存了蘇源一樣的念頭，紛紛要了書據填寫數字。唯有金萬福，許是這些時間在戶部受了氣，更仗著家族地處水鄉、頗有勢力，認為用不著這些陸路，暗嘆晦氣之餘，核算了一番朝廷欠自家的銀兩，對照著看了一下，堪堪也能租半年，便提筆填上了一個數字，然後掏出當初戶部著人簽下的借據貼了上去。

大約兩個時辰後，一眾大商人終於魚貫而出，待得眾人散盡，魏明堂急不可待的讓人把所有票據全堆到自己面前，一個人清點起來，等到核算完畢，呆呆的坐在位子上，半天沒有說一句話。

「大人，如何？」其他人心裡不免有些惴惴，看魏明堂臉上神情凝重，心裡不禁嘀咕，難不成除了裘文雋那一百萬兩外，其他人只當添花隨意填了？

「諸位。」魏明堂終於開口，想要笑，卻又和哭一般。「白銀六百一十二萬兩……」說著猛地往後一仰，不住的揉著胸口。

不怪魏明堂成了這般模樣，實在是據東峨州傳來的消息，東泰人已遞交了降書，其中有一條就是願意賠付白銀六百萬兩，相較於無數人流血犧牲換來的六百萬兩，自己這六百萬兩無疑來得太容易了，簡直和白撿的差不多啊！

「六百多萬兩？」戶部官員聽到這麼大的數字頓時懵了，激動之下，也不顧形象了，一個個傻站在那裡掰起指頭來。「一，二，三……老天爺，六百多萬兩啊！」

眾人紛紛瞧向陳毓，個個神情狂熱無比。怪不得皇上說陳大人是好米，不對，何止是好米啊，分明是會下金蛋的老母雞！

越想越覺得悲傷，和六首狀元相比，自己的年紀都活到狗身上了嗎？論文采比不上六首狀元也就罷了，連幹了多年的老差事也被他比到地底下去了。更不可思議的是，這樣的鋪路法子，陳大人是怎麼知道的呢。

陳毓也有些吃驚，信手拿起那疊字據一一查看，發現除了裘家的一百萬兩以外，還有七家各出了六、七十萬兩的，待看了下這幾家的家主名字，心下了然，可不是從前年起就經常參照裘家調整經商路線的幾家，想來定是這幾年嚐到了些甜頭，才事事緊跟在裘家的後面。不過這些人倒也明智，很快他們就會發現，自己的決策何等正確。

戶部外面這會兒也是熙熙攘攘。

當初戶部發放的請柬，除了來的這些人外，也有極少部分仗著家世特別顯貴的，索性找了個藉口推託了，只是本人雖沒來，依舊派了府裡管事守候在外面。除此之外，朝廷賣路的事也委實太過新鮮，頗有些好事者匯集此處。

也因此，裘文雋等人甫一出現，就被很多人圍了起來，打招呼的、攀交情的、刺探軍情的，不一而足。

相較於裘文雋這等外省大商人，蘇源這個地地道道的老京城人無疑人面更廣，他的周圍也最熱鬧。

「唉呀蘇兄，你們可出來了。朝廷賣路這樣的稀罕事你可得跟我們說道說道，聽說是戶部新任侍郎陳大人的主意？那位狀元公還真是個能人。話說，真有那……嗯，花錢買路的？」

一個「嗯」字韻味悠長，再配上臉上明晃晃的鄙薄之意，明顯就是覺得買路的人太愚蠢，跑來看笑話的。

「不買又能如何？」蘇源的神情無奈，淡淡的瞥了正往馬車而去的裘文雋一眼。「有人為了抱大腿，一下就砸了一百萬兩下去，為朝廷分憂，咱們也只能盡力而為了。」

「一百萬兩？」聽的人好半天回不過神來，瞧著裘文雋的背影不住抽氣，話說裘家家主腦袋該不會被驢踢了吧，不然怎麼可能做這樣的蠢事？

隨著戶部一日之內斂財六百餘萬兩白銀這一石破天驚消息傳開的，還有新鮮出爐的十大蠢人排行榜，其中高居榜首的當然非裘文雋莫屬，緊隨其後並列第二的自然就是那七位緊跟著裘文雋行事的商家。

而會下金蛋的新任戶部侍郎陳毓也成了外人津津樂道的對象，所有人都想不明白，到底是怎樣的舌粲蓮花，才能讓那麼一群趨名逐利的大商人爭相掏出那麼多銀兩來。有人佩服得不得了，認為陳侍郎當真是大周第一大騙子，玩得好一手空手套白狼的技藝；也有人完全是看笑話的心態，畢竟那些大商人哪個不是根基深厚，他們的銀子怕也不是好花的，要是那什麼黑油路造不出來，那些大商人必然翻臉。

外界的這些紛紛擾擾，陳毓完全沒有放在心上，便是戶部尚書魏明堂這些日子也識趣得緊，除非必要，很少來打擾。

因為十日之後，就是陳大狀元的大婚之日了。

不獨陳毓，便是陳清和李靜文也都忙得一塌糊塗。兩人也沒想到，兒子娶親會有那麼大的陣仗。

本來成親這樣的大事，男方家應該是主場，也應該是最熱鬧的。

只陳清和雖為侯爵、官至二品，卻也明白自己常年在外為官，京城又是權貴雲集之地，很難說能有多少臉面。相較於成家那樣的頂尖世家大族，勢必會淪為陪襯。

沒有想到和成家客似雲來相比，陳家的熱鬧不遑多讓，同樣是車水馬龍、賀客盈門，九成的人都是選擇同樣分量的禮物兩家一起跑，見到陳清和時也客氣得緊，只話裡話外都是一個意思，那就是「侯爺教子有方」、「侯爺後繼有人」……

雖然恭維大都是衝著兒子陳毓去的，陳清和依舊聽得心花怒放。

可不是嗎？兒子就是厲害嘛！沒看連皇上都不止一次當著文武群臣的面盛讚兒子是大周的千里駒嗎?!

為人父者，有此佳兒，夫復何求！

「毓哥兒呢？」幫著操持府內事務的李景浩來了大半天了，都沒見著大外甥的影子，不由有些奇怪。

「毓兒啊……」陳清和愣了一下，剛要開口詢問，又一陣嘈雜的腳步聲傳來。

「侯爺。」

兩人回頭，就見五、六個官員正言笑晏晏的相伴而來，他們的身後還跟著捧著禮物的家丁，走在最前面的還是個宗室，可不正是明郡王周弼？

只看到李景浩，明郡王還好些，其餘幾人神情一僵，連臉上的笑容都有些發木。

「真是巧，李大人也在啊。」明郡王笑吟吟道，拿眼瞧著陳清和，一副等著對方介紹的模樣。

李景浩這人外表看著鐵血，可深得先皇、今上兩代帝王的信任，聽說先皇去後，李景浩屢屢上表請辭，皇上都堅決不允，以致李景浩在朝臣中威勢更盛。

這樣的鐵面實權人物，不是特殊關係，如何肯鞍前馬後的跟著效勞？說句不好聽的，就是成家怕也使喚不動這位鎮撫司指揮使大人，眼下卻出現在陳家內院之中，看兩人表現親近，明顯關係非同一般。

「明郡王。」李景浩微微一頷首，就想找藉口離開，卻被陳清和攔住。

「大哥，且慢。」

大哥？明郡王並身後幾人都是一愣。這句大哥叫得親切，也不知是哪種意義上的大哥？陳清和如何看不出他們的疑慮，依舊笑吟吟的樣子，一指李景浩道：「不瞞明郡王和諸位，我們家眼下可算得上是雙喜臨門，除了小兒成親一事外，拙荊還找到了失散多年的大哥。」

「失散多年的大哥？」明郡王失聲道：「你是說李大人？」

「不錯。」陳清和重重點頭。

「清和……」李景浩渾身劇震，眼眶都有些發紅，更是無比欣慰。妹夫的意思自己明白，何止成全自己對親情的渴望，更有守望相護的意思。

明郡王等人果然目瞪口呆。

這陳毓和皇上是連襟，又有成家這樣的岳家撐著，再加上鎮撫司指揮使這個娘舅，陳毓即便是個扶不起來的紈袴也可以橫著走了。

「毓兄弟——」又一個中氣十足的聲音傳來，眾人回頭，兩個將軍雖一臉的風塵僕僕，龍驤虎步間依舊威風凜凜。要說有什麼不協調的，就是兩人一個牽著頭羊，另一個更可笑，抱了頭豬。

這是來送禮的？可送這樣的東西未免有點太拿不出手了吧？

「咦，這是劍白香豬？」明郡王忽然道，再定睛瞧那頭羊，喲，可不正是有天下第一羊之稱的溪河羊？

嘴裡說著，口水都要流下來了。

這些可全是好東西，也就是明郡王這個頂級饕客有幸嚐過這等美味，其餘幾人不過聽說過名字，根本就沒吃過。無他，劍白香豬也好、溪河羊也罷，本就是名貴吃食，即便在原產地也是價值不菲，翻山越嶺、路途遙遙的運到京城，中間折損不知幾何，一旦推上餐桌，自然就變成了天價。

可再怎麼好吃，人家成親的大喜日子，送頭豬和羊也委實有些不倫不類，果然是武將身分，頭腦簡單、四肢發達啊！

「郭將軍、顧將軍。」陳清和已然笑呵呵迎了上去，又緊著跟大家介紹。「明郡王、大哥……我給你們介紹一下。」

說著一指左邊抱著頭小香豬的郭長河。

「諸位還記得靖海關之役吧？這位就是一力拒敵、打得東泰人望風而逃的鐵血總兵，郭長河、郭將軍！」

又一指牽著頭羊的英挺男子。「至於這位，則是鎮守著西部邊陲令鐵翼人聞名喪膽的玉面將軍，也是咱們大周第一大儒柳和鳴的孫女婿，顧雲飛、顧將軍。」

聽得這兩位名頭，其他賓客均是一驚。雖然對方是武將，自己是文官，可因和東泰一戰，郭長河眼下正紅得發紫；至於顧雲飛，不說他的彪炳戰績，就是大儒柳和鳴孫女婿這一條，這些文官就不敢怠慢。

眼下陳毓在文官中可以說風頭無人能出其右，倒沒想到在武將中一樣吃香。郭長河也好、顧雲飛也罷，可全是皇上面前掛得上號的人物，恩寵當真非比尋常。

「原來是郭將軍和顧將軍。」明郡王笑著點頭，眼睛卻戀戀不捨的定在劍香豬和溪河羊身上。「兩位將軍當真是好口福，能尋得這樣的稀罕物來。」

「不但我們有口福，郡王爺和諸位也同樣有口福呢。」郭長河笑得豪爽。「毓兄弟說了，待他成親時，每張桌子上都會有這兩道菜呢——烤香豬和烤羊腿！除此之外，還有荔枝、龍眼、人心果……」

郭長河掰著手指頭如數家珍，說得自己都想流口水。明明一路上自己已經吃了不少，可這麼一說起來就又想吃了，託了毓兄弟的福，不然自己這一輩子怕是都別想吃這麼多好東西。

郭長河說得眉飛色舞，明郡王越聽臉色卻越苦。早膳用得少，這會兒真是越聽越餓啊！只是這個傢伙還真是能吹，以為這些東西都是他們家的大白菜，隨隨便便就能弄到手的嗎？還每一桌都有，作夢還差不多！這些天南地北的好東西全弄到一起根本就不可能。

別說陳家只是一個侯府，就是成家那樣的頂尖世家，想擺這樣一桌宴席也得大費周章，更不要說什麼成親的當日每一桌都按這個標準了。

陳清和何嘗不是一樣的想法？

眼下可是新帝登基，再加上天災人禍之後，正是百廢待興，兒子娶親固然是天大的好事，可無論如何也不該太過張揚才是。

這般想著，悄悄給一旁侍立的喜子使了個眼色，示意他去尋陳毓來。

喜子神情卻有些躲閃。

陳清和怔了一下。「毓哥兒又跑去……」他把後面的話嚥了回去，一臉的不忍卒睹。

每當喜子露出這個表情就意味著一件事，自己那傻兒子又偷偷跑去成家看未來兒媳了！

一樣無奈的還有成奕。

方才有侍衛悄悄來報，說是一個拖著個布袋的人闖進了小姐的閨閣。

之所以沒有大張旗鼓的去拿人，實在是那護衛怎麼瞧怎麼覺得那扛著布袋的人像是自家姑爺。眼瞧著成親在即，姑爺該是多心急，還要高來高去的往小姐那兒跑？有心不管吧，又唯恐被國公爺和世子知曉，自家要擔什麼干係。

「我知道了，你下去吧。」成弈頭疼的擺擺手，一時心裡又是可氣又是好笑。

話說這才幾天呢，光是自己就已經禮送不請自來的妹夫不下三次了，可又隱隱有些期待，畢竟陳毓每回來，都會給小七帶很多新奇的東西。

有南洋新奇的首飾、有東鄉精巧的玩意兒，上一次那幾個叮咚叮咚邊彈琴邊跳舞的娃娃，別說小七，就是自己娘親和夫人也稀罕得不得了。

以致每回聽說陳毓來了，娘親也好、夫人也罷，第一個反應不是趕陳毓走，而是滿心巴望著趕緊去小七那裡，看看她又得了什麼好東西。

果然成奕還沒走進小七的院子，遠遠的便聽見一陣陣歡快的笑聲。

「呀！這是荔枝嗎？今年怎麼這麼早！」

荔枝？成弈不覺越發好奇，轉而又有些疑惑。是自己聽錯了吧？荔枝乃是南方特產，山水迢迢之下，運到京城最遲也得到八月分，彼時荔枝已是鮮味全無，可即便如此，能吃到嘴裡的也不過有限的幾戶人家，比方說自家，每年宮裡還是會賞賜一簍、兩簍的。

可現在這才幾月分啊，就有荔枝了？

成奕邁步進院時一愣，見半夏手裡拿的東西，還真是荔枝。而且看顏色以及那股清香的味道，比宮裡往年賞賜的品項要好得多。

地方上特貢的荔枝已經送到了嗎？今年真是早了不少。

可好像有些不對勁啊，陳毓那兒都得了，國公府的賞賜怎麼還沒到？

陳毓慢條斯理的掰開一顆荔枝，把荔枝肉送到小七嘴邊。「還記得我跟妳說過的那兩條橫貫大周東西南北的大道嗎？上一月已然徹底完工。這些好東西，便是通過這兩條道路運來的。」

若是往年，抽調民夫修路怕是百姓會怨聲載道，今年天禍兵災連綿，太多人無家可歸，朝廷便全都安排了去修路，令他們衣食無憂。百姓感恩戴德之下，個個勁頭十足，以最快速度修好了這兩條大道。

劍香豬也好、溪河羊也罷，以及各色時令水果，便是當地駐軍沿著新修道路快馬加鞭送至京城。除了一些送入宮中，餘下的則全都被自己買下，以備成親之用。

「那路真那麼有用？毓哥哥，你怎麼知道這修路的法子的？」小七果然睜大了眼睛，瞧著陳毓的眼神又是崇拜又是驕傲。

「我早年在外遊歷，曾經到過一個沙漠中的國家……」陳毓笑得柔和。「這修路的法子便是在他們那兒學的……嗯，我還去過南洋、大理……」

上一世四處漂泊至佔山為王，以及這一世為了尋找小七，也不知走了多少地方，見了多少稀奇古怪的事，反正是一個人，想要停便停下來，覺得沒意思了，就騎上馬離開……

正說著時，不覺一怔，就見小七忽然低下頭。

陳毓下意識的伸手要扶，耳聽得「噠」的一聲，一滴淚正正砸在手心處，他心裡不覺一緊。「小七……」

小七主動偎過來，探手攬住陳毓的腰。「毓哥哥，你去過的那些地方，也帶我去看看好不好？」

口中說著，又有兩行熱淚淌下，濡濕了陳毓脖頸處的衣襟，心裡更是油然而生起一種恐懼。怕是毓哥哥自己也沒發現吧，明明那些他曾經遊歷的地方那般瑰麗神奇，毓哥哥的語氣裡卻沒有絲毫的欣喜，若是讓小七用一個詞概括陳毓說那番話時的感受，那就是——生無可戀。

不獨小七有這種感覺，窗戶外的成弈何嘗不是作此想？

轉而想到一點，陳毓說的難不成是他那三年走遍天下尋找小七時的經歷？這麼一想，怎麼就覺得自己當年逼著小妹無聲無息的消失那麼不地道呢？

房間裡的陳毓也怔了，直到被那溫熱的眼淚燙疼了肌膚，才意識到懷裡的小七止不住在發抖。

又被過去所左右了嗎？只是這一刻，陳毓絲毫不恐懼了，有的只是無盡的滿足。

他不覺收攏懷抱，俯身一點點吻去小七眼角的淚水。

「好，等咱們成親後，我帶妳去看巫山的雲、大理的月、寧海的花……」

窗戶外面「撲通」一聲響，好像是什麼人摔倒的聲音。

只是那麼大的聲音，絲毫沒影響到房間裡擁吻的一對璧人。

十日後，一場盛大的婚禮終於如期舉行。

甚而過了幾十年後，陳毓迎娶成家嫡小姐的婚禮依舊被人們津津樂道。

文官蜂擁而來也就罷了，作為大周第一個六首狀元，自然該當有此殊榮，可為什麼那麼多武將也和他是生死之交呢？要知道朝堂之上文臣武將之間可向來是彼此看著不順眼，恨不得每天打上兩架才開心。

更誇張的是成親的宴席——

之前也有風聲說陳家準備的婚宴極盡奢華之能事，什麼天上飛的、水裡游的、地上跑的，反正天南海北，只有想不到的，沒有宴席上出現不了的。

初時大家還以為是謠傳，待得親眼見到、嚐到，才知道竟然所言非虛。但凡數得上名號的美食，宴席上幾乎都有，哎呀我的老天爺，眾人好險沒把舌頭給吃了。

這樣極盡奢靡之能事的宴席不但沒有被自來提倡節儉的皇上怪罪，相反皇上親臨侯府後，讚不絕口，當場賞了負責酒宴的廚子紅封。所以說果然陳毓就是簡在帝心吧，無論做什麼事，皇上都認為是對的……

當然，後來又有了另外一種說法，那就是陳毓所為都是事先和皇上商量好的，目的就是彰顯朝廷所修的兩條大道的妙處，以激勵更多的商人投入到轟轟烈烈的買路行列中。

沒聽說嗎？蘇家家主被他們家老太爺打了好幾枴棍，說他目光短淺，只買了一年的使用權，因為等他們發現了那兩條大道帶來的好處後，再想掏買路錢，價格已然上漲了數倍不止。

南城的金萬福則更慘，直接被家族放話讓他要是不買回路就不要回去了。

金萬福本來以為陸路根本無用，他們家靠水路就行了，哪想到正好碰上今年風高浪大，金家的貨船傾覆了一半多，雖趕忙重新調集貨源，卻再追不上搶得先機的裘家和其他數家商行。等他們的貨物好容易運到時，人家早賺了個盆滿缽盈，而金家的貨物即便低價賤賣，依舊乏人問津……

經此一事，那般新修的大路很快在大周朝盛行起來，陳毓主導之下，幾年間就取代了大周各個重要官道，眾多商家自然趨之若鶩。可惜朝廷經濟復甦後，再沒有過賣路之舉。

幾番淘換，曾經聞名一時的大商人如蘇家、金家，逐漸沒落，倒是曾經最不被人看好的裘家卻是坐穩了大周第一商家的位置。而當初那所謂的蠢人排行榜，榜上有名者都成了大周所有商家仰望的存在。

到了此時，眾人再回想之前先皇點選陳毓為六首狀元時所謂國士的考語，皆大為嘆服，更是豔羨那成家真真好運道，能識英才於寒微之際。

眼下大女婿貴為皇上天下至尊；二女婿國士之才、長袖善舞；再有元帥兒子砥柱中流，成家風頭一時無量，一躍成為大周第一世家名門。

——全書完

番外　女公爵

辛水江渡口。

隨著船工的吆喝聲，碩大的鐵錨被拋入水中，一艘威風凜凜的巨艦緩緩停靠在岸邊。其後更是有數不清的大船呈雁翅形在兩邊排開，連綿不斷，瞧著恍若延伸到天邊。

早已候在岸邊的人群嘩啦一聲就迎了過去。

這可是大周朝第一艘遠洋航行的官船，歷時一年多次試驗方才打造而成，取名威遠，加上足足一百零八艘護衛艦，怎一個威風了得。

自威遠艦在戶部侍郎陳毓的帶領下揚帆起航，到現在已是足足四年有餘，其間皇上不止一次著人打探，始終音訊皆無，私下裡朝中紛紛斷言，朝廷這支遠洋隊伍說不好已在渺無邊際的大海中折戟沈沙，連個渣都不剩了。

只這話卻不敢明面上說，實在是當今聖上對陳毓這個年輕的連襟兼戶部侍郎可是看重得緊，聽說為此事已是數次淚灑朝堂。

也因此陳毓雖不在朝中，卻早已是大家心知肚明的大周第一寵臣兼能臣。

這話可是一點兒也不誇大。

畢竟，作為大周第一個六首狀元，陳毓所為當真稱得是前無古人。捍衛邊城擊退外侮在先，巧施妙計粉碎朝中奸賊陰謀在後。不獨武能定國文能安邦，更兼胸中錦繡。修路賣路，令得朝廷國庫充盈；數次下南洋，哪回不是幫朝廷賺了個缽滿盆盈？

若非憑藉陳毓帶領一干戶部官員積累的豐厚財力，大周如何能再三挫敗強敵，坐穩中原霸主的位置？

眼下四夷臣服、國富民強，除了今上雄才大略、勵精圖治之外，陳毓更是功不可沒。

皇上會如此掛念不捨自然也在情理之中，朝堂中戶部尚書一職自打魏明堂致仕後一直空著，聽說就是特特為陳侍郎所留。甚而皇上已是放出話來，但凡陳毓一行能安然回返，便以侯爵酬之。

所謂苦心人天不負，這不，數日前忽然有喜訊傳來，陳毓等人將回來了，不獨如此，身後還跟了足足十多個國家的商船，前來大周朝拜當今聖上，真真好一個萬邦來朝的鼎盛局面。

消息傳出，大周舉國歡慶。

滿朝文武更是爭著請命前來迎候，朝廷決議後，派出禮部尚書趙明河率領一干理藩院官員之外，連負責內務府事宜的昔日明郡王、今天的明親王周弼都一同來接，如此殊榮，當真是無人能及。

尤其是明親王，近年來皇室老一輩的幾乎零落殆盡，明親王算是宗親中威望最著的。聽說連他也親自出面，當下便驚落了一地下巴。

當然，也有明眼人瞧出，明親王此行怕是另有目的。

畢竟，誰人不知，明親王女兒婆家中有一女李氏，眼下正是皇上身邊頗為得寵的美人兒，更在兩年前誕下了二皇子，晉位貴妃娘娘。

明親王明面上雖沒有表現出對二皇子的偏重，可聽說在供奉上，二皇子的吃穿用度，比之皇后所出的太子也有過之而無不及。

雖然表面看是兄友弟恭，太子也好、皇后也罷，都不曾公然表露過什麼不滿，可大家卻是明白，這是朝中風向的一種暗示。畢竟，和李貴妃娘家的蒸蒸日上相比，皇后娘家成家已是有些沒落了。

和李家以文立身不同，成家成為頂尖世族的根本是武功。只眼下那些外侮已被掃蕩一空，元氣大傷之下想捲土重來怕不得準備個二、三十年！太平盛世之下，朝廷一再裁撤軍隊，興文抑武已是再明顯不過的趨勢。

成家父子也不是不識時務的人，早在兩年前便齊齊交出兵權，頂著清貴的爵位賦閒在家。若非皇后中宮地位沒有動搖的嫌疑，所生兒子更是早早冊立太子，明裡暗裡貶損成家的人不要太多才好。

甚而有人斷言，成家之所以沒有步入兔死狗烹的命運，最根本的原因不是皇后，而是他們還有一個得力的小女婿陳毓，執掌著大周的錢袋子，皇上不看僧面也得看佛面不是？

畢竟近年來，不是沒有人想複製陳毓的成功之路，可人家陳毓出海的話是一出一個準，從來都是滿載而歸，其他人也想有樣學樣，結果十之八九倒是乘興而去、敗興而歸。

既不可替代，又毫無威脅力，皇上不寵信他寵信誰？再加上遠香近臭，陳毓的遠行令得他為大周所做的貢獻在皇上腦海中無限擴大化，愛屋及烏之下，便是對成家自然也寬容不少。

只雖是如此，皇后和太子在朝堂上無依無靠，依舊很大程度上縱容了部分朝臣的野心，以致二皇子雖小，卻是越來越「聰明」；相對的，自小被皇上親自教養的太子反倒一再有被皇上申飭的消息在朝堂上流傳。

就比方說這次代表皇上前來迎接陳侍郎並各國使臣，聽說對方隨船而來的最高爵位乃是大公，夷國大公相當於大周的王爵，為了表示對對方的尊重，太子也請命來迎，結果兜兜轉轉之下，竟是落到了明親王頭上。

本來因為陳毓回返而驚喜欲狂的太子黨頓時又有些忐忑。

畢竟早有傳言，說要想扳倒皇后動搖儲君的地位，最好的法子不是明刀明槍的對著幹，甚而即便成家也大可丟開不管，只要能把六首狀元陳毓拉過來，萬事自然皆有可能。

不得不說聰明人果然很多，明親王眼下倒還真有些私心。

和當初要靠著妻族在朝中立足不同，陳家眼下勢頭更在成家之上。更不要說已然足足四年的時光，又是這般凶險至極的海上生活，誰知道會發生什麼事？

就比方說當初執意要跟著夫郎一同揚帆遠去的陳毓夫人、成家小姐成安蓉，是生是死都不好說。畢竟，這麼多年海上流浪，便是壯年男子也多有水土不服把小命丟了的，更不要說自幼體弱的成家小姐了。

況且，即便成安蓉真的活著，男人向來喜新厭舊，說不得也早就厭煩。

不管是哪一種情況，對貴妃和二皇子而言都是機會。

若是能借機把陳毓拉到自己的陣營中，那更是天大的好事。

當然，早年領教過陳毓的手段，老謀深算的明郡王未嘗沒有重新估量一下陳毓價值的心思。想要謀廢太子，成了自然是大功一件，若是敗了，那可是滅族之禍。

沒有十足的把握，別說女兒的外甥，便是自己的外甥，自己也不會輕易跨出那一步。

船剛剛停穩，一架長長的木板梯便從天而降。

明親王微微一笑，上前一步，趙明河並一干官員也忙跟上，全都滿面春風。

一陣雄壯的樂曲聲響起，一個身材修長、俊眉星目的青年男子出現在船艙門口。男子身著大周侍郎服飾，雖不過是從三品的官服，偏有著說不出的威儀。僅僅那麼簡單的一站，下面喧鬧的人群立馬靜了下來。

代表戶部前來迎接的周雲峰眼淚都快下來了。「是陳大人，真的是陳大人！」

一時間唏噓感慨的又何止是周雲峰一個？

便是明親王也頗有些心潮起伏，良久一招手。「陳大人，別來無恙？本王奉皇上之命帶領各部人等前來迎接陳大人凱旋，不知各國使臣如今安在？」

陳毓遙遙一拱手。

「下官見過王爺，各國貴客便在這威遠艦中。」

說著一回身，伸手做了個「請」的姿勢。

被陳毓如此禮請的，自然就是傳聞中那位大公閣下了。

明親王一行神情明顯變得嚴肅，畢竟大周還是第一次迎來海外蠻夷之邦，這些人雖跟著來了，不知性情如何？這第一次會面自然極為關鍵，可不要鬧出什麼是非才好。

明親王下一刻卻是驚「咦」一聲，抬起袖子揉了揉眼睛，開什麼玩笑，那什麼大公，怎麼瞧著竟然是個女人？

而那臃腫的身形，怕還是個懷孕的女人。

不獨明親王，其他官員眼珠子也掉了一地。尤其是負責使臣安全的鎮撫司指揮使徐恆，更是眼睛都直了，抬手指著已然和陳毓並肩而立的女人，嘴唇哆嗦著。

「怎麼、怎麼可能……」

明親王站得最近，聞言轉頭看著徐恆。「徐大人，難不成您認識這位……這位大公閣下？」

一個女大公！怎麼可能？何況不是海外蠻夷嗎？怎麼對方的服飾和大周如此相似？瞧陳大人鞍前馬後小心伺候的模樣，兩人的表現也委實太過親密了吧？

雖然想過陳毓會移情別戀，可真和個蠻夷的女大公在一起，也太讓人無法接受了。

「什麼？什麼大公？」徐恆簡直要哭出來了。心說我的小爺哎，這是鬧什麼呀！即便有心給太子並皇后出氣，也不能這麼胡鬧啊！別人認不出來，作為老朋友的徐恆卻一下認出，那哪是女大公，分明就是侍郎夫人、成家小姐成安蓉啊。

只他私心裡，和陳毓的關係可比跟明親王鐵得多了，徐恆終是把話嚥了回去。

徐恆不說，還是有那愣頭青，比方說裘家四少裘文岩，明明年紀不小了，一點眼色都沒有，指著上面的人就笑了起來。

「啊呀，這不是弟妹嗎！哎喲，看弟妹的樣子我要做伯父了，不行，得趕緊回去準備見面禮去。」

一番話出口，大周官員隊伍一片死寂，當真是掉根針也能聽見。

戶部官員頓時張惶不定，明親王一張臉立馬成了茄子色，至於其他官員也各自憤憤不平。

自己等人在此陪盡小心竟是衝一個女人彎腰？這陳毓再寵老婆也不該拿著一干大臣這般尋開心。已有人暗暗咬牙，決定回去就要參陳毓一本，無論如何要讓這廝磕頭賠罪。

只還沒等眾人發作，後面又呼啦啦走出來幾十個人，明親王一口惡氣瞬間卡在了喉嚨眼處。

還真是海外蠻夷！

「哎呀，那人皮膚怎麼那麼白？」

「瞧這頭髮，是金色的呢。」

「老天爺，那幾個人怎麼是藍眼珠子？」

「喲，瞧那位黑的，除了眼白，就瞧不見其他色了。」

明親王強壓下心頭的怒氣，轉而又有些竊喜。

所謂自作孽不可活，畢竟年輕，陳毓想要出風頭也就罷了，妻子也敢帶出來顯擺。女人如何能在這樣重要的場合拋頭露面？自己等人尚且無法忍受，那些海外蠻夷聽說個性如烈火，怕是更要鬧騰起來。到時朝廷治罪，也省得自己再動心思了。

正自胡思亂想，陳毓扶著小七已然慢慢下了樓船，後面一眾使節也都到了面前。明親王滿臉笑容的大步迎上去，陰陽怪氣的對陳毓道：「陳大人好大威風！只今日事，還請陳大人想好他日朝堂上如何應對才好。」

說著不待陳毓搭話，就徑直朝著使節中明顯最威風的那名金髮男子道：「這位想必就是大公閣下了，本王乃大周朝之明親王。」

「大公閣下？」那金髮男子一愣，下一刻操著蹩腳的大周語言朝著陳毓的方向一指，「大公閣下，MISS成……」

以為對方沒有聽懂自己話裡的意思，明親王皺了下眉頭，下一刻耐心的重複道：「本王的意思是，敢問諸位，哪位是大公閣下？」

聽說這十五國使節團，就是那位大公閣下挑頭組織起來的。

金髮男子越發迷茫，瞧了一眼旁邊的翻譯人員。

明白兩人溝通不暢，明親王無奈，往後面張望了一下。「可有懂蠻語者？」

早早下來負責翻譯的人員終於有機會上前。「王爺，您弄錯了，查理大人可不是大公，那位大公就是……就是咱們陳夫人啊！」

而且陳夫人可不是一國大公，乃是一人兼任使節團中最強的五個國家的大公！

「胡說八道！」

沒想到這些人如此大膽，竟敢當著面來蒙自己，明親王大為光火，查理更是糊塗。大周的這個老頭怎麼回事？放著大公不理，和自己糾纏不休？

看明親王依舊皺著眉頭訓斥翻譯，查理也不耐煩再等，徑直朝著陳毓並小七站立的方向而去。

明親王倏地一愣，那方才瞧著還有些倨傲的查理，到了陳毓夫婦面前竟然乖巧得不得了，下一刻，明親王更是張大了嘴巴。

陳毓說話時還不顯，成家小姐開口時，那查理並他身後那些方才面對自己時還無比高傲的使節，立馬做出畢恭畢敬的聆聽姿勢，那模樣，分明就是對待上官的態度。

看明親王發呆，那翻譯忙苦著臉道：「王爺，小人方才所言句句是實，不瞞王爺說，不獨這些使節主要全是靠了陳夫人才會前來我大周朝拜，便是我等之所以能安然回返，也全是仰賴陳夫人之力。」

「越發胡扯八道！照你說，這陳夫人是神仙不成？」明親王心裡一陣陣不安，依舊強撐著道。

那翻譯愣了下，下一刻竟是頻頻點頭。「陳夫人還真是神仙手段。小的就說一件事，王爺可還記得那靈犀雪肌丸？」

一句話果然吊起明親王的興趣。「怎麼，難不成和陳夫人有關？」

此次前來，除了替二皇子張目的心思外，明親王還有一個私心，那就是借由陳毓結識當初那個名滿京城的神醫。畢竟人老了便容易疾病纏身，能借機跟神醫相交的話，餘生自然有保障得多了，據說那神龍見首不見尾的神醫可是只和陳毓一人交好。

「我的好王爺啊，您不知道吧，陳夫人就是那位神醫！」

明親王只覺耳邊一陣轟隆隆作響，甚而直到人群將要往館驛而去都回不過神來，耳旁更是一直迴響著翻譯的話。

正是因為有成安蓉在，威遠艦的海上生涯才會無一人傷亡，更兼吃香喝辣。到了蠻夷，成安蓉更是因為出手救了蠻夷中五大強國的貴人，才被酬以大公爵位……

到得最後，明親王幾乎要哭出來了。

老天爺，有這麼硬的靠山，太子怎麼會儲位不穩?!

倒是自己，別說請神醫幫著多續幾年命了，再這麼沒眼色下去，說不好連親王之位都會危矣！

一千年後，大周朝早已不復存在，取而代之的是屹立於世界民族之林的華國。

無論是政治、經濟還是科技，華國無疑都堪為世界魁首。

尤其是中醫更是在世界醫學中舉足輕重，被譽為世界醫學之祖，而每當說起華國興盛的歷史，人們都會念叨兩個人的名字，那就是陳毓，和他的公爵夫人成安蓉……

——全篇完

2016年7月出版

追夫心切

文創風 424~426

當初老道長曾為他們倆看過面相，
說他們雖然各自有缺，卻是天作之合，
他命貴能護她一生，讓她享盡榮華富貴，
而她只要能度過今年死劫，便能讓他兒孫滿堂……

情意繾綣・真心無價／江邊晨露

她肖文卿原為官家貴女，卻遭逢意外淪為陪嫁丫鬟，
在一回夢境之中，她預見自己被小姐送給姑爺為妾，
懷孕生子之後，兒子被小姐奪走，而她在產子當夜悲慘死去……
夢醒之後，她努力改變自己悲慘命運──
她在御史府花園攔截一個陌生的侍衛表白，勇敢地主動求親；
失敗之後，為了逃避被姑爺收房，還主動劃傷了臉，寧死不願為妾！
就在絕望之際，命運兜兜轉轉地，她竟然嫁給了當初她主動求親的男人，
他待她體貼有禮，照顧有加，一切都很好，只除了他不願跟她圓房。
他說，他對她動心，但卻不能在這時要了她，
他要她等著，等著時機成熟，兩人將能有情人終成眷屬。
她知道他身懷巨大的秘密，卻仍滿心願意信任他……

2016年6月出版

福氣臨門

文創風 418～423

管妳是福星還是災星，
愛情面前，百無禁忌！

溫馨時光甜甜蜜蜜　嘻笑怒罵活靈活現／翦曉

唉……世人都說她是災星，依她看，其實是「孤星」才對吧？
前世她是禮儀師，親人、前夫因此忌諱疏遠，最後孤獨以終，
不料穿越來到古代，她卻在母親死後才出生於棺中，
從此落得災星轉世的惡名，連祖母都嚷著要燒死她以絕後患，
幸有外婆帶著她避居山中，還為她在佛前求得名字「祈福」，小名九月，
哪怕眾人懼她、嫌棄她，她也是個有人祝福的孩子！
好不容易兩輩子加起來，終於有個外婆真心疼愛她，
偏偏當她及笄了，正要報答養育之恩時，外婆卻過世了，
如今又回到一個人生活，不管未來有多坎坷，她都記得外婆的叮嚀——
「要好好活給所有人看，告訴他們，妳不是災星！」

文創風 448

公子有點忙 4 完

國家圖書館出版品預行編目資料

公子有點忙 / 佑眉著. --
初版. -- 臺北市 : 狗屋, 2016.09
冊 ; 公分. -- (文創風)
ISBN 978-986-328-637-0 (第4冊 : 平裝). --

857.7　　105012849

著作者	佑眉
編輯	黃暄尹
校對	黃亭蓁　許雯婷
發行所	狗屋出版社有限公司
地址	台北市104中山區龍江路71巷15號1樓
電話	02-2776-5889～0
發行字號	局版台業字845號
法律顧問	蕭雄淋律師
總經銷	知遠文化事業有限公司
電話	02-2664-8800
初版	2016年9月
國際書碼	ISBN-13　978-986-328-637-0
原著書名	《天下无双（重生）》，由北京晉江原創網絡科技有限公司授權出版

定價250元

狗屋劃撥帳號：19001626

網址：love.doghouse.com.tw　E-mail：love@doghouse.com.tw